Akte X

Die unheimlichen Fälle des FBI

Seilbahn zu den Sternen

Quentin Thomas

AKTE X

DIE UNHEIMLICHEN FÄLLE DES FBI

# Seilbahn zu den Sternen

Roman

Aus dem Amerikanischen von
Winfried Czech

vgs

Erstveröffentlichung bei:
HarperPrism – *A Division of* HarperCollins*Publishers*
10 East 53rd Street, New York, N.Y. 10022
Titel der amerikanischen Originalausgabe:
The X-Files – Ascension
A novel by Quentin Thomas. Based on the characters
created by Chris Carter


Published by arrangement with HarperCollins Publishers Inc.



Die Deutsche Bibliothek – CIP-Einheitsaufnahme

*Akte X – die unheimlichen Fälle des FBI.* – Köln : vgs
Seilbahn zu den Sternen : Roman / Quentin Thomas. Aus dem
Amerikan. von Winfried Czech. – 1. Aufl. – 1998
ISBN 3-8025-2563-9

1. Auflage 1998

Lektorat: Karin Schramm
Umschlaggestaltung: Papen Werbeagentur, Köln

Satz: Typo Forum Gröger, Singhofen
Druck: Clausen & Bosse, Leck
Printed in Germany
ISBN 3-8025-2563-9

# Prolog

*Pulaski, Virginia*

*3. Juni 1985*

Der Nachthimmel spannte sich endlos über der dunklen Hügellandschaft von Virginia. Sternenlicht fiel auf eine Reihe baufälliger Häuser mit heruntergelassenen Rollläden. Alles schien zu schlafen, bis auf die Hunde, die kläfften und knurrten. In ihrem Heulen und Jaulen schwang eine Spur von Nervosität mit, als witterten sie irgend etwas, das die Menschen mit ihren beschränkten Sinnen nicht wahrnehmen konnten.

Im Vorgarten des Hauses Nummer 2238 in der Carter Street strich der Wind raschelnd durch das Unkraut, das um die verrottende Karosserie eines 1963er Chevy Malibus herum wucherte. Der ausgeschlachtete Wagen schaukelte in den Böen sanft auf zerbröckelnden Betonklötzen. Das Haus war einmal sauber, gepflegt und hell gewesen. Jetzt wölbten sich die Schindeln wie ungebändigte Strähnen nach einem schlechten Haarschnitt unter einem fleckigen Anstrich, der an eine nicht behandelte Hautkrankheit erinnerte.

Im Inneren des Hauses hob ein schwarzweiß gescheckter Mischlingshund plötzlich den Kopf und spitzte wachsam die Ohren. Nach einer Weile ließ er die Schnauze wieder sinken, erhob sich dann und trabte über den verzogenen Furnierholzboden, der als das Ergebnis eines halbherzigen Renovierungsversuchs zurückgeblieben war. Die Krallen des Hundes erzeugten bei jeder Bewegung leise klickende Geräusche.

Langsam lief er an nackten Wandpfosten vorbei, zwischen denen dicke, vom Alter vergilbte Plastikplanen gespannt waren. Über seinem Kopf fuhr der Wind durch die leeren Fensterrahmen und ließ die gelbliche Unterwäsche hin- und herschaukeln, die von einer provisorischen Wäscheleine herabbaumelte. In der Küche stieß der Hund auf zwei billige Freßnäpfe aus Kunststoff. Auf einen davon hatte irgend jemand in ungelenken Blockbuchstaben mit einem gelben Filzstift »Lucky« gekritzelt.

Der Hund schnüffelte an der dunklen Masse in seinem Napf. Auf dem halb eingetrockneten Brei wimmelte es von Ameisen. Der Gestank, der davon ausging, ließ ihn zurückweichen. Er schnaubte leise, machte kehrt und trottete davon.

Am Ende des Flurs drang gedämpftes bläuliches Licht aus der Tür eines Schlafzimmers. Lucky arbeitete sich über Berge von Jeans, verwaschenen Hemden und zusammengeknüllten Socken hinweg. Sein Schatten malte sich an der Wand ab, als er auf das Bett hüpfte und es sich mit einem Seufzen bequem machte.

Ein unrasierter Mann lag dort schlafend auf dem Rükken, eingehüllt in einige schweißgetränkte Laken, die Arme ausgebreitet, die Lippen so fest zusammengepreßt, daß sie nur noch als ein dünner Strich sichtbar waren. Er schnarchte leise durch die Nase. In dem spärlichen Licht, das der flackernde Fernseher verbreitete, glänzte eine blasse Narbe auf der Stirn des Mannes, eine gezackte, sich verzweigende Linie, die sich von den Augenbrauen bis zum Ansatz seines dunklen Haares zog.

Lucky ließ die Schnauze auf die Vorderpfoten sinken und beäugte die bunten Gestalten im Fernseher, in dem gerade *Der Zauberer von Oz* lief. Er sah mit hell glänzenden Augen verständnislos zu, wie die Munchkinmädchen Dorothy, deren Haus gerade auf dem Dorfplatz gelandet war, ein Lied vorsangen. Seine Ohren zuckten im Rhythmus der fröhlichen Musik.

Plötzlich erlosch das Bild, und der Ton verstummte. Auf dem Bildschirm blieb nur ein schrumpfender weißer Punkt zurück, der noch einen Moment aufglühte, bevor er gänzlich verschwand. Am anderen Ende des Flures huschte ein Schatten an der Tür vorbei.

Lucky richtete sich ruckartig auf und knurrte leise. Sein Herrchen, offensichtlich in einem Traum gefangen, regte sich nicht. Lucky sprang vom Bett. Vier weitere Schatten glitten durch den Flur, flüchtige Schemen, klein, unmenschlich schlank, flink und beweglich wie Quecksilber in einer Flasche.

Der Hund stemmte die Vorderläufe steif auf den Boden, sträubte das Nackenfell und bleckte die Zähne. Er bewegte seinen Kopf unruhig hin und her, während er versuchte, die verborgenen Eindringlinge auszumachen.

Der Vakuumkegel, der auf das Haus in der Carter Street Nummer 2238 hinabschoß, saugte mit einem Schlag alle Luft aus dem heruntergekommenen Gebäude. Durch den plötzlichen Unterdruck schmiegten sich die Plastikplanen mit einem klatschenden Geräusch gegen die Zwischenwandpfeiler. Ein bedrohliches Grollen durchdrang die Stille. Licht von überirdischer Reinheit und Intensität vertrieb die Schatten.

Die Augen des Mannes öffneten sich mit einem Schlag und wurden riesig. »Ich kann nicht atmen«, flüsterte er.

Lucky winselte, die Ohren flach angelegt. Mit gesenktem Kopf schoß er wie ein Blitz aus dem Schlafzimmer. Der Mann hinter ihm lag keuchend auf seinem Bett, die Augen im grellen Lichtschein weit aufgerissen. Das Unterschalldröhnen verwandelte sich in ein ohrenbetäubendes Brummen, während das Licht immer gleißender wurde, bis es beinahe unerträglich war.

Die Eindringlinge beobachteten den Mann durch die

Plastikplanen, lautlos wie die Geister von Verstorbenen. Vor dem grellen Licht zeichneten sich die Umrisse ihrer dreieckigen Schädel deutlich wie Scherenschnitte ab. Der Kopf des Mannes zuckte krampfhaft vor und zurück.

»Nein ... Nein! Nicht schon wieder!« Die Panik ließ seine Stimme heiser klingen. Er kämpfte gegen ein unsichtbares Gewicht an, das ihn niederpreßte. Wie substanzlose Gespenster glitten die schlanken Gestalten durch die Plastikplanen und kamen näher, ganz so, als würden die Schreie und die riesige dunkle Mundhöhle des Mannes sie magisch anziehen.

Lucky drückte sich hinter dem alten Chevy flach auf den Boden. Sein magerer Brustkorb hob und senkte sich. Alle Hunde in der Nachbarschaft hatten mittlerweile begonnen, wie verrückt zu heulen. Seine Augen glühten im Widerschein des monströsen Gebildes über ihm, des riesigen runden Dings auf einer Säule aus weißem Feuer.

Dieses furchteinflößende unirdische Licht. Und die Schreie seines Herrchens, die immer leiser wurden, während sie in die Höhe stiegen und schließlich in der Stille des leeren Sternenhimmels verklangen ...

# Teil Eins

*Duane Barry*

# Erstes Kapitel

## 1

*Psychiatrische Rehabilitationsanstalt Davis Center*
*Marion, Virginia*
*6. August 1994*

Sonnenlicht sickerte durch die hohen Fenster in dem langen Flur und fiel auf Männer in grünen Krankenhauspyjamas, die an den Wänden lehnten oder in den Fensternischen hockten und aus leeren Augen vor sich hin starrten. Eine kleine Gruppe von Männern drängte sich vor einer schmalen Tür, wo sie geduldig auf die Ausgabe ihrer täglichen Tabakration warteten.

Der Wärter hatte einem der Patienten eine Hand auf den Arm gelegt und führte ihn durch den Gang, während sein Blick mit jener gelangweilten Wachsamkeit hin- und herwanderte, die allen Wärtern irgendwann genauso zueigen wird wie die Uniformen, die sie tragen. Sein Schutzbefohlener schlurfte gehorsam neben ihm her, obwohl seine dunklen Augen lebhafter als die der anderen Männer wirkten, die den Mann teilnahmslos und apathisch betrachteten. Auf seiner Stirn glänzte eine schon lange verheilte, aber immer noch auffällige gezackte Narbe. Der Mann hatte seine Hände auf den Bauch gelegt. Er hätte sie nicht sinken lassen können, selbst wenn er es gewollt hätte, da sie von eng gezurrten Plastikbändern zusammengehalten wurden.

Die beiden gingen zum Ende des Ganges und blieben vor einer Tür mit der Aufschrift »DR. HAKKIE« stehen. Der Wärter klopfte einmal, hörte eine gedämpfte Antwort und öffnete die Tür.

Dr. Hakkie erhob sich hinter seinem Schreibtisch, als der Wärter den Mann in das Büro führte. Er warf einen kurzen Blick auf den Aktenordner auf seinem Tisch. *Duane Barry* stand in bereits verblassender Schreibmaschinenschrift auf dem Deckel.

»Hallo, Duane. Schön, Sie zu sehen.«

»Hallo.«

»Wie fühlen Sie sich heute?«

»Ganz gut.« Duane hielt den Kopf gesenkt. Das Büro mit seinen abgegriffenen Büchern, den gerahmten Diplomen und dem schalen Geruch kalten Pfeifenrauchs machte ihn nervös. Hier widerfuhr ihm nie etwas Gutes.

Dr. Hakkie nickte dem Wärter zu, der wortlos das Büro verließ und die Tür hinter sich schloß. Der Arzt wirkte irgendwie abwesend, als hätte er im Laufe seiner langjährigen Praxis schon alles gehört und gesehen und interessierte sich für nichts mehr als für seine baldige Pensionierung. Sein glattes braunes Haar war von grauen Strähnen durchzogen und fiel ihm schlaff in die hohe Stirn, sein Bart sah aus, als wäre er von Motten zerfressen worden. Hakkie war dünn und ausgemergelt; er hatte schon lange aufgehört, seine Patienten als menschliche Individuen zu betrachten. Seine Tage verbrachte er damit, starke Beruhigungsmittel zu spritzen, und in den Nächten träumte er von Forellenbächen. Aber er wußte immer noch, wie er vorgehen mußte, er hätte seine Arbeit auch im Schlaf erledigen können. Manchmal kam es ihm allerdings so vor, als wäre dies genau das, was er tat.

»Warum setzen Sie sich nicht, Duane? Ich möchte ein paar Dinge mit Ihnen besprechen.«

»In Ordnung.« Duane hielt die Arme steif von sich gestreckt, als er in dem Stuhl vor dem Schreibtisch Platz nahm. Hakkie ergriff ein Klemmbrett.

»Also, hier steht, daß Sie sich weigern, Ihre Medizin zu nehmen.«

Duane blickte kurz auf und senkte den Kopf dann wieder. »Ich mag's nicht, wie ich mich danach fühle.«

Hakkie nickte. »Okay, in Ordnung. Lassen Sie uns darüber reden. Wir geben Ihnen diese Medizin aus einem ganz bestimmten Grund, Duane: wegen Ihres gewalttätigen Verhaltens.«

»Ich weiß, ich weiß.«

»Weil wir nicht möchten, daß Sie wieder jemanden verletzen.«

Duane nickte zustimmend, aber das Nicken ging schnell in ein krampfartiges Zucken seiner Lippen über, das immer heftiger wurde, so als kämpfe er mit einem inneren Dämon. Dr. Hakkie beobachtete ihn leidenschaftslos.

»Hören Sie noch immer Stimmen?«

»Ich bin nicht verrückt, Doc. Duane Barry ist nicht wie diese anderen Jungs hier.« Er schien nicht zu bemerken, daß das Zucken seiner Lippen weiter zunahm.

»Nein«, gab ihm Hakkie recht. »Jeder Patient hier ist anders.«

Duane blickte auf. Seine Augen funkelten. »Sie kommen wieder. Ich kann es fühlen. Sie werden Duane Barry zu diesem Ort bringen.«

»Niemand kommt, Duane.«

Duane ließ den Kopf hängen. »Niemand kann sie aufhalten.« Seine Stimme klang gleichzeitig aufgebracht vor Angst und monoton vor Resignation. Er begann, abwechselnd vor- und zurückzuwippen. Es sah so aus, als habe er körperliche Schmerzen.

Dr. Hakkie musterte den Mann mit nicht mehr Mitgefühl, als er einer Fliege entgegengebracht hätte. Und tatsächlich war es genau das, woran er gerade dachte. Angeln mit Fliegenködern. Und daran, ob eine normale Dosis Thorazin für Duane Barry und seine feindseligen Phantasien ausreichte. Er kam zu dem Schluß, daß die Standarddosis genügen würde. Vielleicht konnte er den Rest des Nachmittags freinehmen, nach Hause gehen und seine neue Angelrute ausprobieren, sobald er Duane ruhiggestellt und gründlich außer Gefecht gesetzt hatte.

Er stand auf und drehte sich zu dem Schrank hinter seinem Schreibtisch um.

»Ich werde Ihnen jetzt eine Spritze geben. Ich glaube, Sie brauchen nur ein wenig Ruhe.« Dr. Hakkie öffnete den Schrank und zog eine in Plastikfolie eingeschweißte Spritze und eine Ampulle mit einer farblosen Flüssigkeit hervor.

»Danach werden Sie wunderbar schlafen können.« *Das würde einen ausgewachsenen Elefanten mattsetzen*, dachte er. »Und wenn Sie wieder aufwachen, werden Sie sehen, daß wir nicht zugelassen haben, daß Ihnen irgend jemand etwas antut.« *Oder daß du irgend jemandem etwas antust ...*

Während Dr. Hakkie die Pastikfolie von der Spritze entfernte und die Kanüle durch den Deckel der Ampulle stach, fiel Duanes Blick auf den Schreibtisch und die scharfe Spitze des Füllfederhalters, der dort lag. Er holte tief Luft und beugte sich vor.

»Okay, Duane?« Als sich Dr. Hakkie wieder umdrehte, saß Duane nicht mehr auf seinem Stuhl. Hakkie erhaschte nur noch einen kurzen Blick auf den Rücken des Mannes, bevor die Bürotür hinter ihm ins Schloß fiel.

# 2

Der Wärter, ein korpulenter Mann, spürte deutlich, wie ihm sein Waffengürtel schmerzhaft in den Bauch schnitt, als er sich zu dem Wasserspender neben Dr. Hakkies Büro hinabbeugte, um seinen Plastikbecher zu füllen. Er nahm sich fest vor, seinen Konsum von gegrillten Hähnchen, Steaks und Bier demnächst etwas zu mäßigen. Er bemerkte nicht, wie Duane Barry auf ihn zuglitt, bis dieser ihm mit seinen gefesselten Händen die spitze Feder des dicken Füllfederhalters in den Rücken rammte.

Der Wärter fuhr, durch den plötzlichen Schmerz aufgeschreckt, in die Höhe. Er ließ den Becher fallen und stieß einen überraschten Schrei aus. »*Duane!*« hörte er Dr. Hakkie von irgendwoher rufen. Dann schlugen zwei schwere Fäuste auf seinen Hinterkopf ein, und er sah nur noch Sterne, als er zu Boden ging.

Duane fingerte hektisch an der Pistolentasche des Wärters herum. Gesichter, die bis zu diesem Moment stumpf und teilnahmslos gewesen waren, drehten sich zu ihm um, mit einem Mal zu einem irrwitzigen Ausdruck von Erregung und Interesse verzerrt.

»Ja!« schrie irgend jemand. »Bring ihn um, den Bastard!«

Endlich gelang es Duane, die Holsterschnalle zu lösen. Er riß die Waffe heraus, wirbelte herum und umklammerte den Kolben unbeholfen mit beiden Händen. Dr. Hakkie rannte mit weit aufgerissenen glänzenden Augen auf ihn zu.

»Gehen Sie weg! Gehen Sie weg!«

Der Arzt blieb abrupt stehen, dann hob er die Hände und begann, langsam zurückzuweichen. »Legen Sie die Waffe weg, Duane«, sagte er sanft und beschwichtigend, doch seine Stimme zitterte dabei.

»Geben Sie mir die Schlüssel!«

Dr. Hakkie wich weiter zurück. Er wirkte verängstigt. »Duane ...«

Duane entsicherte die Pistole. Das metallische Klicken klang unnatürlich laut in der Stille. »*Geben Sie mir die verdammten Schlüssel!*«

Hinter sich hörte er das zunehmende Gegröle der anderen Patienten. Gewalt war das einzige Mittel, mit dem man einige von ihnen noch aus einem oft schon Jahrzehnte andauernden Dämmerschlaf reißen konnte, und jetzt wachten sie auf.

»Gib's ihm! Tu es!« schrien sie.

Duane fuhr herum und sah, wie sich der Wärter, auf dessen Rücken sich ein Blutfleck abzeichnete, langsam aufrichtete und benommen den Kopf schüttelte. Hastig wandte sich Duane wieder Dr. Hakkie zu.

*Gott sei Dank haben sie mir keine Fußfesseln angelegt,* schoß es ihm durch den Kopf. Panik schnürte ihm die Brust zu. *Mit gefesselten Füßen hätte ich keine Chance.*

Er sprang auf Dr. Hakkie zu, der nicht schnell genug ausweichen konnte, und bohrte ihm den Stahllauf der großkalibrigen Automatik in die weiche Stelle zwischen Hals und Schlüsselbeinknochen. Als der Arzt stolperte, krallte Duane eine Hand in dessen Hemd und riß ihn wieder hoch. Hakkie stöhnte. »Nein ... nein ...«

Duane drückte ihm die Pistole an die Schläfe und näherte sich mit den Lippen dem Ohr des Arztes. Seine Stimme klang rauh vor Angst und Anspannung. »So oder so Doc, hier werden wir nur zusammen rauskommen.«

Dr. Hakkie nickte und fragte sich im stillen, ob er die Fischgründe, zu denen er sich schon so lange hinsehnte, wohl jemals erblicken würde. Möglicherweise nicht.

»Gehen Sie!« zischte Duane. »*Los, los, los*!«

# 3

*Hallenschwimmbad für Regierungsangestellte*
*Washington, D.C.*
*7. August 1994*

Fox Mulder zog ruhig seine Bahnen in einem Hallenschwimmbad, das beinahe die Ausmaße eines Sportplatzes aufwies. Er glitt mit einer athletischen Eleganz durch das Wasser, die jeden überrascht hätte, der ihn nur in Jeans und T-Shirt oder in einem zerknitterten Anzug kannte.

Agent Alex Krycek stieg die Betonstufen hinab und ging am Beckenrand entlang. Seine Schuhabsätze erzeugten klickende Geräusche auf dem harten Boden. Er wirkte in der dampfenden Luft des Hallenbads völlig deplaziert, was nicht nur an dem dunklen Anzug lag, den er trug, sondern auch an der überaus gepflegten und kultivierten Art, die ihn wie eine unsichtbare Aura umgab. Es war schwer, sich ihn auch nur mit einer unordentlichen Frisur vorzustellen. Er verkörperte die Art von Mann, gegen die andere Männer eine instinktive Abneigung verspüren, ohne erklären zu können, woran es liegt.

Krycek erreichte den Beckenrand genau in dem Moment, als Mulder eine schwungvolle Wende vollführte. »Agent Mulder.«

Mulder hielt mitten in der Bewegung inne und hob den Kopf. Er schob die Schwimmbrille zurück und blickte auf. Sein nasses Haar, durch das Wasser dunkel- statt wie gewöhnlich mittelbraun, umrahmte sein feingeschnittenes Gesicht.

»Krycek«, rief er gelassen. »Was gibt's denn?«

»Es gibt da eine Situation, die zu eskalieren droht, und man will Sie deshalb auf der Stelle sehen.«

Mulder legte die Hände um die verchromten Griffe der Leiter und zog sich aus dem Wasser. Er strich sich das nasse Haar aus der Stirn, während er zusammen mit Krycek vom Beckenrand wegging.

»Und worum geht es?« »Um eine Geiselnahme.«

Mulder nahm ein Handtuch von seinem Liegestuhl und trocknete sich das Gesicht ab. Dann ließ er das Handtuch sinken und hob die Augenbrauen. »Und die wollen mich dafür haben?«

»Ja. Irgend so ein Kerl ist aus einer psychiatrischen Anstalt geflohen. Jetzt bedroht er in einem Bürogebäude vier Leute mit einer Waffe. Und er behauptet, er werde von Aliens kontrolliert.«

# 4

*Richmond, Virginia; Innenstadt*
*Scharfschützenstellung über dem Halliday Square*
*7. August 1994*

Der Scharfschütze des Geiselbefreiungskommandos war mit einem Helikopter direkt von Quantico eingeflogen worden, obwohl es sich um eine ganz gewöhnliche Geiselnahme zu handeln schien. Vom Dach eines Nachbarhauses aus hatte er gute Sicht auf den kleinen Platz vor dem Bürogebäude. »Travel Time« verkündete der Schriftzug über der Tür in großen roten Lettern.

Der kleine Platz war menschenleer, doch um ihn herum wimmelte es von Menschen. Ein raschelnder Ameisenhaufen mit einer tödlichen Zone im Mittelpunkt. Er spähte am Lauf seiner Präzisionswaffe entlang, einer Remington M40A1, und wartete darauf, daß irgend etwas geschehen würde.

Am äußersten Rand seines Blickfeldes erregte eine undeutliche Bewegung seine Aufmerksamkeit. Ein Wagen rollte langsam durch die Polizeiabsperrungen. Er sah, wie das Fahrzeug anhielt und zwei Männer in dunklen Anzügen ausstiegen.

Noch mehr Agenten, dachte er. Doch diese beiden liefen so schnell bis zu den Rettungssanitätern weiter, daß es aussah, als hätten sie eine dringende Aufgabe zu erledigen. Der Scharfschütze beobachtete die Männer, bis sie aus seinem Blickfeld verschwunden waren. Eine Weile wartete er noch, ob etwas geschehen würde, aber als sich nichts tat, konzentrierte er sich wieder auf sein Ziel.

Es sah ganz so aus, als würde dies ein langer Tag werden.

## 5

*Einsatzquartier des FBI-Geiselbefreiungskommandos*

Mulder und Krycek betraten das dämmrige, in einem Nachbargebäude der Reiseagentur gelegene Büro, das kurzerhand vom FBI als Einsatzzentrale requiriert worden war. Mulder verharrte einen Moment lang und sah sich um. Rund ein Dutzend Agenten mit angespannten Gesichtern standen um Tische herum, die mit einer Unmenge an Papieren, Diagrammen und Karten übersät waren. Er brauchte einen Augenblick, in dem er die Körpersprache der Anwesenden studierte, bis er herausfand, wer hier das Kommando führte. Es war eine attraktive farbige Frau, deren aufrechte Körperhaltung unbewußte Autorität ausstrahlte. Er sah seine Vermutung bestätigt, als sie sich aus der Menge löste und auf ihn zukam.

»Agent Mulder? Ich bin Lucy Kazdin, die Einsatzleiterin für die Verhandlung mit dem Geiselnehmer. Danke, daß Sie gekommen sind. Kommen Sie mit, ich zeige Ihnen, womit wir es zu tun haben.«

»Klar. Das hier ist Agent Krycek.« Mulder nickte kurz in Kryceks Richtung, der dicht hinter ihm stand. Agent Kazdin bedachte Krycek mit einem schnellen Blick, bildete sich eine Meinung und ignorierte ihn dann sofort wieder, ohne auf Mulders Worte zu reagieren. Sie drehte sich um und ging mit knappen, zielstrebigen Schritten zu einer Schiefertafel. Mulder vermutete, daß ihm die Frau unter anderen Umständen äußerst gut gefallen hätte.

Kazdin blieb vor der Tafel stehen und begann zu sprechen, wobei sie auf ein paar eilig hingekritzelte Zeilen deutete, als würde das ihre Worte unterstreichen.

»Sein Name lautet Duane Barry. Er ist mit einer Smith&Wesson-Automatik, Kaliber 9 Millimeter, bewaffnet und verfügt über ein Magazin mit zehn Patronen. Wir gehen davon aus, daß er bereit ist, notfalls von der Waffe Gebrauch zu machen, und keine Angst hat zu sterben.«

»Was will er?« fragte Mulder.

»Freies Geleit für sich und seine erste Geisel, einen Psychiater namens Hakkie.«

»Und wohin?«

Kazdin schüttelte ungläubig den Kopf. »Er möchte den Arzt dort hinbringen, wo er glaubt, von Außerirdischen entführt worden zu sein. Nur weiß er nicht mehr, wo das war. Also hat er einen Abstecher in ein Reisebüro gemacht.«

Ihr Tonfall deutete an, wie absurd sie die ganze Situation fand, aber Mulders nachdenklicher Gesichtsausdruck veränderte sich nicht. Er schien auf weitere Informationen zu warten. Kryceks Lippen zuckten belustigt, doch er riß sich sofort wieder zusammen und ahmte Mulders stoische Ruhe nach.

»Ist er bei klarem Verstand?« erkundigte sich Mulder.

Kazdins Augenlider flackerten kurz, als sei sie verblüfft, daß er nicht auf ihren Tonfall einging. »Ja, aber er steht nicht mehr unter Medikamenteneinfluß und ist deshalb ziemlich manisch. Er redet ständig von Operationsnarben, Peilgeräten und jeder Menge anderem Blödsinn.«

Mulder nickte, als überrasche ihn das keineswegs. »Und das wäre?«

Wieder veränderte sich Kazdins Gesichtsausdruck. Offensichtlich fiel es ihr schwer zu glauben, daß ein FBI-Agent einen solchen Schwachsinn ernstnehmen konnte. »Das übliche Zeug über Entführungen durch Außerirdische. Worüber Sie, wie ich vermute, einiges wissen.«

Mulder bemerkte, daß er ihr nicht ganz geheuer war, aber das war er gewohnt. »Ja«, antwortete er. »Aber ich habe noch nie an Verhandlungen mit einem Geiselnehmer teilgenommen.«

»Wir werden Sie da schon durchlotsen«, versicherte Kazdin knapp. »Agent Rich ist unser beratender Commander für Geiselnahmen.« Sie deutete mit einem Nikken auf einen untersetzten Mann mit kurzgeschorenem grauen Haar, der sich ihnen gerade näherte. »Er und ich werden Sie unterstützen.«

Dunkle Schweißränder zeichneten sich um die Achselhöhlen herum auf Richs weißem Hemd ab. Seine Krawatte saß schief. »Was Mr. Barry jetzt braucht, ist ein Freund«, erklärte er mit müde klingender Stimme. »Jemand, der ihn versteht und an seinen gesunden Menschenverstand appellieren kann.«

»Wissen wir irgend etwas über seine Entführungserlebnisse?«

Rich starrte Mulder an. Sein Blick wanderte zu Kazdin hinüber und wieder zurück.

»Sie glauben diesen Quatsch wirklich, Agent Mulder?« fragte Kazdin.

Mulder sah sie ungerührt an. »Haben Sie damit ein Problem?«

Sie erwiderte seinen Blick einen Moment lang, bevor sie wieder wegschaute, als wolle sie sich ihr endgültiges Urteil für später aufheben. »Wir sind hier, um Leben zu retten. Sie werden sofort mit den Verhandlungen beginnen.«

Rich nickte zustimmend, als sie weitersprach: »Wir werden Ihre Fortschritte alle drei Stunden neu bewerten. Aufgrund dieser Bewertungen wird unser taktischer Commander Vorschläge machen und gegebenenfalls über den Einsatz von Gewalt entscheiden.«

Rich zog sich zurück. Mulders Gesicht nahm allmählich einen entschlosseneren Ausdruck an. Er hob die Stimme ein wenig, gerade genug, um unmißverständlich klarzumachen, daß er noch nicht völlig zufrieden war.

»Wenn dieser Mann ein Entführungsopfer ist, brauche ich mehr Informationen über ihn und seine spezielle Geschichte. Jeder Entführungsfall ist anders gelagert.«

Kazdin, die sich gerade abwenden wollte, drehte sich

wieder zu ihm um, die Augen vor Ungeduld zu schmalen Schlitzen zusammengekniffen. »Derartige Informationen hat man uns nicht zur Verfügung gestellt.«

»Hat denn niemand seine Akten aus dem Krankenhaus angefordert?«

»Hören Sie, Agent Mulder: Dieser Kerl ist ein Psychopath. Ihre Aufgabe ist es, ihn am Telefon festzuhalten. Je länger Ihnen das gelingt, desto größer ist die Chance, daß er niemanden tötet. Wenn wir uns jetzt erst noch die Zeit nehmen, eine Freudsche Analyse über seine Persönlichkeit zu erstellen, haben wir hier womöglich bald vier tote Geiseln.«

Mulder starrte sie wortlos an.

Sie schüttelte den Kopf. »Also, welchen Unsinn Sie sich auch immer über außerirdische Raumfahrer oder UFOs ausdenken müssen, beschäftigen Sie ihn irgendwie und halten Sie ihn am Telefon fest...« Sie warf ihm einen letzten Blick zu und ging davon, ohne sich noch einmal umzusehen.

Mulder blickte ihr nach. Er fragte sich, warum, zum Teufel, man ihn hierhergeschleppt hatte. Offensichtlich hielt man ihn für genauso verrückt wie Duane Barry. Und das würde sich für alle Beteiligten vielleicht noch als ein verhängnisvoller Irrtum herausstellen.

# 6

*Travel Time-Reisebüro*

Bob McConagheys Rücken schmerzte. Er litt unter einem Bandscheibenvorfall, und daß er gezwungen war, zusammengekauert neben Gwen Hillson und Kimberly

Rice auf dem Fußboden vor der Wand zu hocken, verschlimmerte die Schmerzen gewaltig. McConaghey war dreißig Jahre alt, hatte eine Stirnglatze, einen buschigen Schnurrbart und trug eine starke Brille. Das Reisebüro, das er leitete, lief mehr schlecht als recht. Etwas mit dieser Geiselnahme Vergleichbares war ihm noch nie zugestoßen. Er nahm all seinen verbliebenen Mut zusammen, sah zu Duane Barry auf und fragte im gleichen Tonfall, mit dem er sonst Herumlungernde vom Bürgersteig vor seinem Reisebüro verscheuchte: »Müssen wir die ganze Nacht lang so auf dem Boden sitzen?«

Duane wirbelte herum und hieb ihm den Lauf der Smith&Wesson auf die Wange. Der Schlag ließ McConagheys Hinterkopf gegen die Wand prallen und schleuderte ihm die Brille aus dem Gesicht. Er sackte vornüber, sein Kopf sank schlaff herab. Überraschenderweise verspürte er kaum Schmerzen. Ihm war nicht bewußt, daß er sich in einem Schockzustand befand. Er hob die rechte Hand und betastete ungläubig seine Wange. Der Knochen unter der Haut fühlte sich irgendwie schwammig und gebrochen an.

Duane starrte wütend zu ihm herab. Sehnen und Muskelstränge traten an seinem Hals hervor. Er bückte sich und zischte McConaghey ins Ohr: »Ich hab' gesagt, du sollst das Maul halten!«

McConaghey schloß die Augen. Neben ihm schielte Gwen mit angstverzerrtem Gesicht zu Duane hoch. »Wir haben doch alle Familien, um Gottes willen...!« stieß sie mit schriller Stimme hervor.

»Bitte, verletzen Sie niemanden, Duane, bitte...«, erklang eine leise, vor Anspannung heisere Männerstimme.

Duane wandte sich von McConaghey ab und drehte sich um, um nachzusehen, woher die Stimme kam. Er wirkte zugleich wütend und konzentriert. Am anderen Ende des Büros saß Dr. Hakkie in einem Stuhl, gefesselt wie ein verschnürtes Geburtstagsgeschenk. Er schluckte und leckte sich die ausgetrockneten Lippen. Irgendwie wirkte er zusammengeschrumpft, als fräße ihm die Angst das Fleisch von den Knochen.

Duane nickte vor sich hin und durchquerte steifbeinig das Büro. Die Jalousien vor den Fenstern hinter Dr. Hakkie waren heruntergezogen. Mit unnatürlich geweiteten Augen beugte sich Duane zu Hakkie hinab und krallte eine Hand in den Hemdkragen des Arztes. Während er sprach, begann er Hakkie durchzuschütteln.

»Ich werde Ihnen nichts tun, Doc.« Schütteln. »Denn diesmal werden Sie Duane Barry begleiten.« Schütteln. »Damit Sie selbst sehen können, wie das ist.« Schütteln. Plötzlich steigerte sich seine Stimme zu einem Kreischen. »Und daß es *wahr* ist!«

Hakkies Kopf wackelte wie ein lebloser Gegenstand auf seinen Schultern hin und her. Er konnte den Blick nicht abwenden, obwohl er wußte, wie verrückt und gefährlich das war. Duane war erregt und gewalttätig. In diesem Zustand war er zu allem fähig. *Wenn es mir nur gelungen wäre, ihm das Thorazin zu injizieren*, dachte Hakkie verzweifelt. *Dann wäre das alles nie passiert.*

Er versuchte, Duanes Aufmerksamkeit weiter auf sich zu ziehen, ihn von den unschuldigen Opfern am anderen Ende des Büros abzulenken. Und wie jeder wütende Mensch, der sich von dem direkten Blick seines Gegenübers herausgefordert fühlt, schaute Duane nicht weg. Hakkie starrte aus höchstens dreißig Zentimetern Entfernung in zwei dunkle bodenlose Abgründe des Wahnsinns. Lange stand Duane reglos vor ihm.

Plötzlich klingelte ein Telefon auf einem Tisch in der

Nähe. Duane löste seine Hände langsam von Hakkies Hemdkragen und richtete sich auf. Er stierte das klingelnde Telefon an. Schließlich ging er hinüber, so vorsichtig, als näherte er sich einer scharfen Handgranate, und nahm den Hörer von der Gabel. »Hallo ...?«

# 7

*Einsatzquartier des FBI-Geiselbefreiungskommandos*

Fox Mulder saß mit offenem Hemdkragen und gelockerter Krawatte vor einer tragbaren Kommunikationseinheit, die auf dem Schreibtisch vor ihm stand. Das Gerät sah wie ein aufgeklappter Reisekoffer aus. Mulder hatte ein Paar Kopfhörer über sein zerzaustes Haar gestreift. Ein Kabel lief von den Kopfhörern in die Telefonanlage. Das dazugehörige Mikrophon hing wenige Zentimeter vor seinen Lippen.

Auf die Schiefertafel hinter ihm hatte irgend jemand in Großbuchstaben vier Wörter gekritzelt: AUFRICHTIGKEIT. MÄSSIGUNG. BESCHWICHTIGUNG. ENTSPANNUNG. Darunter waren die Namen der Geiseln aufgelistet. Mulder warf einen kurzen Blick zurück auf die Tafel, während er dem Freizeichen in seinen Kopfhörern lauschte. Dann konzentrierte er sich wieder auf den Notizblock, auf dem er stichwortartig seine Strategie für die bevorstehende Verhandlung skizziert hatte. Ganz oben standen die gleichen vier Wörter wie auf der Tafel. Er unterstrich sie.

Agent Kazdin und Rich, die ebenfalls Kopfhörer trugen und sich rechts und links von ihm aufgebaut hatten, standen bereit, ihm gegebenenfalls zu assistieren. Sie beobachteten ihn gespannt. Hinter ihnen drängten sich Agent Krycek und mehrere andere Agenten um einen Tisch. Alle starrten ihn gebannt an, während er darauf wartete, daß Duane Barry ans Telefon ging. Mulder kam sich vor wie ein Alleinunterhalter auf einer Bühne, der nicht weiß, ob ihm das Publikum wohlgesonnen ist. Nicht daß es sonderlich darauf ankam. Das eigentliche Publikum befand sich nicht hier, sondern im Nachbargebäude, im Büro der Travel Time-Reiseagentur.

Ein Schweißtropfen rann an seinem Hals hinunter. Warum ging Duane Barry nicht ans Telefon?

Kurz bevor er aufgeben wollte, hörte er ein leises Klikken in seinen Kopfhörern. »Hallo ...«

Er zuckte leicht zusammen. »Duane?«

»Ja.«

Mulders Lider flatterten. Duanes Stimme klang gepreßt und heiser, seine Anspannung war unüberhörbar.

»Hier ist Special Agent Fox Mulder. Hören Sie, ich möchte versuchen, Ihnen zu helfen.« Die Agenten um ihn herum beugten sich unbewußt vor. Die Spannung nahm spürbar zu. Agent Kazdin schloß die Augen und verharrte konzentriert in einer steifen, unbequemen Körperhaltung.

Das erstickte Lachen, das Mulder aus dem Telefon entgegenschlug, jagte ihm eine Gänsehaut über den Rükken. »Klar, wir sitzen hier alle nur so herum und warten darauf, daß unser Flug aufgerufen wird.«

Mulder blickte kurz auf seine Notizen. »Ich glaube, ich weiß, was Sie durchmachen, Duane.«

Er hob den Kopf, als er ein eindringliches Klopfen an der Tafel hörte. Agent Rich deutete auf die Namen der Geiseln.

»Ich möchte nur sicherstellen, daß Sie bekommen, was

Sie wollen«, fuhr Mulder fort. »Und daß Bob, Gwen, Kimberly und Dr. Hakkie nichts zustößt.«

Es gehörte zur Standardprozedur in einer solchen Situation, die Namen der Geiseln so oft wie möglich zu erwähnen. Psychopathen neigen häufig dazu, ihre Geiseln nicht mehr als richtige Menschen wahrzunehmen. Ihre Namen zu erwähnen, soll den Kidnapper dazu zwingen, sie als echte Personen anzuerkennen und sie – vielleicht – auch als solche zu behandeln. Einige der fähigsten forensischen Psychologen des Landes arbeiteten für das FBI. Ihre Verhandlungstechniken waren bei Geiselnahmen vielfach erprobt worden und hatten sich bewährt.

Kazdin und Rich nickten beifällig. Mulder entspannte sich ein wenig. Vielleicht funktionierte es ja tatsächlich. Seit er zu diesem Fall hinzugezogen worden war, verspürte er ein ungutes Gefühl in der Magengegend. Alle Umstände deuteten auf eine Situation hin, die jeden Augenblick völlig außer Kontrolle geraten konnte. Das Schlimmste daran war, daß von den Leuten des Verhandlungsteams, die eigentlich bestens hätten informiert sein müssen, anscheinend keinerlei Verständnis für den Mann zu erwarten war, mit dem sie es hier zu tun hatten.

Mulder war Duane Barry nie begegnet, aber er hatte andere Menschen wie ihn kennengelernt. Und er kannte die furchtbare Hilflosigkeit, die tödliche Panik, die mit einem Kontakt zu Aliens einhergeht, aus persönlicher Erfahrung. Leute wie Kazdin und Rich hielten Duane Barry einfach nur für verrückt. In ihren Augen war jeder, der sich davor fürchtete, von Außerirdischen entführt zu werden, verrückt. Mulder dagegen wußte es besser. Manchmal war wirklich irgend jemand oder irgend etwas hinter einem her. Manchmal war Paranoia eine ganz vernünftige Reaktion auf ein reales und grauenhaftes Erlebnis.

Letztendlich lief es darauf hinaus, daß diejenigen, die solche Ereignisse durchgemacht hatten, und diejenigen, die davon verschont worden waren, in unterschiedlichen Welten lebten. Und jetzt balancierte Mulder auf einem schmalen Grat zwischen den Duane Barrys und den Lucy Kazdins dieser Welt. Unter normalen Umständen wäre dieser Drahtseilakt einfach nur lästig und ermüdend gewesen. Hier aber stand das Leben Unschuldiger auf dem Spiel.

Aber vielleicht würde er die Situation lösen können. Er drückte die Kopfhörer fester gegen seine Ohren.

# 8

*Travel Time-Reisebüro*

Die Angst durchdrang jeden Winkel des Reisebüros wie ein stechender Geruch. Duane Barrys Gesicht glänzte vor Schweiß. Die unregelmäßige Narbe auf seiner Stirn stach deutlich von der blassen Haut ab. Dr. Hakkie verfolgte jede unruhige Bewegung seines Patienten, der nervös im Büro auf und ab ging, mit leicht geröteten Augen.

In diesem Moment haßte er sich selbst. Das alles war sein Fehler. Er hatte gewußt, in welchem Zustand sich Duane Barry befand, und trotzdem war er unvorsichtig gewesen. Er hatte in seiner Wachsamkeit nachgelassen und vom Angeln geträumt. Nur einen kurzen Augenblick lang, aber der hatte ausgereicht. Und jetzt war ein Ungeheuer ausgebrochen, das zu bändigen seine Aufgabe gewesen war. Die Angst raubte ihm beinahe den Verstand. Er wußte, wozu Duane Barry fähig war. Und trotzdem verspürte er einen Rest von Pflichtgefühl, das gegen seine Angst ankämpfte. Von all den Menschen in diesem Raum war er als einziger darin geschult, mit Wahnsinn umzugehen.

Er ließ seinen Blick durch den Raum wandern, bis er an dem Manager des Reisebüros, Bob irgendwer, und den beiden Frauen hängenblieb. Bob wirkte immer noch benommen, hockte schlaff in sich zusammengesunken mit dem Rücken an der Wand, tupfte sich das Blut von der Wange und starrte die frischen roten Flecken auf seinem Taschentuch an. Die beiden Frauen neben ihm betrachteten ihn mit stummem Entsetzen. Ihre Gesichter waren kalkweiß, Furcht schimmerte in ihren Augen. Hakkie konnte sehen, daß sie dem Mann helfen wollten, aber es war ebenso offensichtlich, daß sie zu verängstigt waren, um sich zu bewegen und dadurch die Aufmerksamkeit des Geisteskranken auf sich zu ziehen.

Was unternahmen die Bullen? Er wußte, daß sie dort draußen waren, er hatte das Blitzen der Warnlichter gesehen, als mehrere Rettungswagen eingetroffen waren. Duane hatte die Jalousien herabgezogen, aber ein bißchen Licht fiel immer noch zwischen den Ritzen hindurch und erfüllte den abgedunkelten Raum mit einem schwachen Widerschein. Zumindest sprachen sie mittlerweile mit Barry.

Hakkie versuchte sich vorzustellen, was dort draußen geschah. Da es sich um eine Geiselnahme handelte, mußte das FBI vor Ort sein. Und das FBI war gut, oder? Deren Leute waren darin ausgebildet, mit solchen Situationen umzugehen. Sie würden ihre forensischen Psychologen, ihre Handbücher und ihre Aktionspläne auffahren, die sie an ähnlichen Szenarien erprobt und eingesetzt hatten.

Das Problem war, daß sie Duane Barry nicht kannten. Wahrscheinlich hatten sie Erfahrungen mit Personen wie ihm, aber sie kannten den speziellen Fall nicht. Sie wußten nicht, wie sich seine Neigung zur Gewalttätigkeit während seines Krankenhausaufenthalts gesteigert hatte. Duane hatte nie richtig auf eine Behandlung angesprochen. Zum Teufel, er konnte es sich ruhig eingestehen. Niemand hatte ernsthaft versucht, Duane wirklich zu behandeln. Nein, Leute wie dieser Mann wurden mit allen möglichen Medikamenten vollgepumpt, die stark genug waren, sie ruhigzustellen. Mit Thorazin, Compazin, Haldol und anderen neuroleptischen Wirkstoffen. Mit Chemikalien, die die elektrischen Nervenbahnen in ihren Gehirnen lahmlegten. Und dann wartete man einfach ab.

Wenn man lange genug wartete, waren Männer wie Duane Barry irgendwann zu alt und zu müde, um noch durchzudrehen – oder zumindest um gewalttätig zu werden. Dann konnte man sie gefahrlos entlassen. Und wenn sie danach auf den Straßen herumhockten und unsichtbare Fremde ankeiften ... na und? Das Leben war nun mal hart.

Trotzdem gelang es Hakkie nicht, zu verdrängen, daß er einen Fehler gemacht hatte, vielleicht sogar einen fatalen. Er hatte geglaubt, Duane wäre bereits müde geworden. Aber er hatte sich getäuscht. Duane hatte nur gewartet und auf seine Chance gelauert.

»*Sie bilden sich ein, Sie wüßten, was ich durchmache?*« brüllte Duane plötzlich. Er umklammerte den Telefonhörer so fest, daß Hakkie einen Moment lang die verrückte Vorstellung hatte, die Haut über seinen Fingerknöcheln müsse jeden Augenblick aufplatzen. »*Sie wollen wissen, was Duane Barry durchmacht? Einen Dreck wissen Sie!*«

Er starrte den Telefonhörer in seiner Hand mit verzerrtem Gesicht an. Aus der Muschel drang eine blecherne Stimme, gerade laut genug, daß Hakkie sie verstehen konnte.

»Ich weiß, wie Sie sich fühlen, Duane. Und daß Sie sich wünschen, daß alles ein gutes Ende nimmt.«

*Ja*, dachte Hakkie, *richtig so. Wer immer du bist, geh auf seine Wahnvorstellungen ein. Mach ihn, um Gottes willen, nicht noch wütender, als er ohnehin schon ist…*

Duane verzog höhnisch die vollen Lippen. »O ja, sicher!« fauchte er in den Hörer. »Damit die mich wieder in diese Klappsmühle stecken können… wo ich ja wohl *hingehöre*!«

*Das siehst du völlig richtig*, dachte Hakkie, als Duane ein abgehacktes bitteres Lachen ausstieß. *Genau da gehörst du hin. Und da würdest du immer noch sein, wenn ich nicht ein solcher Idiot gewesen wäre.*

Duane näherte sich langsam den Vorderfenstern. Hakkie konnte die Stimme aus dem Telefon immer noch hören, obwohl sie allmählich leiser wurde.

»Alles, worum es uns geht, ist Ihre Sicherheit, Duane. Und die Ihrer Geiseln.«

Als Duane das Fenster erreicht hatte, duckte er sich ein wenig und öffnete einen schmalen Spalt zwischen den Blättern der Jalousie. Die blinkenden Warnlichter von draußen spiegelten sich auf seinem Gesicht, während er durch die Ritze spähte.

Hakkie fragte sich, was der Mann dort sah. Er verrenkte verstohlen den Hals und schielte über Duanes Schulter hinweg. Auf der gegenüberliegenden Seite des Platzes konnte er undeutlich ein anderes erleuchtetes Büro und eine einzelne Gestalt sehen, aber keine weiteren Details ausmachen. War das der Mann, der mit Duane sprach?

Er verspürte ein unheimliches Gefühl völliger Ohnmacht und Hilflosigkeit.

Duane begann wieder zu sprechen. Seine Stimme klang trotzig wie die eines Kindes, eines bösartigen Kindes. Voller weinerlicher Anklage, erstickt von schmutzigen Geheimnissen.

»Heh, wie heißen Sie? Mul-deer? Ich kenne Ihre Vorgehensweise...«

Er ließ die Jalousie los, richtete sich auf und drehte sich um. Seine fiebrig glänzenden Augen funkelten triumphierend.

»Aufrichtigkeit«, sagte er. »Mäßigung. Beschwichtigung. Habe ich irgendwas ausgelassen, Agent Mulder?«

*Wovon, zum Teufel, redet er da?* fragte sich Dr. Hakkie.

# 9

*Einsatzquartier des FBI-Geiselbefreiungskommandos*

Die unerträgliche Spannung hatte Mulder aufstehen lassen. Irgend jemand hatte das Gespräch auf die Außenlautsprecher umgeschaltet, und alle Anwesenden hörten wie hypnotisiert zu. Sie standen oder saßen regungslos herum. Die meisten starrten blicklos an die Decke, als befände sich der Geiselnehmer irgendwo über ihnen.

Das Szenario kam Mulder merkwürdig vertraut vor. Plötzlich wurde ihm klar, wo er ähnliches gesehen hatte. Gruppen von Menschen, die auf dunklen Hügeln standen, in den Nachthimmel starrten und warteten ...

Aus den Lautsprechern ertönte Duane Barrys Stimme, langsam, nachdrücklich und fordernd:

»... Aufrichtigkeit. Mäßigung. Beschwichtigung. Habe ich irgendwas ausgelassen, Agent Mul-deer?«

Agent Kazdins Haltung versteifte sich. Ihr Blick huschte zu Mulder hinüber und verharrte für einen kurzen Moment auf seinem Gesicht, bevor sie schnell wegsah. Mulder verspürte ein plötzliches Ziehen in der Magengegend. Überraschung und Schock. Und etwas, das er nur allzugut kannte, das Gefühl, hintergangen worden zu sein. Er starrte Lucy Kazdin unverwandt an, aber sie wich seinem Blick aus. Irgendwann wurde ihm bewußt, daß er Duane Barry schon viel zu lange auf eine Antwort warten ließ.

»Sie brauchen jemanden, dem Sie vertrauen können, Duane.«

Seine eigenen Worte ließen ihn innerlich auflachen. Vertrauen? Diese Leute hier belogen sogar ihn selbst.

»Ich kenne eine Menge Menschen, die ganz ähnliche Dinge erlebt haben...«

Aus den verborgenen Lautsprechern dröhnte Duanes Stimme auf, schnitt ihm das Wort ab.

»Sie wollen etwas für mich tun, Agent Mulder? Dann halten Sie Ihre Bluthunde an der Leine. Wenn Sie versuchen sollten, mich auszuräuchern oder irgend etwas anderes Dämliches zu unternehmen, dann werden alle hier sterben!«

Die FBI-Agenten erschauderten stumm.

»Duane, hören Sie...«

Das leise Jaulen einer Rückkopplung untermalte die brüllende Stimme des Geiselnehmers: »Diesmal kriegen die mich nicht! Die sollen sich jemand anderen holen! *Duane Barry geht nicht mehr mit ihnen mit!*«

Die blanke Wut in der Stimme des Mannes traf Mulder wie ein Fausthieb, dessen Wucht ihn zusammenzucken ließ. Wie mußte das erst auf die Geiseln wirken, die Duanes Raserei unmittelbar ausgesetzt waren?

»Niemand wird irgendeine Dummheit versuchen ...«

Ein scharfes Klicken beendete das Gespräch abrupt, gefolgt von dem eintönigen Summen des Freizeichens, das durch die Lautsprecher zu einem bedrohlich klingenden Geräusch verstärkt wurde. Mulders Muskeln schmerzten, als hätte man ihn geschlagen. Er mußte sich gewaltsam aus seiner krampfartigen Starre reißen.

Sein Blick wanderte zu Lucy Kazdin hinüber. Er musterte sie vorwurfsvoll: »Wer ist dieser Kerl?«

Kazdin starrte ihn wortlos an. Mulder schaute kurz zu Agent Rich hinüber, aber ebensogut hätte er eine Wand betrachten können. Was, zur Hölle, ging hier vor? War denen denn nicht klar, daß sie alle hier im gleichen Team spielten? Daß er einer von *ihnen* war?

»Er ist ein FBI-Mann, nicht wahr?«

Aber er brauchte die Antwort gar nicht erst zu hören. Er wußte bereits, wie sie lautete.

# Zweites Kapitel

## 1

*Einsatzquartier des FBI-Geiselbefreiungskommandos*
*Richmond, Virginia; Innenstadt*
*7. August 1994*

Mulder riß sich den Kopfhörer mit einer angewiderten Bewegung von den Ohren und ging langsam auf Lucy Kazdin zu. Sie musterte ihn trotzig und frustriert zugleich und zuckte die Achseln, als er sie erreicht hatte.

»Ein ehemaliger FBI-Agent«, sagte sie.

»Und Sie hielten es nicht für nötig, das zu erwähnen?« Mulder mußte schlucken, um seine Stimme unter Kontrolle zu bekommen.

Er kannte sich mit Körpersprache aus, und jetzt sprach Lucy Kazdins Körper Bände. Ihre Lippen verzogen sich zu einem unechten entschuldigenden Lächeln, aber ihre Augen blieben so kalt und reglos wie Kieselsteine. Sie senkte den Kopf ein wenig und ließ die Schultern fallen – die Haltung eines Menschen, der sich auf einen Angriff einstellt –, aber ihr Rücken blieb gerade, und sie wich ihm nicht aus. Sie tat ihm beinahe leid. Er hatte sie bei einer dummen Lüge ertappt.

Und *wie* dumm diese Lüge war! Der Gedanke daran ließ erneut die Wut in ihm hochkochen.

»Er ist 1982 aus dem FBI ausgeschieden«, fuhr sie fort. »Kam vor gut zehn Jahren in psychiatrische Behandlung und wandert seither von einer Anstalt zur anderen.« Wieder diese merkwürdige halb entschuldigende, halb beiläufige Geste. »Aber darum geht es hier nicht.«

Mulder zwang sich dazu, einmal tief durchzuatmen. »Worum es hier geht, ist, daß das FBI möglichst wenig Staub aufwirbeln will, nicht wahr? Daß wir uns selbst um unsere Leute kümmern können?«

Sein Widerwille war überdeutlich. Das war die typische Denkweise des FBI: Was auch immer passierte, man regelte die eigenen Angelegenheiten selbst. Nur keine Außenstehenden hinzuziehen. Aber was dachten sie sich nur dabei? Hier ging es nicht um irgendwelche unbedeutenden internen Probleme. Hier stand das Leben Unschuldiger auf dem Spiel. Was, wenn er etwas Falsches gesagt hätte, weil er es nicht besser *gewußt* hatte?

Kazdin hob unvermittelt und trotzig das Kinn, als wäre ihr plötzlich wieder eingefallen, daß sie sich von Mulder keinerlei Vorwürfe gefallen lassen mußte.

»Man erwartet von uns, die Sache so sauber und reibungslos wie möglich zu erledigen.«

*Na klar*, dachte Mulder. *Wir waschen unsere schmutzige Wäsche selbst, egal wer die Brühe hinterher auslöffeln muß.*

»Schön«, antwortete er. »Dann haben Sie den Anfang aber ziemlich verpatzt.«

Mit einem Mal bemerkte Kazdin, daß ihre Auseinandersetzung von einem Kreis neugieriger Augen verfolgt wurde. Sie wich etwas zurück. Ihr Lächeln verschwand.

»Eine Verhandlung ist ein ständiger Prozeß, Agent Mulder«, warf Rich ein, als ahnte er, was Kazdin als nächstes sagen würde.

*Ich schätze, das soll mir zeigen, was meine Rolle in diesem Spiel ist,* dachte Mulder. *Aber wenn sie mich tatsächlich für einen derart ignoranten Anfänger halten, stellt sich hier eine ganz andere Frage.* Er drehte sich zu Rich um.

»Wenn Sie nur jemanden brauchen, der Ihr Drehbuch vorliest, dann hätten Sie mich nicht hierherschleppen müssen.«

»Diese Methode hat sich als äußerst erfolgreich erwiesen, um das Vertrauen von Geiselnehmern zu gewinnen«, erklärte Rich.

*Welche Methode? Lügen zu erzählen? Jedenfalls trägt sie kaum dazu bei, mein Vertrauen zu gewinnen,* dachte Mulder. Irgendwie mußte er diesen Leuten die Augen öffnen.

»Nein. Hören Sie, dieser Mann hat Angst. Sie können sein Vertrauen nur gewinnen, wenn Sie zu verstehen versuchen, wovor er Angst hat.« Er wandte sich wieder Kazdin zu und schob sich näher an sie heran, als könne er so die Mauer aus Skepsis und Selbstgefälligkeit durchdringen, die man ihm hier entgegenbrachte.

»Haben Sie jemals mit einem Abduktionsopfer gesprochen, Agent Kazdin?«

Sie hob befremdet die Augenbrauen. Die Antwort war genauso deutlich, als wären ihr die Wörter »wohl kaum« auf die Stirn tätowiert worden.

»Haben Sie schon mal ein Opfer erzählen hören, wie man ihm das Gehirn durch die Nase herausgesaugt hat – und das bei vollem Bewußtsein? Würden Sie gern erfahren, was die mit den Eierstöcken einer Frau anstellen?«

Kazdins Gesichtsausdruck wirkte angeekelt. »Nicht unbedingt«, entgegnete sie.

Mulder nickte. »Dann begreifen Sie, bitte, daß Sie Ihre Vorgehensweise hier etwas variieren sollten.«

Sie starrten einander eine Weile an. Mulder senkte den

Blick als erster. Wozu machte er sich überhaupt die Mühe? Er drehte sich auf dem Absatz um und ging davon. Kazdin warf Agent Rich einen kurzen Blick zu und seufzte schwer.

»Kann ich irgend etwas für Sie tun?«

Agent Krycek hatte das Geschehen mit großer Wachsamkeit verfolgt. Jetzt trat er mit einem Gesichtsausdruck an Lucy Kazdin heran, der verständnisvolles Mitgefühl widerspiegelte.

Kazdin sah ein wenig überrascht auf, als fragte sie sich, was, zum Teufel, dieser Mann hier zu suchen hatte. »Ja«, sagte sie ausdruckslos. »Wie war noch mal Ihr Name?«

»Krycek«, erwiderte er betont verbindlich.

Sie nickte. »Okay, Krycek. Haben Sie etwas zu schreiben?«

Beflissen griff der Agent in seine Jackentasche und zog einen Spiralblock und einen Kugelschreiber hervor.

Kazdins Miene zeigte keinerlei Regung. »Einen doppelten Cappuccino mit Vanillezucker.« Sie sah flüchtig zu Rich hinüber. »Agent Rich?«

Damit drehte sie sich um und ging. Krycek blieb mit dem Block und dem gezückten Kugelschreiber in der Hand hinter ihr zurück. Sein angedeutetes Lächeln verschwand schlagartig.

# 2

*Dana Scullys Büro*

Der Fernseher hinter Scullys Computer war die hellste Lichtquelle in dem ansonsten abgedunkelten Raum. Im Zwielicht glänzte ihr Haar wie polierte Bronze.

Scully verfolgte die laufende Berichterstattung mit heruntergedrehter Lautstärke. Die Reporter hatten sich während der letzten Minuten nur ständig selbst wiederholt. Scully wußte, daß Mulder dort war. Sie hatte gehofft, einen kurzen Blick auf ihn zu erhaschen, aber im Zentrum der Operation wurden keine Fernsehkameras oder Reporter geduldet. Das entsprach den Standardvorschriften.

Sie hatte schon früher versucht, Mulder zu erreichen, aber vom diensttuenden Beamten erfahren, daß ihr Kollege vom Geiselbefreiungskommando vor Ort angefordert worden war. Der einzige Grund, der ihr dafür einfiel, war Mulders psychologisches Fachwissen, auch wenn er hauptsächlich auf einem anderen Gebiet gearbeitet hatte. Vielleicht gab es tatsächlich Ähnlichkeiten im Verhaltensmuster von Serienmördern und Geiselnehmern, aber das FBI verfügte über eine Vielzahl von Psychologen, die weitaus besser darin geschult waren, mit einer solchen Situation umzugehen.

Das Telefon auf ihrem Schreibtisch klingelte leise. Sie beugte sich vor und nahm den Hörer bereits beim zweiten Klingelton ab.

»Scully«, meldete sie sich.

»Scully, ich bin's. Ich bin in Virginia.«

Mulders Stimme kam ihr müde vor, müde und vielleicht ein wenig gereizt.

»Ich weiß«, erwiderte sie. »Ich habe es im Fernsehen gesehen. Was ist da draußen los, Mulder?«

Mulder schwieg einen Moment lang. »Was sagen die Medien?« fragte er dann.

Scully versuchte, sich alles ins Gedächtnis zurückzurufen und das ganze weitschweifige Gerede auf seinen Kern zu reduzieren: »Daß ein entflohener Psychiatriepatient sich mit vier Geiseln in einem Reisebüro verschanzt hat.« *Was es im wesentlichen zusammenfaßt*, dachte sie. Nicht gerade viel nach zwei Stunden laufender Berichterstattung.

»Was sie verschweigen, ist, daß dieser Kerl früher beim FBI war und außerdem behauptet, von Außerirdischen entführt worden zu sein.«

Scully warf einen kurzen Blick auf den Fernseher. Die Kameras zeigten nach wie vor den menschenleeren Platz, und der Nachrichtensprecher wiederholte belanglose Sätze.

»Im Ernst?«

»Ja. Sein Name ist Duane Barry. Ich brauche Ihre Hilfe, Scully.«

Sie griff automatisch nach einem Stift und zog einen Notizblock zu sich heran.

»Versuchen Sie herauszufinden, was ihm zugestoßen ist.«

Scully legte den Stift beiseite und rückte statt dessen ihre Computertastatur zurecht. Sie überlegte kurz, welche Datenbanken am besten für eine Suche nach derartigen Informationen geeignet waren, und tippte eine Reihe von Suchcodes ein, den Telefonhörer zwischen Ohr und Schulter geklemmt.

»Ich brauche Abschriften von seinen Therapiesitzungen, hypnotischen Regressionen... Alles über seine Abduktionserlebnisse ...« Mulder verstummte mitten im Satz.

Scully wartete, doch alles, was sie hörte, war ein leises tonloses Summen. »Mulder?«

»Bei uns ist gerade das Licht ausgegangen.«

# 3

*Scharfschützenstellung über dem Halliday Square*
*Richmond, Virginia; Innenstadt*
*7. August 1994*

Der Scharfschütze riß den Kopf hoch, als der erste Lichtblitz aufflammte. Irgendwo zu seiner Linken. Er umklammerte das Gewehr fester und drückte das Kinn gegen den Kolben. Nur für alle Fälle. In seinen Kopfhörern rauschte und krachte es, während er den Platz unter sich hastig mit den Augen absuchte. Nichts zu sehen. Alles schien ruhig.

Ein weiterer Lichtblitz, weitaus heller als der erste. Der Scharfschütze konnte dessen Ursprung noch immer nicht ausmachen, aber jetzt wurde der Platz wie von einer riesigen Glühbirne erhellt. Der Anblick erinnerte ihn an Ausbildungsfilme, an Aufnahmen der Atombombenversuche in Nevada. Er verspürte einen plötzlichen Anflug von Panik in sich aufsteigen.

Dann begann das Licht wieder zu verblassen, aber es war derart hell gewesen, daß sich die Gläser seiner Brille dunkel getönt hatten. Er blinzelte mehrmals und versuchte, die blinkenden weißen Punkte zu vertreiben, die vor seinen Augen schwirrten.

Noch immer konnte er keine Ursache für das plötzliche Licht entdecken. Sein Blick wanderte nach oben und richtete sich auf das große Gebäude auf der gegenüberliegenden Seite. Und dann sah er es. In den Etagen des Gebäudes gingen die Lichter aus, zuerst im obersten Stockwerk, dann setzte sich die Dunkelheit Etage um Etage nach unten fort.

Als sie das Erdgeschoß erreicht hatte, erloschen auch die Straßenlaternen, gefolgt von der roten Neonreklame über dem Reisebüro. Als letztes traf es den beleuchteten

Springbrunnen im Zentrum des Platzes, dessen Wasserfontänen langsam in sich zusammenfielen. Nur die Warnlichter auf den Einsatzfahrzeugen blitzten noch rot und blau im Halbdunkel. Nach einer Weile leuchteten die Scheinwerfer einiger Autos auf. Irgendwo in der Ferne waren Schreie zu hören.

Der Scharfschütze schaltete sein Mikrophon an: »*Was, zur Hölle, ist hier los?*«

# 4

*Travel Time-Reisebüro*

Der plötzliche Stromausfall stürzte den Raum unvermittelt in Dunkelheit. Dr. Hakkie zerrte an seinen Fesseln. Sein Herz hämmerte wie wild.

Durch die Jalousien fiel nur ein schwaches Licht. *Nein*, dachte Hakkie verzweifelt.

Er hörte ein lautes hustendes Knurren, das kaum noch menschlich klang, sah undeutlich den Widerschein des Lichtschimmers auf schweißglänzender Haut. Ein gequältes Stöhnen und dann ...

Ein Lichtblitz, ein Knall!

»Nein«, flüsterte Hakkie. Irgend jemand stieß ein Keuchen aus.

Drei weitere Blitze leuchteten auf, drei Schüsse ertönten.

Die Schüsse erfolgten so schnell hintereinander, daß die Mündungsflamme einen stroboskopartigen Effekt erzeugte. Bei jedem Lichtblitz konnte Hakkie Duane Barry erkennen, der wie erstarrt dastand, die Pistole in der ausgestreckten Hand. Es war verblüffend, wie viele

Informationen das menschliche Gehirn in einem Sekundenbruchteil aufnehmen und verarbeiten konnte.

Hakkie sah Duanes Gesicht, den zu einem stummen Schrei aufgerissenen Mund, das Glitzern seiner Zähne, die geweiteten Augen, blind vor Entsetzen.

Stille. Dr. Hakkie saß reglos da. Er versuchte voller Furcht, etwas zu spüren, zerfetztes oder durchbohrtes Fleisch, die Vorboten seines Todes.

»Ahrrrg«, knurrte Duane Barry kehlig. »Ahrrrg...«

## 5

*Scharfschützenstellung über dem Halliday Square*

Der Scharfschütze hatte schon den einen oder anderen Schußwechsel im Dienst erlebt, und so wußte er genau, was er da gerade hörte.

Adrenalin durchflutete seinen Körper. Er schob sich vor und starrte wie gebannt zu dem Fenster des Reisebüros hinüber, entdeckte das helle Mündungsfeuer hinter den heruntergelassenen Jalousien.

Er dachte an die Geiseln hinter diesem Fenster und schickte ein stummes Stoßgebet zum Himmel.

## 6

*Einsatzquartier des FBI-Geiselbefreiungskommandos*

Als das Licht erlosch, drehten sich alle Köpfe wie auf Kommando zu den Vorderfenstern hin, hinter denen lediglich das Streulicht der Einsatz- und Rettungsfahrzeuge zu sehen war. Trotzdem zog es die Blicke der Menschen magisch an.

Dann brach ein Gewirr aus lauten Stimmen los, das das dumpfe Trampeln von Füßen und das schabende Geräusch beiseite geschobener Möbelstücke übertönte. Kazdin und Mulder wurden von den Leibern der anderen mitgerissen. Die Agentin fingerte an ihrem Kopfhörer herum.

Von den anderen drängenden Körpern wurde sie direkt neben Agent Steve Brem gedrückt, den Commander der taktischen Einheit. Brem stand gebückt vor dem Fenster, einen Kopfhörer mit einer Hand gegen das Ohr gedrückt, während er in sein Mikrophon bellte: »Taktische Einheit! Was veranstaltet ihr da draußen, Leute?«

Die Antwort erfolgte praktisch ohne Verzögerung, verstärkt durch die Lautsprecher, die durch ihre eigene Notstromversorgung gespeist wurden.

»Nichts, Sir! Wir machen hier überhaupt nichts, Sir!«

Die Notstromgeneratoren des Gebäudes waren noch nicht angesprungen, und in der provisorischen Einsatzzentrale herrschte Dunkelheit. Mulder fand, daß Brem angesichts der Situation bewundernswert beherrscht wirkte. In seinem Kopf dagegen überschlugen sich die Gedanken, als er sich dichter an die Glasscheibe heranschob und zu erkennen versuchte, was dort draußen geschah.

Der erste weiße Lichtbogen ließ ihn blinzeln, der zweite geblendet zurückzucken. Das Licht wurde langsam greller, zeichnete die Umrisse der FBI-Agenten vor dem gleißenden Hintergrund in scharfen Konturen nach. Einen Moment lang standen alle wie erstarrt da und schirmten ihre Gesichter so gut wie möglich gegen die unnatürliche Helligkeit ab. Dann wurde das Licht allmählich schwächer, und gleichzeitig sprangen die Reservegeneratoren an. Die Notbeleuchtung an der Decke flackerte schwach und unregelmäßig auf.

Plötzlich fielen Schüsse, unvermittelt und laut. Dadurch wurde eine zweite Welle hektischer Aktivität unter den verwirrten Agenten ausgelöst. Reflexartig warfen sie sich auf den Boden. Mulder prallte unglücklich mit dem rechten Ellbogen auf, spürte die Schmerzen wie einen Blitzstrahl durch seinen Arm und die Hand schießen. Er biß die Zähne zusammen. Einen Moment lang waren die Finger der rechten Hand ohne jedes Gefühl. Er achtete nicht darauf.

»Es sind Schüsse gefallen!« hörte er Brem rufen. »Quelle lokalisieren und melden! Ich wiederhole, lokalisieren und melden!«

Eine weitere Feuersalve zerriß die Nacht. Mulder rollte auf das Fenster zu, stemmte sich auf einen Arm hoch und reckte den Hals. Woher kamen die Schüsse? Von einem der Scharfschützen draußen auf dem Platz? Von Duane Barry aus dem Reisebüro?

Er wußte es nicht. Er hatte nicht die leiseste Ahnung, was dort vor sich ging.

# 7

## *Halliday Square*

Officer Steve Hallsey vom Richmond Police Department hätte normalerweise schon längst Feierabend gehabt. Die Uniform klebte ihm auf der Haut und rief einen Juckreiz hervor, er konnte seinen eigenen Schweiß riechen, und sein Haar fühlte sich wie schmieriges Stroh unter der Polizeimütze an. Aber das war schon in Ordnung. Er hatte jetzt bereits vier Überstunden auf dem Konto, und es war nicht abzusehen, wie viele noch dazukommen würden.

Er machte sich Sorgen. Je länger der Psychopath die Geiseln in dem Reisebüro in seiner Gewalt hatte, desto größer wurde die Wahrscheinlichkeit, daß irgend etwas schiefging. Und das wollte Hallsey wirklich nicht.

Trotzdem, gerade jetzt, da es nicht mehr lange dauern würde, bis er Vater wurde, konnte er Überstunden gut gebrauchen. Und seine Aufgabe war leicht: Alles, was er zu tun hatte, war, in der Polizeikette zu stehen, mit der die kleine Gruppe unbeteiligter Zuschauer und die größere der Reporter vom Tatort ferngehalten wurde.

In gewisser Weise war es sogar aufregend. Bis zu diesem Tag war er noch nie im Fernsehen gewesen, aber heute hatte man mindestens ein Dutzend Mal Kameras direkt auf sein Gesicht gerichtet oder ihm Mikrophone unter die Nase gehalten. Wie von seinem Vorgesetzten befohlen, beantwortete Officer Hallsey alle Fragen lediglich mit der stereotypen Floskel: »Kein Kommentar.«

Und aus der Nähe konnte er deutlich erkennen, daß der Chefreporter von Channel Six tatsächlich ein Toupet trug. Der Gedanke ließ ihn grinsen, und er fragte sich, ob seine Frau ihn wohl in den 6 Uhr-Nachrichten gesehen hatte. Ob die Aufnahmen mit ihm überhaupt gesendet worden waren?

Als das weiße Licht über der Szenerie aufflammte, war er genauso überrascht wie alle anderen. Es kam zu zweierlei Reaktionen. Während sich die normalen Zuschauer duckten und ihre Augen abschirmten, begannen die Reporter, ihre Kameras wie wild in alle Richtungen zu schwenken. Hallsey selbst ging ebenfalls in die Hocke, blieb aber auf seinem Posten. Der Schirm seiner Mütze schützte seine Augen vor dem direkten Lichteinfall, trotzdem konnte er kaum noch etwas erkennen. Und es war ein furchteinflößendes Licht. Irgend etwas daran ... es war, als würde es einen verbrennen oder auf eine ähnliche Weise verletzen, wenn man ihm zu lange ausgesetzt blieb.

Das war nur ein flüchtiger Gedanke, der ebenso schnell wieder erlosch wie das gleißende Licht selbst. Hallsey holte tief Luft und richtete sich auf. Überall um ihn herum begannen auch die anderen Leute sich wieder zu rühren, sie liefen ziellos umher und redeten aufgeregt miteinander.

Auf dem Platz war es dunkel geworden, obwohl die Scheinwerfer einiger Streifenwagen aufleuchteten und lange weiße Lichtkegel warfen.

Hallsey war gerade dabei, sich wieder zu beruhigen, als der erste Schuß peitschte. Sein Herz begann zu rasen.

Er wartete nicht erst auf irgendwelche Anweisungen. Schon lag er flach auf dem Bauch und schrammte mit dem Kinn über den Betonboden.

Zu seiner eigenen Überraschung stellte er fest, daß er die Waffe bereits anhand ihres Klanges eingeordnet hatte. Es war nicht das tiefe hustende Brüllen aus einem dieser modernen Präzisionsgewehre, wie sie die Jungs vom FBI benutzten. Dieses Geräusch war schärfer und heller, der Knall einer Faustfeuerwaffe. Wahrscheinlich eine 38er, vielleicht auch Kaliber 9 Millimeter.

Er glaubte, fünf Schüsse gezählt zu haben, als wieder Stille einkehrte, blieb aber noch eine Weile liegen. Wer sich bewegte, machte sich selbst zum Ziel. Nach einer undefinierbaren Zeitspanne, wahrscheinlich waren es nur Sekunden gewesen, kam er zu der Überzeugung, daß es vorbei war. Er hob vorsichtig den Kopf und sah sich um. Nichts passierte. Er atmete einmal tief durch und stemmte sich auf die Füße.

Das Funkgerät an seiner Hüfte rauschte und knisterte. Er hob es hoch, schaltete es ein und lauschte der blechernen Stimme seines Commanders.

»Fünf«, sagte Hallsey in das Mikrophon. »Ich habe fünf Schüsse gezählt.« Er hielt das kleine Funkgerät dicht an sein Ohr.

»Was haben Sie gesagt?« quäckte die Stimme des Commanders aus dem Lautsprecher.

»Es wurden fünf Schüsse abgefeuert.«

»Okay.«

Weitere Stimmen klangen aus dem Funkgerät. Offensichtlich waren die FBI-Jungs alle auf dieselbe Frequenz geschaltet worden. »Vier Schüsse«, ertönte eine Stimme. »Ich habe sechs Schüsse gezählt«, meinte eine andere kurz darauf.

*Na klar*, dachte Officer Steve Hallsey. *Vier, fünf, sechs Schüsse. Welchen Unterschied macht das schon? Auf jeden Fall eine ganze Salve.*

Plötzlich erschienen ihm die bezahlten Überstunden gar nicht mehr so erstrebenswert, auf einmal sehnte er sich nur noch danach, nach Hause gehen zu dürfen. Und wenn er in den Nachrichten nicht zu sehen sein würde, war das in Ordnung für ihn. Es gab heutzutage einfach zu viele häßliche und fatale Möglichkeiten, ins Fernsehen zu kommen, und in diesem Moment ging ihm jede einzelne davon durch den Kopf.

# 8

*Einsatzquartier des FBI-Geiselbefreiungskommandos*

Mulder zog sich hoch und kam wieder auf die Füße. Die Notbeleuchtung war mittlerweile etwas heller geworden, aber immer noch nicht hell genug. Die Luft war zum Schneiden dick und machte das Atmen schwer. Mulder arbeitete sich zu Agent Brem vor, der noch immer den Kopfhörer gegen ein Ohr gepreßt hielt.

»Es wurden vier bis sechs Schüsse abgefeuert!« rief der Commander.

Im Einsatzraum herrschte hektisches Durcheinander. Agenten griffen nach Tischtelefonen, Handies und Funkgeräten, um an das zu gelangen, was sie jetzt am dringendsten benötigten: Informationen. Erregtes Stimmengewirr umgab Mulder, als er jetzt auf Agent Rich zusteuerte.

Rich sah ihn nicht kommen. Er stand wild gestikulierend da und rief in den allgemeinen Lärm hinein: »Die Leitung zum Reisebüro ist zusammengebrochen.«

*Großartig*, dachte Mulder. *Das hat uns gerade noch gefehlt.* Er entdeckte, daß seine Anzugjacke zusammengeknüllt auf dem Boden lag, bückte sich, zog sein eigenes Handy aus der Innentasche und klappte es auf, während er zu Rich hinüberging, der hilflos auf seine jetzt nutzlose Telefonanlage hinabstarrte.

»Wie lautet die Nummer des Reisebüros?« fragte Mulder schroff.

Rich fuhr herum, als überrasche es ihn, Mulder hier zu sehen. »Was ...? Ähhh ... 555–2804.«

Mulder nickte knapp und tippte die Nummer ein. Er hatte das Telefon gerade zum Ohr geführt, als Agent Kazdin auftauchte. Sie wirkte bestürzt.

»Eine Umspannstation ist durchgebrannt«, sagte sie. »Wir haben im ganzen Straßenblock Stromausfall.«

In ihren Augen lag eine stumme Frage, aber Mulder hatte keine Zeit, ihr zu antworten, denn am anderen Ende der Leitung wurde abgehoben. Eine scheinbar endlose Sekunde lang herrschte Stille.

»Duane?« fragte Mulder behutsam.

# 9

*Travel Time-Reisebüro*

Übelkeit wütete in Duane Barrys Eingeweiden. Einen Moment lang glaubte er, sich übergeben zu müssen. Irgendwie lief alles schief. Die Geschichte seines gesamten verdammten Lebens. Ständig war einfach alles schiefgegangen.

Vor Schock wie betäubt sah er sich im Reisebüro um und nahm die Szenerie in sich auf, die sich ihm im gedämpften Licht der Notbeleuchtung darbot. Dr. Hakkie lag in seinem halb umgekippten Stuhl, die gefesselten Arme in einem seltsamen Winkel von sich gestreckt, und schluchzte leise. Duane starrte ihn ungläubig an. Der allmächtige Dr. Hakkie mit seinem verdammten struppigen Bart und der unnahbaren überheblichen Art. Dr. Hakkie, der Mann mit der Spritze, die den Verstand eines Menschen wie eine Bombe in eine Welt aus Dunkelheit schleuderte. Dr. Hakkie, den er angefleht und angebettelt hatte. Und jetzt weinte dieser Dr. Hakkie hemmungslos wie ein kleines Kind. Tränen quollen unter seinen geschlossenen Lidern hervor und rannen seine Wangen hinab.

Hinter Duane erklang ein erstickter Schrei. Er drehte sich langsam um. Gwen starrte ihn aus wilden und gleichzeitig verängstigten Augen an. Sie hatte sich über den Manager des Reisebüros gebeugt. Kimberly saß reglos wie eine steinerne Statue auf demselben Fleck wie zuvor. Ihr Gesicht wirkte leblos und grau. Ihre Finger schlossen und öffneten sich mit jedem stockenden Atemzug.

Duane stand so dicht neben dem Telefon, daß er zusammenfuhr, als es klingelte. Seine Hand, in der er die Pistole hielt, zuckte in die Höhe. Gwen erschauderte.

Wie hatte es nur so weit kommen können? Duane begriff das nicht. All diese Leute ... und alle fürchteten sich so sehr vor ihm.

Das zweite Klingeln riß ihn aus seinen Gedanken. Sein Blick fiel auf das Telefon. Er nahm den Hörer ab.

»Ich habe es Ihnen ja gesagt«, sprach er in die Muschel, und danach fühlte er sich irgendwie besser. Er konnte nichts dafür. Es war nicht seine Schuld. Das alles war die Schuld der anderen, derer dort *draußen*. Nur die Schuld aller anderen ...

Er stieß einen scharfen krächzenden Laut aus und brachte den Gedanken zum Verstummen. Die Stimme aus dem Telefon kam ihm vertraut vor. Wie hieß der Mann noch mal? Mul-deer?

»Ist bei Ihnen alles in Ordnung, Duane?«

»Sie haben mir nicht geglaubt, nicht wahr?« Er spürte ein seltsames Machtgefühl in sich aufsteigen. Sie hatten ihm nicht geglaubt, und er hatte es ihnen gezeigt. Vielleicht würden sie ihm *jetzt* glauben. Was diese Situation betraf. Und die andere Sache ...

»Ich glaube Ihnen«, versicherte Mulder. »Aber ich muß jetzt von Ihnen wissen, ob irgend jemand angeschossen worden ist.«

*Angeschossen?* fragte sich Duane. *Habe ich auf irgend jemanden geschossen?* Er betrachtete die Pistole in seiner Hand und schaute dann wieder auf. Dr. Hakkie hatte einen Teil seiner Selbstbeherrschung wiedergefunden. Er zog geräuschvoll die Nase hoch, hatte die Augen geöffnet und starrte Duane an. Offensichtlich fehlte ihm sonst nichts.

Duane schwenkte langsam den Kopf herum. Gwen hatte sich etwas zurückgelehnt, so daß ihr Körper den des Managers namens Bob nicht mehr verdeckte. Das Kinn des Mannes war auf seine Brust gesunken, seine Halbglatze glänzte unheimlich. Er hatte die Augen geschlossen und stöhnte leise vor sich hin, gab schwache unterdrückte Geräusche von sich, als wolle er laut schreien, fürchte sich aber davor.

Sein Bauch war ein einziger glitschiger, roter Fleck. Sein weißes Hemd war blutdurchtränkte. Gwen schien Duanes plötzliche Aufmerksamkeit zu spüren. Sie sah zu ihm auf und hob die Hände. Ihre Finger waren blutverschmiert.

Einen Moment lang starrte sie Duane hilflos an, dann wandte sie sich wieder Bob zu. »Ich brauche ein paar Handtücher, Kimberly. Kimberly ...«

Aber Kimberly reagierte nicht. Ihre Lippen bebten, Tränen liefen ihr die Wangen hinab. Sie bewegte sich nicht und ließ nicht erkennen, ob sie Gwen überhaupt gehört hatte.

Duane schnaubte laut. Das Geräusch ließ Gwen herumfahren. Sie beugte sich schützend über den Verletzten. Ihre Augen funkelten wild. »Er wird *verbluten* ...«

Sie machte Anstalten aufzustehen, doch dann bemerkte sie Duanes versteinerten Gesichtsausdruck, sah die Pistole, die er immer noch locker in der ausgestreckten Hand hielt, dunkel, schwer und tödlich. Gwen sank resigniert zurück.

Duane griff erneut zu dem Telefon. Seine Stimme klang ruhig und völlig sachlich.

»Ich schätze, wir brauchen einen Arzt.«

# 10

*Einsatzquartier des FBI-Geiselbefreiungskommandos*

Der Bote, ein junger Mann mit einem Pferdeschwanz, mehreren Ohrringen und flinken Augen, die jedes Detail registrierten, während er sich seinen Weg durch die angespannten und schwitzenden Agenten bahnte, stellte ein Paket ab. »Man hat mir gesagt, daß das für Sie ist«, erklärte er.

Als Mulder das braune Packpapier auseinanderriß, kam ein hellblaues Uniformhemd zum Vorschein. Ein Ärmel trug einen Aufnäher mit dem Abzeichen des medizinischen Notfalldienstes und der Aufschrift »Sanitäter«. Unter dem Hemd lag eine dunkle Uniformhose.

Mulder nickte, nahm seine Krawatte ab und begann, sein weißes Hemd aufzuknöpfen. Er registrierte den Blick des Boten, der ihn musterte.

»Werden Sie es wirklich tun?« fragte der junge Typ.

»Was tun?«

»Sie wissen schon, den Kerl erwischen. Ihn umlegen.«

Mulder hob die Augenbrauen. Lucy Kazdin tauchte hinter dem jungen Mann auf und legte ihm eine Hand auf die Schulter. »Hallo, Sie da«, sagte sie schroff. »Raus hier.«

Der Bote drehte sich zu ihr um und wollte protestieren,

überlegte es sich aber anders, als er ihren Gesichtsausdruck bemerkte. »Ja, Ma'am«, murmelte er und zog sich zurück.

»Ich hoffe, die Sachen passen«, bemerkte Kazdin. »Ich mußte die Größe schätzen.«

Mulder hielt sich die Hose vor die Hüfte. »Sieht okay aus«, meinte er.

»Das Hemd?«

»Wenn es zu groß ist, stopfe ich es einfach in die Hose«, erwiderte er.

»Ich wollte, daß es etwas größer ausfällt. Sie werden natürlich eine kugelsichere Weste tragen.«

»Oh, natürlich.«

Kazdin starrte ihn einen Moment lang an. »In Ordnung, sobald Sie umgezogen sind, haben wir da noch ein paar Sachen für Sie. Der taktische Commander Agent Brem wird sie Ihnen erklären.«

Mulder nickte erneut und zog seine Anzughose aus. »Nicht hinsehen«. Er konnte ein Grinsen nicht unterdrücken.

Gegen ihren Willen mußte Kazdin doch hinsehen. Sie grinste zurück. »Bestimmt nicht, Agent Mulder.«

Mulder streifte das Uniformhemd über, ohne es zuzuknöpfen. Brem musterte ihn fachmännisch von Kopf bis Fuß. »Sieht okay aus«, kommentierte er. »Ziehen Sie das Hemd wieder aus. Ich helfe Ihnen mit den Verschlüssen der Weste.«

Es war eine Kevlar II-Weste mit einem hellblauen Stoffüberzug. Wie immer, wenn er eine solche kugelsichere Weste sah, ging ihm der gleiche Gedanke durch den Kopf: *Was für eine fröhliche und nette Farbe für etwas, das eine Kugel davon abhalten soll, einem die Eingeweide zu zerfetzen.* Die Weste bedeckte seine Brust, den Bauch, die Seiten und den Rücken. *Womit Duane als Ziel nur meine Arme, meine Beine und mein Kopf für einen Schuß aus knapp zwei Metern Entfernung bleiben*, dachte Mulder. *Ein ehemaliger FBI-Agent. Aus dieser Entfernung dürfte ein Kopfschuß ein Kinderspiel für ihn sein.*

Unterdessen hatte Brem die Verschlußbänder der Weste festgezurrt. Mulder streifte das Hemd wieder über und stopfte es in die Hose. Brem betrachtete ihn prüfend und grunzte zufrieden.

»Das Hemd kann die Weste nicht vollständig verbergen, aber damit wird er sowieso rechnen. Wir würden jedem, den wir da reinschicken, eine kugelsichere Weste verpassen, und das weiß er.«

Mulder nickte. »Und was jetzt?« fragte er.

Brem nahm ein kleines Kästchen von einem der Schreibtische, öffnete es und hielt es Mulder entgegen. Der Agent erblickte einen kleinen goldenen Gegenstand von der Größe und Form einer Erbse, der auf einer schwarzen Stoffunterlage ruhte.

»Das ist ein Mittelohrlautsprecher, hergestellt von InterAudio, derzeit das neuste Modell.« Brem reichte das Kästchen einem Kommunikationstechniker, der das winzige Gerät mit einer Pinzette vorsichtig entnahm.

»Halten Sie still«, forderte der Techniker, während sich seine Hand Mulders linkem Ohr näherte. »Es tut nicht weh, aber es wird sich ein paar Sekunden lang kalt anfühlen.« Er klemmte sich eine Juwelierlupe vor ein Auge und beugte sich dicht über Mulders Kopf.

»Sie werden auf dem linken Ohr praktisch nichts anderes mehr hören«, erklärte Brem, »und Ihr Gleichgewichtssinn könnte etwas beeinträchtigt sein.«

Mulder zuckte leicht, als der Techniker den Lautsprecher tiefer in seinen Gehörgang schob.

»Keine Sorge, alles in Ordnung«, murmelte der Mann beruhigend.

»Wenn Sie in einen Hinterhalt geraten oder im Gebäude festgehalten werden sollten, können wir Sie über dieses Gerät vor einem eventuellen gewaltsamen Eingreifen unsererseits warnen«, fuhr Brem fort. Er beugte sich weiter vor und senkte die Stimme. »Vergessen Sie nicht, er hat noch vier bis sechs Kugeln im Magazin.«

Mulder nickte und widerstand der Versuchung, sich sarkastisch zu erkundigen, ob sie sich wirklich sicher seien, daß Duane Barry noch so viele Schuß Munition übrig hatte. Das Verlangen nach methodischer Präzision, selbst wenn man nur unpräzise Vermutungen anstellen konnte, war eine typische Verhaltensweise, symptomatisch für eine solche Krisensituation. *Als würde nicht schon eine einzige Kugel ausreichen, mir ein für alle Male das Licht auszupusten*, dachte Mulder. Und wenn es Duane gelang, noch weitere Schüsse abzufeuern, würde die Situation sowieso in einer Katastrophe enden.

Brem tippte ihm auf die linke Schulter. »Im oberen Saum der kugelsicheren Weste befindet sich ein verstecktes drahtloses Mikrophon. Bei normaler Lautstärke müßten wir alles verstehen können, was im Umkreis von rund hundert Metern gesprochen wird.« Brem fuhr nun wieder etwas lauter fort und trat einen Schritt zurück: »Verhindern Sie unter allen Umständen, daß Barry diese Geräte entdeckt. Wenn Sie einen Telefonhörer an dieses Ohr halten ...« – er deutete auf Mulders linkes Ohr, an dem sich der Techniker immer noch zu schaffen machte – »... könnte es eine Rückkopplung geben, die verrät, daß Sie verkabelt sind.«

Mulder zog eine Grimasse, als er ein plötzliches Zerren tief im Ohr verspürte. »Fertig«, verkündete der Techniker und zog die Pinzette zurück. Er klopfte Mulder kurz auf die Schulter, grinste und ging.

Auf einmal wurde Mulder bewußt, daß Brem die ganze Zeit über nicht die kleinste Spur irgendeines Gefühls gezeigt hatte. Genausogut hätte er einen Vortrag in der Akademie halten können.

Lucy Kazdin kam herüber, nun wieder völlig beherrscht und sachlich. »Sind Sie sich ganz sicher, daß Sie das auch wirklich tun wollen?« fragte sie ernst.

»Ja«, entgegnete Mulder ohne zu zögern. *Wer sollte es denn sonst tun?* fügte er in Gedanken hinzu. *Ihr habt ja nicht die leiseste Ahnung, womit ihr es hier zu tun habt. Im Gegensatz zu mir. Zumindest hoffe ich das ...*

Kazdin nickte und lächelte flüchtig. »In Ordnung, hier entlang.« Sie führte ihn in den vorderen Bereich des Raumes, wo ein anderer Mann, der eine ähnliche Uniform wie Mulder anhatte, geduldig wartete. Er trug einen großen schwarzen Notarztkoffer in der Hand, der offensichtlich ziemlich schwer war.

»Ihre Aufgabe ist es, die verwundete Geisel medizinisch zu versorgen«, erklärte Kazdin. »Alles andere ist zweitrangig. Sie gehen rein und wieder raus. Riskieren Sie nicht Ihr Leben. Und was auch immer Sie glauben ...«

Mulder hatte diese Art Ermahnungen mindestens schon ein dutzendmal gehört. Er beendete den Satz für Kazdin, ohne zu bemerken, daß er etwas zu laut sprach. »... gehen Sie nicht auf seine Wahnvorstellungen ein. Sie können nicht mit ihm verhandeln, wenn er denkt, daß Sie ihm glauben.«

Diesmal wirkte Kazdins Lächeln aufrichtiger. Die Belohnung für eine gut gelernte Lektion. »Richtig.« Sie deutete auf den Mann mit dem Notarztkoffer. »Das ist Agent Janus.«

Janus war kleiner und stämmiger als Mulder und sah sehr jung aus. Sein dunkles Gesicht wirkte ernst und konzentriert. Er nickte Mulder zu, ohne zu lächeln.

»Agent Janus ist ausgebildeter Sanitäter und wird sich um die verletzte Geisel kümmern«, fuhr Kazdin fort. »Sie verwickeln Duane Barry in der Zwischenzeit in ein Gespräch.« Sie legte eine kurze Pause ein. »Wie ich schon sagte, solange er redet, erschießt er niemanden. Das gilt auch für Sie.«

Mulder nickte. Selbst für jemanden wie ihn, der so wenig Erfahrungen im Verhandeln mit Geiselnehmern hatte, schien dies ein vernünftiger Rat zu sein. Andererseits hatte Kazdin es nicht für nötig gehalten, zu erwähnen, daß Duane Barry ein ehemaliger FBI-Agent war, bevor sie Mulder mit ihm hatte telefonieren lassen.

Kazdin musterte ihn ein letztes Mal von Kopf bis Fuß, drehte sich um und verschwand. Es war soweit. Mulder atmete tief durch, straffte die Schultern und ging zur Tür. Agent Janus schloß sich ihm an.

Als Mulder gerade die Türklinke herunterdrücken wollte, fühlte er eine Hand auf seinem Oberarm. Brem schob sich dicht an ihn heran. »Ich habe dort draußen drei Scharfschützen postiert«, zischte er leise. »Wenn Sie Barry irgendwie in die Nähe der Tür bekommen können ... dann brauchen wir nur einen einzigen Schuß.« Er hob die Hand und tippte Mulder leicht gegen den Schädelansatz direkt oberhalb des Nackens. »In die *Medulla oblongata ...*«

Agent Brem schaute ihm direkt in die Augen und hob fragend die Brauen. Mulder nickte.

*In die Medulla oblongata schießen*, dachte er. *Das*

*klingt natürlich sehr viel besser, als ihm den Schädel wegpusten.* Er spürte einen kühlen Luftzug genau über die Stelle seines Hinterkopfs streichen, die Brem berührt hatte. Ihm lief ein kalter Schauder über den Rücken. Als er weitergehen wollte, sah er, daß Janus ihm die Tür aufhielt.

*Janus*, dachte er. *Der römische Gott der Schwellen und des Weges. Der Gott mit den zwei Gesichtern …*

*Wie auch immer, auf geht's.*

# 11

## *Halliday Square*

Die Nachtluft war kühl und trug den Geruch eines fernen Flusses und der Bäume mit sich, die den Platz umgaben. Ein Windstoß fuhr Mulder über die Wangen und um die Nase, vertrieb die Anspannung und spülte die düsteren Gedanken aus seinem Schädel.

Wie auf ein unhörbares Kommando hin blieben Janus und er einen Moment lang stehen und wechselten einen kurzen Blick, bevor sie sich, immer noch schweigend, wieder in Bewegung setzten und mit schnellen Schritten auf das Reisebüro auf der anderen Seite des Platzes zumarschierten.

Mulders Augen stellten sich schnell auf die veränderten Lichtverhältnisse ein. Er blickte sich hastig um und versuchte, ein Gefühl für die Situation auf dem Platz zu bekommen. Während seiner überstürzten Ankunft hatte er kaum darauf geachtet.

Der Wind trieb ihm das leise Raunen vieler Stimmen aus der Dunkelheit zu. Undeutliche Schemen säumten den Platz. Viele trugen auffällige Gebilde in Schulterhöhe. Mulder entdeckte einen schwachen Lichtschimmer auf einem Kameraobjektiv. Womit filmten die Leute? Mit Infrarotkameras?

Einige der Polizisten hatten eine Kette gebildet und hielten die Reporter und Zuschauer zurück. Dieser abgesperrte Teil des Platzes war völlig verwaist. Dic Schritte von Mulder und Janus hallten hohl von den nackten Betonwänden wider.

Irgend etwas ließ Mulders Blick nach oben gleiten. Im schwachen Mondschein konnte er undeutlich einen menschlichen Umriß vor dem Sternenhimmel entdekken, der sich über eine Brüstung gebeugt hatte und offensichtlich nach unten spähte.

*Einer von Brems Scharfschützen*, dachte Mulder. Sie waren fast an der verschlossenen Tür des Travel Time-Reisebüros angelangt, hinter der eine Jalousie heruntergezogen war.

*Bringen Sie ihn nahe genug an die Tür oder ein Fenster heran, daß uns ein Schuß reicht ...*

Genau zwischen seinen Schulterblättern begann es zu jucken. Die Zielgenauigkeit der FBI-Geiselbefreiungseinheit war legendär, aber es war dunkel. Die Straßenbeleuchtung funktionierte immer noch nicht. Nur ein paar Autoscheinwerfer und das Warnlicht auf den Streifenwagen erhellten die Szenerie mehr schlecht als recht. Das waren nicht gerade günstige Bedingungen für einen gezielten Schuß.

Und der Türeingang, den sie gleich erreichen würden, lag im tiefsten Schatten. Mulder fuhr zusammen, als er glaubte, in der Ferne ein scharfes Klicken zu hören ... wie das Entsichern eines Gewehrs ...

*Zum Teufel damit!* Er atmete tief durch und stieß die

Luft langsam wieder aus. Die Tür war jetzt direkt vor ihm. Er hob eine Hand, ballte sie zur Faust und klopfte.

Nichts geschah.

Er klopfte erneut. Wer würde ihm antworten? Würde überhaupt irgend jemand antworten?

Als ein paar Finger zwischen den Blättern der Jalousie hinter der Glastür erschienen, machte er beinahe einen Satz zurück. Die Finger bewegten sich und schoben die Blätter zu einem Spalt auseinander. Zwei glitzernde Augen spähten aus der Dunkelheit heraus. Ein leises metallisches Rasseln und dann das kratzende Schaben eines Schlüssels, der in ein Schloß geschoben wurde ...

Ein Klicken ...

Die Tür wurde einen Spalt weit aufgestoßen. Jeder Muskel in Mulders Rücken krampfte sich zusammen. Ein scheinbar endloser Moment folgte ...

Das lange Haar der Frau schimmerte im gedämpften Licht hinter ihr. Mulder spürte, wie sein Herz einen Schlag lang aussetzte, bevor es seine Arbeit wieder aufnahm. Er lächelte der Frau zu. Sie wich zurück und zog die Tür dabei weiter auf.

Als Mulder ihr in die Augen sah, entdeckte er dort nichts außer einer Art betäubten Entsetzens. Ihr Mund war schlaff und stand offen, schloß sich ruckartig und klappte dann wieder auf, offensichtlich ohne ihr bewußtes Zutun.

Mulder nickte ihr zu und trat vorsichtig ein.

»Duane ...?« fragte er behutsam.

# Drittes Kapitel

## 1

*Travel Time-Reisebüro*

Vereinzelte trübe Lichtpfützen tauchten das Büro in ein unheimliches Zwielicht. Mulder blieb direkt in der Tür stehen und beobachtete die Frau, die wie eine Marionette wieder in den Schatten untertauchte.

Er spürte Agent Janus unmittelbar hinter sich, trat einen weiteren Schritt vor und versuchte, das Halbdunkel mit den Blicken zu durchdringen.

*»Hände hoch! Stellen Sie die Tasche auf den Boden! Ganz langsam …«*

Die Stimme klang rauh, vor Anspannung gepreßt und vertraut. Mulder hob die Hände, als Duane Barry hinter einem Schreibtisch hervor in einen trüben Lichtkegel der Notbeleuchtung trat, die Automatik Kaliber 9 Millimeter in fachmännischem Doppelhandgriff vor sich hingestreckt. Seine Augen waren leer und kalt.

Er bewegte sich mit wachsamer Geschmeidigkeit. Mulder kannte diese Körperhaltung. Was Duane auch immer während der letzten zehn Jahre zugestoßen war, er hatte seine FBI-Ausbildung nicht vergessen. Die Pistole schien beinahe wie ein Teil seines Körpers zu sein. Für Mulder bestand nicht der geringste Zweifel, daß

Duane sie notfalls benutzen würde, und zwar sehr effektiv.

»Wir sind unbewaffnet, Duane«, rief er schnell. »Wir möchten nur dem Verwundeten helfen.«

*Verwickeln Sie ihn in ein Gespräch*, hatte man ihm eingeschärft. *Lassen Sie sich nicht auf seine Phantasievorstellungen ein. Bestärken Sie ihn nicht in seinem Irrglauben.* Aber Duane wirkte keineswegs so, als sei er in einer Phantasiewelt verloren. Seine Konzentration war genau auf den richtigen Punkt gerichtet, auf das Zentrum von Mulders Stirn.

*Er hat sein Ziel markiert*, dachte Mulder. *Er weiß von unseren kugelsicheren Westen.*

Duane kam langsam näher, blieb aber immer knapp außerhalb der direkten Reichweite von Mulder und Janus. Mulder spürte, wie ihm Schweißperlen kitzelnd den Rücken hinabrannen. Duane mochte alles mögliche sein, aber er war mit Sicherheit nicht dumm. Er machte keine offensichtlichen Fehler. Er würde sich nicht so einfach überwältigen lassen, auch dann nicht, wenn sich plötzlich eine günstige Gelegenheit ergeben sollte.

»Hier drüben«, ertönte eine Frauenstimme. Mulder drehte den Kopf in ihre Richtung und machte einen Schritt auf sie zu.

»Gesicht zur Tür!« bellte Duane. Mulder erstarrte. Der Lauf der Pistole kam ihm plötzlich riesig vor. Duane schluckte und zog die breiten Schultern ein wenig hoch.

Mulder wußte, daß er dem Tod in diesem Augenblick sehr nahe war. Die Muskeln in seinem Rücken zogen sich schmerzhaft zusammen, als er sich langsam umdrehte. Ohne ihn zu sehen, konnte er spüren, daß Janus seinem Beispiel folgte. Dann stand er da, mit dem Gesicht zur Tür. Er beugte sich vor und stützte sich mit den Handflächen am Türrahmen ab. Die Blätter der Jalousie klafften einen Spalt weit auseinander und ließen etwas Licht durchsickern. Allerdings nicht genug, um es für die Scharfschützen möglich zu machen, Duane zu sehen.

»Gut so ...«, sagte Duane hinter seinem Rücken. Mulder hörte leise Schritte, die sich ihm näherten. Dann spürte er Duanes energische Hände auf seinen Rippen, als dieser ihn fachmännisch abzuklopfen begann.

Es war die Standardprozedur, mit der ein Verdächtiger nach Waffen oder Abhörgeräten durchsucht wird. Plötzlich war Mulder unendlich dankbar für die technische Neuentwicklung in seinem linken Ohr. Auf diese Art würde Duane den Lautsprecher niemals finden, wahrscheinlich auch nicht das winzige Mikrophon im Saum der Kevlar-Weste. Das waren Geräte, die es zu Duanes Dienstzeit noch nicht gegeben hatte.

»Sie sind nicht bewaffnet, was? Sie sind vom FBI, richtig? Haben Sie eine Waffe in diesem Koffer versteckt?«

Mulder konnte sich vorstellen, was sich gerade in der Einsatzzentrale abspielte. Die Agenten würden sich um die Geräte drängen, die Augen zusammengekniffen, die Ohren gespitzt, um nicht das leiseste Geräusch zu überhören, während sie dem Gespräch lauschten.

»Tragen Sie eine Wanze?«

»Nein«, sagte Mulder. »Wir sind nur gekommen, um zu helfen.«

»In Ordnung.«

»Niemand wird versuchen, irgend etwas gegen Sie zu unternehmen, Duane. Wir möchten nur dafür sorgen, daß niemand mehr verletzt wird.«

In seinem linken Ohr ertönte Lucy Kazdins Stimme, überraschend laut und deutlich. »Richtig. Gut so. Sie wollen mit ihm kooperieren.«

Mulder verspürte einen plötzlichen Anflug von Angst. Kazdins Stimme hatte unglaublich laut geklungen. Duane mußte sie einfach gehört haben.

Aber Duane reagierte nicht. Er beendete die Durchsuchung von Agent Janus, trat wieder zurück und zog die Jalousie vor der Tür zu, ohne den Scharfschützen ein Ziel zu bieten. Mulder ließ erleichtert die verkrampften Schultern sinken.

Er drehte sich langsam um und sah, wie Duane zurücktrat und Agent Janus den Weg zu dem Verwundeten freigab.

»Machen Sie Ihre Arbeit, und dann verschwinden Sie«, befahl Duane.

Janus hob beschwichtigend eine Hand und hielt die große Rettungssanitätertasche in einer unbewußten Geste wie einen Schutzschild vor sich. Er näherte sich den beiden Frauen, die sich über einen auf dem Teppich liegenden Mann gebeugt hatten. Erst jetzt stellte Mulder fest, daß er den Atem des Verletzten hören konnte, ein heiseres, stockendes Keuchen. Ein großer hellroter Fleck verunstaltete sein weißes Hemd. Sein Kopf hing schlaff zur Seite. Janus ließ sich vor ihm auf die Knie nieder, öffnete die Tasche und machte sich an die Arbeit.

»Wie geht es ihm?« fragte er leise.

»Schlecht ...«, erwiderte Gwen tonlos.

Mulder drehte sich noch etwas weiter herum, um Duane im Auge zu behalten. Der ehemalige Agent hatte den Raum fast durchquert und stand jetzt hinter einem dünnen bärtigen Mann, dessen Hände auf den Rücken gefesselt waren. Duane hatte einen Knebel aus einem Spül- oder Handtuch geformt und ihn dem Gefesselten in den Mund gestopft.

*Dr. Hakkie*, dachte Mulder. *Der Arzt und sein ehemali-*

*ger Patient.* Die Pistole in Duanes Hand zitterte nicht, und Mulder konnte immer noch den ominösen Punkt in der Mitte seiner Stirn fühlen. Er zweifelte nicht daran, daß Duane ihn auch aus dieser Distanz genau zwischen die Augen treffen würde.

Er bemühte sich, seiner Stimme einen möglichst beruhigenden Tonfall zu verleihen und bestimmte Sätze laufend zu wiederholen. Seine psychologischen Kenntnisse sagten ihm, daß diese Vorgehensweise hier angebracht war.

»Niemand wird irgend etwas unternehmen, Duane.«

Der Mann richtete den Blick nun auf Hakkies Kopf. Er nahm eine Hand vom Griff der Pistole, zielte aber weiterhin auf Mulder, ohne zu antworten.

»Das FBI will mit Ihnen kooperieren, Duane, aber im Gegenzug müssen auch Sie sich kooperativ zeigen.«

Diesmal sah Duane nicht einmal auf, und Mulder spürte ein Gefühl der Enttäuschung in sich aufsteigen. Was, wenn Duane ihm nicht zuhörte? Was, wenn er schon zu weit abgedriftet war, um noch zurückzukehren?

»Warum lassen Sie die anderen Geiseln nicht frei, Duane?«

»Der Doc wird mich begleiten«, erwiderte Duane beinahe geistesabwesend.

»Dann lassen Sie wenigstens die Frauen gehen.«

Duane ließ durch nichts erkennen, ob er Mulder überhaupt verstanden hatte. Er richtete seine Aufmerksamkeit wieder auf Hakkie. Der Arzt hob den Kopf. Seine Augen wirkten glasig und leer. Mulder kannte diesen Blick. Er hatte ihn in den Augen von Männern gesehen, die im Todestrakt der Gefängnisse auf ihre Hinrichtung warteten.

*Wenn Hakkie das überlebt,* dachte er plötzlich, *wird er*

*nicht mehr praktizieren können. Er hat den Wahnsinn erlebt, den er immer gefürchtet hat.*

Dieser entsetzte und gleichzeitig resignierte Gesichtsausdruck des Arztes war es dann auch, der Mulder schließlich dazu bewog, die FBI-Taktik über Bord zu werfen und sich in die unbekannte Welt Duane Barrys hineinzuwagen. Duane hatte sich schon zu weit von dieser Realität entfernt und verlor immer mehr den Halt. Wenn er überhaupt noch mit den Tricks des FBI zurückgebracht werden konnte, dann höchstens in einem Blutbad.

Aber es gab auch noch andere Tricks. Und es gab die Wahrheit...

»Waren das vorhin hier die Außerirdischen, Duane? Das Licht... Waren sie das?«

Irgend etwas flackerte in Duanes eingefallenem Gesicht auf und erlosch gleich darauf wieder. »Versuchen Sie nicht, Duane Barry zu verarschen«, warnte er.

Mulder registrierte den merkwürdigen Gebrauch der dritten Person in der Antwort des Mannes. Diese Ausdrucksweise war bei Psychopathen ein Anzeichen für ernste Gefahr, für eine Loslösung vom Selbst, eine Trennung des Es und des Ichs. Duane Barry betrachtete andere Menschen mit Sicherheit nicht mehr als Mitmenschen, aber es war durchaus möglich, daß er auch sich selbst nicht mehr als menschlich einschätzte. Was hatte man ihm angetan?

»Wir haben Zeit verloren, Duane«, fuhr Mulder leise fort. Er hob die rechte Hand mit seiner Armbanduhr. »Ich habe auf meine Uhr gesehen. Ist es nicht das, was immer passiert, wenn sie kommen? Daß die Zeit stehenbleibt?«

*Die Zeit bleibt stehen...*

Das war es, was zu Duane durchdrang, die Barriere durchbrach, die ihn bisher geschützt hatte. Auf einer

Seite dieser Barriere war er ein Mann, ein Mensch, Duane Barry. Auf der anderen Seite war er...

... irgend etwas anderes.

Die Erinnerung explodierte mit der allzu vertrauten Gewalt in seinem Kopf. Hiebe aus purem, höllischem Licht; Licht, das im Rhythmus seines Herzschlages pulsierte; Licht, das ihn so erbarmungslos festnagelte wie ein Insekt, das mit einer Nadel aufgespießt wird.

Er lag auf dem Rücken, und das Licht dröhnte und dröhnte und dröhnte in seinem Hirn, riß die Schutzschicht zwischen ihm und ... dem anderen nieder, und ...

Er schüttelte den Kopf und starrte Mulder an. »Sie haben das erfunden.«

Mulder hob den Kopf. Seine sanfte Stimme wurde eindringlicher. »Ist es nicht das, was man Ihnen immer vorwirft? Daß Sie das alles nur erfinden?«

Duane warf einen kurzen Blick auf Dr. Hakkie, als wollte er sagen: *Sehen Sie, es gibt jemanden, der mich versteht, der mir glaubt. Vielleicht nicht du mit deinen Spritzen, deinem zerfledderten Bart und deinem Unglauben. Aber ein anderer...*

»Sie sagen, ich würde mir alles bloß einbilden.« Er starrte Hakkie böse an. Sein Atem ging stoßweise. »Alles, was sie wollen, ist, noch mehr Drogen in mich hineinzupumpen.« Er riß seinen anklagenden Blick von Hakkies schlaffem Gesicht los und richtete ihn auf Mulder. »Aber es existiert keine Pille, die mir das nehmen könnte, was in mir ist!«

Mulder trat vorsichtig einen Schritt vor und nickte. Duane hatte die Pistole mittlerweile vollständig sinken lassen. Die Haut über seinen Wangenknochen war straff gespannt und schien im wechselhaften Licht zu glühen.

»*Ich* höre Ihnen zu, Duane«, sagte Mulder.

»Sie hören mir nur zu, weil ich eine Waffe habe.«

»Nein. Ich glaube Ihnen.«

Lucy Kazdins Stimme dröhnte in Mulders linkem Ohr auf, so laut, daß sie seine Kieferknochen zum Schwingen zu bringen schien. »Nicht, Agent Mulder. Sie verstärken seine Psychose.«

*Nein*, dachte Mulder. *Was ich verstärke, ist die Wahrheit.* Er ignorierte Agent Kazdin. »Ich weiß, daß Sie Angst haben, Duane. Ich kenne die Schmerzen und die Furcht, die Sie empfinden müssen.«

*»Hören Sie mir gut zu, Mulder. Sie dürfen sich nicht mit ihm identifizieren!«*

*Nein, Lucy*, dachte Mulder. *Ich spiele dieses Spiel jetzt nicht mehr nach Ihren Regeln. Ich weiß, worum es hier geht, und jetzt wende ich meine eigenen Regeln an.*

Er warf einen kurzen Blick zu Janus hinüber, der sich immer noch mit Bob, dem Manager, beschäftigte. Wenn er Kazdins Regeln befolgte, würde dieser Mann sterben, dessen war er sich sicher.

Sein Blick kehrte zu Duane zurück. »Ich habe schon mit anderen Leuten wie Ihnen gesprochen, mit Menschen, denen auch niemand glauben wollte.«

»Hey!« rief Janus leise.

Mulder drehte den Kopf langsam in Janus' Richtung. Der Agent war aufgestanden und kam auf ihn zu.

»Dieser Mann wird sterben, wenn er nicht schnell in ein Krankenhaus kommt«, erklärte er.

Mulder nickte. »Lassen Sie ihn gehen, Duane.«

Duane hatte sich halb abgewandt, den Kopf leicht gesenkt. Seine Brust hob und senkte sich schwer, als wäre er gerade eine längere Strecke gerannt. Das Haar, dunkel und fettig glänzend im schwachen Licht der Notbeleuchtung, fiel ihm tief in die Stirn. Er schien nicht zu registrieren, daß er nicht allein im Reisebüro war, aber Mulder hatte trotzdem den Eindruck, allmählich zu ihm durchzudringen. In welcher Welt sich Duane auch immer aufhalten mochte, wenigstens hörte er jetzt zu.

»Es gibt keinen Grund, warum dieser Mann sterben sollte. Hören Sie, Duane. Es liegt in Ihrer Macht. Lassen Sic ihn gehen.«

Und damit hielt er sich wieder genau an die Lehrmeinung des FBI. Ob Psychopathen, Entführer oder Serienmörder, für alle gab es letztendlich nur einen entscheidenden Antrieb: Macht. Dominanz und Unterwerfung, Vergeltung und Haß, Liebe und Verlust, das alles konnte für sie eine Rolle spielen, aber im Grunde lief es immer darauf hinaus, Macht auszuüben. Man mußte ihnen diese Macht zugestehen, sie anerkennen. Und sobald man es getan hatte, sobald man einmal ihre Überlegenheit bestätigt hatte, konnte man versuchen, an ihre Großzügigkeit zu appellieren.

Mulder wartete. Ihm schien, als müßte er sehr lange warten. Und schließlich...

»Okay«, antwortete Duane.

*Gib ihm jetzt keine Gelegenheit, es sich noch einmal anders zu überlegen.* »Gut, Duane. Sie haben sich richtig entschieden. Wir werden ihn jetzt ganz langsam zur Tür bringen...«

»Nein!«

Mulder runzelte fragend die Stirn.

»Ich lasse den Glatzkopf gehen«, erwiderte Duane, und plötzlich schimmerte eine Spur von Belustigung in seinen leblosen Augen auf. »Aber Sie bleiben hier. Ich tausche den Glatzkopf gegen Sie ein!«

In Mulders linkem Ohr klang ein merkwürdiges Geräusch auf, und es dauerte einen Moment, bevor er es identifiziert hatte. Agent Kazdin mußte sich gerade frustriert den Kopfhörer von den Ohren gerissen haben. Er hörte ihre leiser werdende Stimme: »Verdammt …«

*Ja*, dachte er. *Das trifft es: Verdammt!*

## 2

*Scharfschützenstellung über dem Halliday Square*

Der Scharfschütze schob vorsichtig den Kopf über die Brüstung, bis er die gesamte Plaza überblicken konnte. Vor wenigen Sekunden war über Funk die Meldung hereingekommen:

*Verwundete Geisel verläßt das Reisebüro.*

Er fragte sich, woher die anderen das wissen konnten. Bisher tat sich dort unten nichts. Sie mußten einen der Agenten verwanzt haben. Oder den Notarztkoffer …

Sein Puls beschleunigte sich etwas, als er einen Lichtschimmer hinter der Glastür sah. Irgend jemand öffnete die Tür.

Der Scharfschütze richtete langsam den Lauf seiner Waffe aus und legte das Kinn auf den glattpolierten Gewehrkolben, so sanft, als liebkose er die Wange seiner Freundin. Sein Zeigefinger krümmte sich ohne bewußtes Zutun, bis er den Abzug leicht berührte. Aus dieser Entfernung konnte er einen Mann zwischen die Augen treffen und würde sofort wissen, welchem Auge der Einschuß näher war.

Die Tür schwang auf, und hinter dem Spalt konnte man eine Bewegung wahrnehmen. Der Scharfschütze hielt die Luft an. Die Ereignisse schienen in Zeitlupe abzulaufen, während er den Druck auf den Abzug ein wenig erhöhte. Wegen der kurzen Distanz hatte er das Zielfernrohr entfernt.

Jetzt erschien in der Türöffnung eine Gestalt mit gesenktem Kopf. Blaues Hemd, dunkle Hose. Ein Schwarzer. Der Abzugsfinger des Scharfschützen entspannte sich wie von allein. Der verrückte Geiselnehmer war ein Weißer, also versuchte er nicht, als einer der Agenten verkleidet zu fliehen.

Eine zweite Gestalt wurde sichtbar, ein dicklicher Mann mit einem Schnurrbart, der auf wackligen Beinen von dem ersten mehr geschleppt als gestützt wurde. Sein Kopf schaukelte kraftlos hin und her. Er hatte eine Hand in Bauchhöhe in sein Hemd gekrallt, auf dem sich ein großer Fleck abzeichnete, schwarz und glänzend.

Der Scharfschütze wußte, daß Blut unter diesen Lichtverhältnissen schwarz aussieht. Und es war eine Menge Blut, der Größe des Flecks nach zu schließen. Der Agent versuchte, das Gewicht der verwundeten Geisel gegen das des sperrigen Sanitäterkoffers auszubalancieren, den er in der anderen Hand hielt.

Wo blieb der zweite Agent?

Der Blick des Scharfschützen kehrte zu dem dunklen Türspalt zurück. Noch hatte er eine Chance. Vielleicht machte der Psychopath einen Fehler und zeigte sich, wenn der zweite Agent herauskam.

Aber der dunkle Spalt wurde langsam schmaler, als sich die Tür wieder schloß.

Kein zweiter Agent trat auf den Platz hinaus.

»Verdammt!« flüsterte der Scharfschütze. »Verdammt noch mal!«

Auf dem Platz unter ihm schwärmte ein Spezialistentrupp in Tarnkleidung aus und brachte den Agenten und die verwundete Geisel in Sicherheit.

# 3

*Travel Time-Reisebüro*

Duane mag ja verrückt sein, dachte Mulder, *aber er versteht sein Handwerk immer noch.* Als er die Geisel gehen ließ, verhielt er sich genauso geschickt, wie Mulder es an seiner Stelle getan hätte.

Janus wollte den Sanitäterkoffer zurücklassen, da er genug damit zu tun haben würde, Bob zu stützen, der sich aus eigener Kraft kaum auf den Beinen halten konnte, aber das ließ Duane nicht zu.

»Wenn ihr eine Wanze in dem Ding versteckt habt, könnte ich es wahrscheinlich in alle Einzelteile zerlegen, ohne sie zu finden«, sagte er. »Also schaffen Sie die Tasche zusammen mit dem Glatzkopf hier raus, verstanden? Dann muß ich mir wenigstens darüber keine Gedanken mehr machen.«

Er stieß einen Stuhl mit dem Fuß in Mulders Richtung. »Sie da. Setzen Sie sich. Und keine weitere Bewegung, sonst fängt sich hier noch jemand eine Kugel ein. Ich kümmere mich in einer Minute um Sie.«

Damit wandte er sich wieder Janus zu. »Los. Helfen Sie ihm hoch.«

Er sah wachsam zu, wie sich Janus hinkniete und einen Arm des Managers um seine Schulter legte. Der Agent richtete sich langsam auf und zog den Verwundeten mit sich hoch. Bob gab ein ersticktes Ächzen von sich. Seine Augenlider flatterten, er konnte sich kaum auf den Beinen halten.

Duane deutete mit der Pistole auf Gwen. »Sie, Lady. Gehen Sie zur Tür und öffnen Sie sie, wenn ich es Ihnen sage. Da entlang.«

Er wartete, bis Gwen neben der Tür stand, bevor er

sich wieder Janus zuwandte. »Okay, Agent wie auch immer, nehmen Sie Ihre Tasche und verschwinden Sie.«

Janus' Augen waren auffällig geweitet. Mulder wußte, daß der Mann unter einer ungeheuren Anspannung stand. Bob stöhnte erneut und drohte zusammenzubrechen. Janus konnte ihn gerade noch aufrecht halten. Er umklammerte den Arm des Verletzten fester und schleppte ihn zur Tür.

»Beeilung!« drängte Duane. Er folgte den beiden, hielt aber vorsichtig Abstand zu Janus und Mulder. Janus erreichte die Tür und blieb stehen.

»Ich kann sie nicht öffnen, ohne irgend etwas loszulassen«, sagte er.

»Los, Missy«, zischte Duane Gwen zu. »Machen Sie die Tür auf.«

Etwas Licht fiel in das Reisebüro, als die Tür aufschwang. Duane blieb im Hintergrund, unsichtbar und unerreichbar für die Scharfschützen.

Janus zögerte einen Moment lang.

»Worauf warten Sie?« fragte Duane ungeduldig. »Los, schaffen Sie ihn hier raus.«

Er zielte mit der Pistole auf die Tür, bis Janus sie passiert hatte. Mulder sah, wie Gwen mit bebenden Lippen auf den Platz hinausstarrte. Er wußte, was in ihr vorging. Sie fragte sich, was wohl passieren würde, wenn sie einfach losrannte.

*Nicht!* beschwor er sie stumm. *Tun Sie es nicht! Er wird Sie töten.*

Die Frau warf Duane einen Blick über die Schulter zu.

»Schließen Sie die Tür wieder, Missy«, befahl er leise. »Schließen Sie einfach die Tür und drehen Sie den Schlüssel um. Dann kehren Sie an Ihren Platz zurück und setzen sich wieder.«

Gwen zögerte nur einen winzigen Moment lang und befolgte dann gehorsam Duanes Anweisungen. Mulder stieß in Gedanken einen erleichterten Seufzer aus.

Duane trat an die Tür, vergewisserte sich, daß sie richtig verriegelt war, und zog an der Jalousie. Die Blätter schlossen sich. Dann riß er die Jalousiestrippe mit einem scharfen Ruck ab. Die Blätter klafften wieder auf, aber er bemerkte es nicht. Mit der Pistole in der einen und dem Seil in der anderen Hand ging er zu Mulder hinüber und baute sich hinter ihm auf.

»Es gibt zwei Möglichkeiten«, sagte er. »Ich kann Sie mit der Pistole bewußtlos schlagen, oder Sie legen die Hände langsam und ruhig auf den Rücken.«

Mulder streckte die Arme vorsichtig hinter sich aus und kreuzte die Handgelenke. Er spürte Duanes Bewegungen. Das Seil strich über seine Haut. Das war der entscheidende Moment, wenn er etwas unternehmen wollte. Duane konnte ihn nicht fesseln und gleichzeitig die Pistole in der Hand halten. Er würde die Waffe in unmittelbarer Nähe behalten, auf dem Boden oder im Gürtel, aber nicht in der Hand. Jedenfalls nicht in diesem Augenblick ...

»Versuchen Sie's nicht«, warnte Duane leise.

Mulder entspannte sich. Das Seil schnitt tief in seine Handgelenke. Duane schlang es zweimal herum und verknotete es fest. Die Chance war vorbei.

*Das sieht ziemlich schlecht aus*, dachte Mulder.

Duane blieb direkt vor Mulder stehen. Er beugte sich vor und starrte ihm in die Augen.

»Jetzt werden wir sehen, wie gut Sie lügen können.«

»Ich sage die Wahrheit, Duane.«

»Woher wollen Sie denn wissen, was Duane Barry durchgemacht hat? Wie könnte das irgend jemand wissen?«

Seine Stimme war heiser, hitzig und rauh vor Wut, aber Mulder kam sie eher wie die eines verwirrten Kindes vor. Dieser Mann war gefährlich, vielleicht geisteskrank und ein potentieller Mörder, und trotzdem verspürte Mulder immer noch Mitleid mit ihm. Dieser Mann hatte Dinge erlebt, die kein Mensch jemals erdulden sollte. Und das Schlimmste daran war, daß er glaubte, kein Mensch auf der Welt könne ihn verstehen.

»Meiner Schwester ist das gleiche zugestoßen«, sagte Mulder sanft.

Duane hatte sich gerade zurückziehen wollen, aber Mulders Worte ließen ihn wieder herumwirbeln. Er schob sein schweißverschmiertes Gesicht so dicht an ihn heran, daß es ihn beinahe berührte. Mulder hatte den Eindruck, den Wahnsinn förmlich riechen zu können.

»Glauben Sie bloß nicht, Sie könnten das Leben der anderen mit Ihren Lügen retten. Ich verlange Ehrlichkeit von Ihnen, und ich erwarte ein bißchen *Respekt*!«

Das letzte Wort klang mehr wie der Schrei eines Tieres als der eines Menschen. Mulder warf einen kurzen Blick zu Dr. Hakkie hinüber. Der Arzt wirkte völlig teilnahmslos.

»Ich habe die Schnauze voll von diesem Scheiß«, fügte Duane mit nun wieder normal klingender Stimme hinzu. Er wich zurück und fuchtelte mit der Pistole in Hakkies Richtung. Der Arzt schloß die Augen und drehte den Kopf zur Seite.

*Ich muß seine Aufmerksamkeit weiter auf mich ziehen,* dachte Mulder. »Wie geht das vor sich, Duane?« fragte er schnell. »Wenn Sie mit dem Auto unterwegs sind? Wenn Sie nachts allein im Bett liegen? Wann kommen die zu Ihnen?«

Duane antwortete nicht, aber wenigstens starrte er nicht länger Hakkie an.

Mulder nahm ein leises Geräusch in seinem linken Ohr wahr. Er ignorierte es. »Dann sind Sie wie gelähmt, nicht wahr?« fuhr er fort. »Sie können sich nicht bewegen. Manchmal können Sie nicht einmal atmen.«

Das Geräusch in seinem Ohr wurde zu einem Kratzen und verwandelte sich schließlich in eine Stimme. In Lucy Kazdins Stimme: »Agent Mulder ...«

»Es ist, als würden Sie einen elektrischen Schlag bekommen. Und dann sind sie da.«

»Wenn Sie so weitermachen, treiben Sie ihn völlig in den Wahnsinn!« fauchte Kazdins Stimme in sein Ohr. Dann wurde sie plötzlich undeutlicher. »Ich brauche ein Bild von dem, was da drinnen passiert.«

Mulder fragte sich, was das zu bedeuten hatte. Er glaubte nicht, daß die letzten Worte ihm gegolten hatten. Die nächsten aber waren wieder an ihn gerichtet. »Sie schlagen da einen gefährlichen Weg ein, Agent Mulder.«

*Und was willst du jetzt dagegen unternehmen?* dachte Mulder.

Er schaute Duane an, der in eine merkwürdige Starre gefallen zu sein schien. Der ehemalige FBI-Agent stand reglos da, das Gesicht ein wenig erhoben. Seine Halssehnen zeichneten sich deutlich unter der Haut ab. Was auch immer er gerade sah, es befand sich nicht in diesem Raum.

»Da sind Wesen, nicht wahr?« hakte Mulder nach. »Sind sie groß? Oder sind sie klein, kleiner als Menschen? Duane?«

Duane drehte sich ganz langsam herum und starrte ihn an. Mulders Worte hallten in seinen Ohren wider. Groß oder klein, groß oder klein ...

Ein gigantisches weißes Feuer begann sich durch sein

Gehirn zu fressen. Groß oder klein ... Die Zeit löste sich auf, und er war wieder ganz am Anfang, wieder in dem alten Haus, in dem sie zum ersten Mal erschienen waren, um ihn zu holen. Wieder im Bett, flach auf dem Rücken liegend, von einer unsichtbaren Kraft festgenagelt.

Groß oder klein ...?

Der Sog des Vakuums riß an der vergilbten Plastikplane und schüttelte sie wie ein Leichentuch. Und das Licht wurde heller und heller, bis die Netzhaut in seinen Augen überlastet war und den Dienst einstellte.

Groß oder klein ...?

Und dann sah er sie, die Gestalten, sah die grauenhafte Neugier, die sich in ihrer Körperhaltung ausdrückte, während sie sich ihm näherten und ihn beobachteten.

Eine einzelne mißgestaltete Hand, die sich nach der Plastikplane ausstreckte ...

Das brüllende Licht erfaßte ihn, und er stimmte in das Brüllen ein, und der Lärm versengte jede Zelle seines Gehirns ...

Sie waren klein. Natürlich. Nicht groß, sondern kleiner als Menschen.

Klein ...

# 4

Irgend etwas war geschehen, wenn Mulder auch nicht genau wußte, was es war. Duane hatte den Kopf in den Nacken geworfen und die Augen geschlossen. Sein Rücken war gekrümmt, als stünde er unter Hochspannung. Mulder konnte sehen, daß er innerlich laut aufschrie.

*Da habe ich wohl den richtigen Knopf gedrückt,* dachte er.

Plötzlich und ganz übergangslos war der Moment vorbei. Die furchtbare Erinnerung erlosch. Zurück blieb die zusammengesackte, schwitzende, schwer atmende leere Hülle eines Menschen.

»Die nehmen Sie mit, Duane, nicht wahr? Gegen Ihren Willen.«

Duanes totenschädelartiges Gesicht drehte sich zu Mulder um. Seine Augen waren leer.

»Er wird uns töten«, flüsterte Gwen. Sie saß vor der gegenüberliegenden Wand am anderen Endes des Raumes auf dem Boden, die Arme um Kimberly geschlungen. Duane ließ durch nichts erkennen, ob er sie gehört hatte.

»Sie sind hilflos«, bohrte Mulder erbarmungslos weiter. »Manchmal können Sie nicht einmal sprechen. Es läuft immer auf die gleiche Weise ab. Und niemand kann Ihnen helfen.«

Duane schüttelte den Kopf.

»Wo bringen die Sie hin, Duane? Ist da ein Raumschiff? Bringen die Sie in ein Raumschiff?«

Wieder schüttelte Duane nur den Kopf.

»Wo ist das Schiff, Duane? Wie kommen Sie dorthin? Erleben Sie den Transport bewußt mit?«

Duane warf langsam und gequält den Kopf hin und her. Die Haut spannte sich so straff über seinen Wangen, daß sie wie eine fleischfarbene dünne Schicht über nackten Knochen aussah. Seine Augen sanken tiefer in die Höhlen und verdrehten sich, bis nur noch das Weiße zu sehen war.

# 5

*Irgendwo ...*

Die Erinnerung flammte in Duane Barrys Kopf mit der gleißenden Helligkeit eines Blitzlichtgewitters auf. Auf irgendeine rätselhafte Art konnte er alles wahrnehmen, was den kalten Metalltisch in dem riesigen Raum umgab, auf dem man ihn festgeschnallt hatte.

Er lag nackt auf dem Rücken, die ausgestreckten Arme auf dem Metalluntergrund von Klammern gehalten. Gestalten bewegten sich um den Tisch herum. Sein Geist kreischte laut auf und flüchtete sich in den Wahnsinn.

Die Gestalten bewegten sich lautlos und voller Konzentration. Voller *Interesse*. Es war, als wäre alles in dem Raum – die Wesen und ihre Instrumente – nur auf den Mann auf diesem Tisch ausgerichtet.

Duane Barrys Kopf wurde von einem schimmernden Metallgerüst festgehalten. Eine tückisch aussehende Konstruktion aus Bolzen und Metallklammern zog seine Kiefer auseinander, weiter als es normalerweise bei einem Menschen möglich erschien. Seine Zähne glänzten mattweiß im indirekten Licht.

Eine der kleinen Gestalten beugte sich näher zu ihm herab. Duane blickte in riesige schwarze Augen, die vor Interesse und Besorgnis geweitet waren. Aber die Besorgnis galt nicht ihm, sondern dem, was mit ihm geschehen würde.

Kurze abgehackte Laute nackten Entsetzens drangen wie ein Bellen aus seiner Kehle.

Die kleine Gestalt machte eine eigenartige Geste. Irgend etwas Großes und Dunkles heulte hoch über ihm auf und senkte sich langsam herab.

Duanes Augen quollen fast aus ihren Höhlen. Das

Ding glitt immer näher auf sein Gesicht zu und fuhr dabei insektenähnliche Sonden aus. Mit einem plötzlich dumpfen Ruck verharrte der größte Teil des Instruments ein paar Zentimeter über ihm. Aus einer Linse fiel ein breitgefächerter Lichtstrahl, der sein Gesicht wie eine topographische Karte mit einem Gittermuster überzog.

Aus der ersten Sonde, die die Stärke eines Männerhandgelenks hatte, schob sich eine zweite wie ein kurzer Finger hervor. Darin rotierte ein dritter Fortsatz, eine goldene Nadel. Duanes Kehle krampfte sich zusammen, sein Rücken wölbte sich zum Hohlkreuz, aber das spielte keine Rolle. Der starre Käfig, der seinen Kopf unerbittlich festhielt, gab nicht einen Millimeter nach.

Lichtstrahlen malten winzige Zeichen auf Duanes Haut, die wie glitzernde digitale Wespen dahinglitten. Die goldene Nadel veränderte leicht ihre Position und zielte auf einen Punkt auf seinem oberen linken Schneidezahn. Auf dem Zahnschmelz erschien ein winziger roter Fleck.

Der Laserbohrer jaulte. Ein feiner Nebel, der nach verbranntem Kalzium stank, schoß aus Duanes Mund hervor, als der Laserstrahl einen Kanal in den Zahn fräste.

Duane schrie aus vollem Hals und hörte nicht mehr auf zu schreien.

Die Gestalten, völlig in ihre Arbeit vertieft, rückten näher.

# Viertes Kapitel

## 1

*Lagerraum neben dem Travel Time-Reisebüro*

Während sich Duane Barry unter dem Laserbohrer in seiner Erinnerung die Seele aus dem Leib schrie, fräste sich ein anderer Bohrer mühelos durch die Wand, die den staubigen Lagerraum von dem benachbarten Reisebüro trennte. Im Gegensatz zu dem fremdartigen Mechanismus, an den sich Duane mit solch qualvoller Deutlichkeit erinnerte, handelte es sich bei diesem Gerät um einen ganz gewöhnlichen Handbohrer mit einem zehn Millimeter durchmessenden Aufsatz, der sich so langsam drehte, daß er beinahe keine Geräusche verursachte.

Auf die Trennwand war mit rotem Filzstift ein grobes Gittermuster gezeichnet worden. Der Agent, der den Bohrer bediente, zog ihn aus der Wand und begutachtete das Ergebnis zufrieden. Er veränderte seine Haltung auf der kurzen Klappleiter ein wenig, schob den Bohrer wieder in das Loch und setzte seine fast lautlose Arbeit fort.

Hinter ihm waren mehrere andere Agenten nicht weniger beschäftigt. Sie arbeiteten ebenso leise. Sie verständigten sich ausschließlich durch Nicken, Gesten und spezielle Handzeichen. Die dünne Wand, die sie von

Duane Barry und den Geiseln trennte, bestand nur aus einem Holzgerüst, Gipsmörtel und einer Isolationsschicht. Der kleinste Fehler würde die verbliebenen Geiseln und Mulder gefährden. Der Tisch, um den sie sich drängten, war mit Bauplänen des Gebäudes bedeckt. Es war heiß und stickig in dem engen Lagerraum, und auf ihren Stirnen glänzte der Schweiß.

## 2

*Einsatzquartier des FBI-Geiselbefreiungskommandos*

Der Abend zog sich in die Länge. Agent Rich zuckte zusammen, als plötzlich das Telefon auf seinem improvisierten Schreibtisch klingelte. Er nahm den Hörer ab. »Ja?« Er hörte eine Weile zu, dann drehte er sich zu den anderen um. »Kann hier irgend jemand mit einer Agent Scully sprechen?«

Alex Krycek, der sich am anderen Ende des Raumes aufhielt, hob den Kopf, nickte und eilte zu Rich herüber. Rich gab ihm den Hörer.

»Agent Scully? Hier ist Alex Krycek.«

»Wo ist Mulder?«

»Er hat sich gegen eine der Geiseln austauschen lassen.«

»*Was?*«

»Er ist bei Duane Barry im Reisebüro.«

»Sie müssen ihn da rausholen.«

Krycek sah sich um, als suche er Hilfe. »Wir arbeiten daran.«

»Nein, Sie müssen ihn *sofort* da rausholen! Wenn Sie das nicht tun, wird er sterben!«

Krycek hob die Augenbrauen. »Wieso sind Sie sich da so sicher?« wollte er wissen.

»Weil Duane Barry *nicht* das ist, was Mulder in ihm vermutet.«

# 3

*Travel Time-Reisebüro*

Duane Barry hockte mit dem Rücken zur Wand auf dem Boden, die überkreuzten Arme auf die Knie gestützt, die Pistole in der schlaff herabbaumelnden rechten Hand. Ihm gegenüber schmiegten sich Gwen Rice und Kimberly Hillson aneinander, emotional so ausgepumpt, daß sogar ihre Panik einer dumpfen Betäubung gewichen war. Mulder und Dr. Hakkie saßen gefesselt auf Bürostühlen. Hakkie bot einen furchtbaren Anblick. Sein Kopf hing schlaff seitlich herab.

Irgendwann hob Duane den Kopf und starrte Mulder über seine Unterarme hinweg an. Seine Stimme war undeutlich vor Müdigkeit. »Wie alt war Ihre Schwester, als die sie geholt haben?«

»Sie war acht«, erwiderte Mulder. Er war zwischen Anspannung und Erschöpfung hin- und hergerissen.

Duane nickte. »Ich habe da manchmal auch Kinder gesehen. Kleine Mädchen.«

Mulders Muskeln spannten sich an. *Kleine Mädchen*, dachte er. *Wie meine Schwester*. »Was ... machen die mit ihnen?«

Duane hob langsam die Schultern und ließ sie wieder sinken, die Geste eines Mannes, der schon zu viele furchtbare Dinge gesehen hat, um einem einzelnen

Ereignis noch eine besondere Bedeutung zuzumessen. »Sie wissen schon... Untersuchungen. Sie werden getestet.«

Mulder schloß die Augen. Auf einmal drohte die ununterbrochene Nervenbelastung über seine Kräfte zu gehen. Er war so schrecklich müde. Nicht nur, was diese Situation anbetraf, sondern... einfach wegen allem. Er wußte, daß er Duane zum Weitersprechen bewegen mußte, aber was, wenn Duane tatsächlich...? Was, wenn er etwas – oder vielmehr jemanden – gesehen hatte?

*Meine Schwester*, dachte Mulder.

Er öffnete die Augen wieder. Rund zwei Meter über Duanes hängendem Kopf ragte plötzlich die kleine silberne Spitze eines Bohrers aus der Wand. Weißer pulveriger Gipsmörtel rieselte auf Duanes Rücken herab.

*Was, zum Teufel...?*

Aber er wußte bereits, worum es sich handelte. Um einen Trick aus der Zauberkiste des FBI. Natürlich hatte es niemand für nötig befunden, ihn über den Innenohrlautsprecher vorzuwarnen. Lucy Kazdin hatte ihn wegen seiner Befragungstechnik gerügt, verzichtete jedoch darauf, ihn auf etwas hinzuweisen, das er vielleicht hätte wissen müssen, um ihrer aller Leben zu retten. Noch mehr Gipsstaub rieselte herab, dann verschwand der Bohrer wieder in der Wand.

Mulder atmete tief durch. Seine Mattigkeit war verflogen. Hätte Duane in diesem Augenblick aufgesehen...

Zum Glück nicht. *Bring ihn weiter zum Reden!*

»Duane?«

»Sie sagen ihnen, daß sie nicht weinen sollen.«

»Tun sie ihnen weh, Duane?«

»Oh, manchmal sind die Untersuchungen schmerzhaft. Manchmal möchte man einfach nur noch sterben, verstehen Sie?«

Mulder zuckte zusammen. Duane bemerkte seine Miene und seufzte.

»Wissen Sie, wie das ist, Sir? Es ist, als würde man Ihnen eine geladene Pistole an den Kopf halten, und Sie hätten keine Ahnung, wann sie losgeht.«

Es kostete Mulder einige Mühe, den Blick nicht zu dem Loch in der Wand über Duanes Kopf hinaufwandern zu lassen. »Geben Sie die anderen frei, Duane. Lassen Sie sie gehen und behalten Sie mich dafür.«

Duane sah zu ihm auf, und plötzlich glitt ein mattes liebenswertes Lächeln über sein Gesicht. Es war das Lächeln des kleinen Jungen, der er einmal gewesen war, vor langer Zeit. Sanft und verletzlich.

»Wissen Sie«, sagte er, »wenn Ihre Kollegen erfahren würden, was Sie hier alles gesagt haben, würden sie Ihnen den Arsch aufreißen.«

»Duane, Sie haben nichts zu verlieren«, erwiderte Mulder. *Und wahrscheinlich werden die mir ohnehin den Arsch aufreißen*, fügte er in Gedanken hinzu.

Duane schüttelte den Kopf. »Nein, nein. Das würde ich Ihnen nicht antun.« Er lächelte erneut, aber diesmal war die Liebenswürdigkeit verschwunden. »Außerdem haben der Doc und ich eine Verabredung. Stimmt's, Doc?«

Mulder warf einen kurzen Blick zu Hakkie hinüber, der wieder zu sich gekommen war und Duane mit neuerwachter Panik anstarrte.

# 4

*Lagerraum neben dem Travel Time-Reisebüro*

Agent Grossinger stand auf der Klappleiter und schob das dünne Glasfiberkabel durch das Loch, das er gerade in die Wand gebohrt hatte. Auf dem Tisch mit den Bauplänen stand jetzt ein kleiner Monitor, der grün leuchtete.

»Das müßte funktionieren«, murmelte Agent King. Grossinger ruckte ein letztes Mal an dem Kabel und vergewisserte sich, daß es festsaß. Am Ende des Kabels war eine Miniatur-Videokamera installiert, die momentan mit einem stationären Bildschirm verbunden war, aber auch mit einem tragbaren System gekoppelt werden konnte. Das Gerät hatte sich als besonders hilfreich in Situationen erwiesen, in denen die Spezialeinsatzkräfte gezwungen waren, Türen aufzubrechen. Man konnte das dünne Kabel unter einer geschlossenen Tür hindurchschieben und nachsehen, was einen auf der anderen Seite erwartete, bevor man losschlug.

Grossinger kletterte von der Leiter herab und gesellte sich zu seinen Kollegen am Tisch. King veränderte ein paar Einstellungen, worauf das Bild schärfer wurde. Der Monitor war zwar klein, aber seine Auflösung war erstaunlich hoch. Die Agenten betrachteten schweigend das Bild, das sich ihnen bot: Agent Mulder, der mit auf den Rücken gefesselten Händen in einem Bürostuhl saß und direkt in die Aufnahmekamera blickte, seine Kollegen aus dem Bildschirm heraus direkt anzustarren schien.

# 5

*Einsatzzentrale des FBI-Geiselbefreiungskommandos*

Obwohl die reguläre Beleuchtung wieder funktionierte, wirkte der große Raum irgendwie wie das Innere eines Aquariums. Die Agenten bewegten sich müde und wie in Zeitlupe. Lucy Kazdin saß reglos vor einem Schreibtisch, auf dem sich ein Haufen elektronischen Geräts türmte, einen Kopfhörer über die Ohren gestülpt.

Unter ihren Augen hatten sich dunkle Ringe gebildet. Sie sah auf, als Agent Brem, der Commander der taktischen Einheit, sich ihr näherte. Er hielt ein Blatt Papier in der Hand.

»Wir haben jetzt ein Bild«, meldete er. Obwohl seine Stimme vor Müdigkeit heiser war, klang ein triumphierender Unterton in ihr mit. Seine Leute hatten bis zum Umfallen gearbeitet, um nun endlich diese Skizze vorweisen zu können.

Kazdin nickte, streifte den Kopfhörer ab und stand auf. Die lange Spätschicht hatte auch sie erschöpft, ihre Bewegungen wirkten fahrig. Sie starrte das grob gezeichnete Bild an.

Es war eine vereinfachte Skizze des Reisebüros. Rote Kreise und Kreuze markierten die Positionen aller Personen in dem Raum. *Fast* aller Personen. Offensichtlich bestand Unsicherheit über den genauen Aufenthaltsort der wichtigsten Person. Brem fuhr mit dem Finger über das Blatt.

»Mulder ist hier, gegenüber von Dr. Hakkie. Die Frauen sitzen direkt vor der nördlichen Wand auf dem Boden. Da wir die südliche Wand nicht einsehen können, vermuten wir, daß sich Duane Barry dort befindet.« Er deutete auf die entsprechende Stelle.

*So müßte es sein*, dachte Kazdin. *Aber wenn wir uns völlig auf unsere Vermutungen verlassen, könnte es sein, daß wir einen Fehler machen. Einen möglicherweise katastrophalen Fehler.* Es war kein erfreulicher Gedanke, und sie wollte ihn gerade verdrängen, als sie von hitzigem Stimmengewirr am anderen Endes des Raumes abgelenkt wurde. Sie blickte gereizt auf und versuchte festzustellen, was die Ursache für die Unruhe war.

Agent Rich stand neben dem Eingang und versperrte einer ihr unbekannten Frau den Weg. Mehrere weitere Agenten waren durch den Wortwechsel aufmerksam geworden und hinübergeeilt. Kazdin bemerkte, daß sich Agent Krycek unter ihnen befand, und sie fragte sich zerstreut, was es eigentlich war, das sie so sehr an ihm störte. Neugierig geworden, ging sie in Richtung Eingang.

Rich hatte offensichtlich alle Hände voll zu tun, die Fremde aufzuhalten. Sie trug einen langen schwarzen Mantel, der flatterte, während sie lebhaft gestikulierte. Obwohl ihre Gesichtszüge eher weich und feminin waren, strahlten sie jetzt etwas Energisches und Intensives aus. Ihr bronzefarbenes glattes Haar, das ihr fast bis auf die Schultern reichte, schwang hin und her.

»Ich glaube, Sie verstehen nicht, was ich Ihnen zu erklären versuche«, sagte sie gereizt. »Ich bin gerade mit dem Flugzeug aus Washington gekommen...«

Agent Rich hob mit einer unbewußt abwehrenden Geste eine Hand: »Wir sind hier momentan alle gerade sehr beschäftigt...«

»Na schön, dann lassen Sie mich mit jemandem sprechen, der hier etwas zu sagen hat.«

Rich richtete sich zu voller Größe auf. »Das tun Sie gerade.«

Kazdin sah, wie sich Krycek in die Bresche warf. »Beruhigen Sie sich, Scully«, tönte er.

Die Frau warf ihm einen wütenden Blick mit einem Gesichtsausdruck zu, mit dem man normalerweise gewisse widerliche Substanzen bedenkt, die einem hin und wieder nach einem Spaziergang an den Schuhsohlen haften.

»Sagen Sie mir bloß nicht, ich soll mich beruhigen! Ich werde mich erst dann beruhigen, wenn ich mit jemandem gesprochen habe, der mir zuhört!«

Kazdin schob sich, dicht gefolgt von Agent Brem, an Rich vorbei und baute sich vor Scully auf. »Was gibt es hier für ein Problem?« wollte sie wissen.

»Ich bin Agent Scully. Ich habe Informationen, die von äußerster Wichtigkeit für Ihre laufenden Verhandlungen sind.«

Lucy Kazdin nickte ruhig. »Was für Informationen?«

Scully sah Kazdin an und riß sich mit sichtlicher Mühe zusammen, obwohl ihre Stimme nach wie vor angespannt klang. »Ich fürchte, es hat hier eine gefährliche Fehleinschätzung gegeben. Dieser Mann, der behauptet, von Außerirdischen kontrolliert zu werden... sein psychiatrisches Gutachten weist auf eine seltene Form der Psychose hin.«

Agent Kazdin führte Scully zu ihrem Schreibtisch. Scully holte einen Aktenordner hervor, öffnete ihn und legte ihn auf den Haufen der anderen Papiere. Kazdin forderte sie mit einer Handbewegung auf, sich zu setzen, nahm selbst an der gegenüberliegenden Seite des Tisches Platz und ergriff das oberste Formular, auf das Scully deutete. Die Anspannung in Scullys Stimme hatte ein wenig nachgelassen und war kühler Präzision und Dringlichkeit gewichen.

»Wie Sie den medizinischen Unterlagen entnehmen können, ist Duane Barry in Ausübung seines Dienstes angeschossen worden. Die Kugel hat die Frontallappen seines Gehirns durchschlagen.«

Kazdin betrachtete den Bericht mit zusammengekniffenen Augen und nickte dann langsam. »Richtig ...«

»Durch diese Verletzung ist es ihm seit 1982 nahezu unmöglich, sich in ein normales Leben in der Gesellschaft einzufügen«, fuhr Scully fort. »Die Kugel hat das Zentrum für moralisches Empfinden in seinem Gehirn zerstört. Vor hundert Jahren gab es einen ganz ähnlichen berühmten Fall: Bei einem Mann namens Gage wurde die gleiche Hirnregion von einem Metallstab durchbohrt.«

»Und welche Auswirkungen hatte das?«

»Er entwickelte sich zu einem pathologischen Lügner, der unter schweren Wahnvorstellungen litt. Sein Verhalten wurde als bizzar und gewalttätig beschrieben, und er neigte dazu, seine Phantasien auszuleben.«

*Großartig*, dachte Kazdin. *Genau das hat uns gerade noch gefehlt.* Sie warf erneut einen Blick auf den Bericht. Dort stand es schwarz auf weiß. Duane Barrys vordere Hirnlappen waren übel zugerichtet worden. Sie musterte Scully mit plötzlich erwachter Neugier.

»Wie sind Sie überhaupt in diesen Fall hineingeraten?«

»Agent Mulder hat mich angerufen. Wir haben früher zusammengearbeitet.«

Kazdin bemerkte die Besorgnis in Scullys Augen und spürte einen Anflug von Mitgefühl in sich aufsteigen. Die partnerschaftlichen Bande im Polizeidienst konnten tief und stark sein. Sie hätte sich vermutlich ebenso verhalten und das gleiche empfunden, wäre es ihr Partner, der jetzt gefesselt im Büro nebenan saß. Sie seufzte.

»Also, ich glaube, Duane Barry hat Agent Mulder gründlich getäuscht.«

Scully beugte sich vor. »Gibt es irgendeine Möglichkeit, wie ich ihm diese Informationen zukommen lassen kann?«

Kazdin hob den Kopf und lächelte.

# 6

*Travel Time-Reisebüro*

Duane hatte seinen Stuhl dicht zu Mulder herangezogen und sprach jetzt in einem sanften und vertraulichen Tonfall mit ihm. Er hatte die Augen geschlossen und vermittelte den Eindruck eines Mannes, der unter starken Schmerzen litt, während er gewaltsam Erinnerungen aus den Tiefen seines Geistes hervorzog, als würden diese dort von Widerhaken festgehalten.

»Die Leute von der Regierung wissen Bescheid, müssen Sie wissen. Manchmal sind sie sogar dabei. Im gleichen Raum wie die Fremden. Sie arbeiten zusammen, weil es eine geheime Übereinkunft zwischen ihnen gibt.«

In den düsteren zerfallenen Gewölben seines Geistes blitzten Erinnerungen wieder auf: die gleißenden Lichter, die ... die kleinen Gestalten, die entwürdigende Lähmung. Und er sah *sie*, die beiden Männer in schwarzen Anzügen, die ihn emotionslos beobachteten, als sei er ein interessantes Insekt, als sei er ein Ding.

Er wartete, bis die entsetzliche Vision verblaßte. Von irgendwo aus der Ferne hörte er Mulders Stimme: »Wer in der Regierung?«

Duane öffnete die Augen. »Männer. Militärs. Die stekken alle unter einer Decke. Die Regierung weiß, warum die hier sind, aber sie kann es nicht wagen, die Wahrheit zu enthüllen. Deshalb ... kooperiert sie mit ihnen.«

Mulder starrte den Ex-Agenten an, hörte die unverkennbare Ernsthaftigkeit in der gequälten Stimme.

»Was die Regierung verheimlicht ... was sie den Menschen verschweigt ...« Duane verstummte. Offenbar wußte er nicht, wie er seine Gedanken formulieren sollte.

»Sie werden sich darauf vorbereiten müssen, diese Situation irgendwie zu lösen, Duane. Früher oder später.«

»Ich bin müde«, murmelte der Mann.

»Sie haben keine andere Möglichkeit, hier herauszukommen. Sie müssen dem FBI sagen, was Sie vorhaben.«

Mulder hatte das Gefühl, daß Duane kurz vor dem Zusammenbruch stand. Angst und Müdigkeit beherrschten seine bebende Stimme.

»Ich möchte nur zu diesem Ort gehen.«

»Zu welchem Ort, Duane?«

»Dahin, wo alles angefangen hat. Wo sie mich zum ersten Mal mitgenommen haben.«

»Wo ist das?«

Duanes Stimme zitterte vor Anstrengung, als er seine furchtbaren Erinnerungen durchforstete. »Da ist ein Berg. Wir klettern hoch und immer höher. Steigen ... zu den Sternen auf.« Plötzlich stieß er ein Keuchen aus, und die innere Qual verzerrte sein Gesicht. »Ich gehe nicht mehr mit! Sie werden Duane Barry nicht mehr holen. Sie können den Doc nehmen, aber nicht mich!«

Mulder schielte zu Hakkie hinüber. Die Augen des Arztes wirkten jetzt etwas klarer, aber bestimmt nicht fröhlicher. In Mulders linkem Ohr erklang ein knisterndes Geräusch, gefolgt von einer vertrauten Stimme.

»Mulder, ich bin's«, sagte Scully.

Es gelang ihm, keine Miene zu verziehen, was bestimmt zu den beachtlichsten Leistungen gehörte, die er je vollbracht hatte.

»Hören Sie mir zu«, fuhr Scullys Stimme fort. »Sie können Duane Barry nicht vertrauen. Er ist ein Psychopath, der durch einen Kopfschuß einen Hirnschaden erlitten hat. Er ist nicht das, was Sie in ihm vermuten.«

Plötzlich hob Duane den Kopf, und seine Augen weiteten sich langsam. Fast so, als hätte er etwas gehört.

»Was?« fragte er.

Mulder spürte, wie ein Adrenalinschub durch seinen Körper raste und in seinen Schädel schoß. »Ich sagte ... wie können die Sie jedes Mal finden?«

Duanes Blick glitt forschend über Mulders Gesicht, suchte in dessen Zügen nach der Wahrheit. Er nickte.

»Implantate. In meinem Zahnfleisch. Hier ...« Er zeigte auf die verschiedenen Stellen. »In meinen Nebenhöhlen. Und genau hier, in meinem Bauch.«

Er zog sein Hemd hoch. Mulder sah die sichelförmige Narbe um Duanes Bauchnabel. Es konnte sich um die Narbe einer Leistenbruchoperation handeln, aber auch um ... etwas völlig anderes.

In seinem Ohr ertönte wieder Scullys Stimme. »Er könnte jederzeit durchdrehen, Mulder. Seine Akte weist auf wiederholte Ausbrüche irrationalen und gewalttätigen Verhaltens hin. Sie müssen auf eine Lösung dieser Situation hinarbeiten. Sie haben sein Vertrauen gewonnen. Jetzt müssen Sie versuchen, mit ihm zu verhandeln.«

*Richtig*, dachte Mulder. *Ich genieße das Vertrauen eines Psychopathen mit einem Hirnschaden. Deshalb genügt der kleinste Fehler, und ...*

Er unterdrückte den Gedanken entschlossen. Solche Überlegungen brachten ihn nicht weiter. »Duane?«

Der Mann schaute auf.

»Lassen Sie die Frauen gehen. Das FBI wird Ihnen entgegenkommen, wenn Sie sie gehen lassen.«

Duane drehte sich um und starrte Gwen und Kimberly wie betäubt an. Die beiden Frauen starrten nervös zurück.

»Gut«, erklang Scullys Stimme. »Beschäftigen Sie ihn weiter. Die Leute vom Eingreifkommando gehen in Position. Sie werden taktische Maßnahmen ergreifen, wenn Sie ihn nicht dazu überreden können, die Geiseln freizulassen.«

Mulder verzog in Gedanken das Gesicht. *Taktische Maßnahmen.* Die offizielle Bezeichnung für einen plötzlichen und drastischen Zugriff, der den Einsatz von Explosivstoffen und Waffen einschloß ...

»Die Frauen haben keinen Wert für Sie. Lassen Sie sie gehen, Duane. Das wäre der richtige Schritt.«

Duane starrte die beiden verängstigten Frauen weiterhin reglos an. Plötzlich erschlafften seine Schultern. »In Ordnung.«

Mulder hatte das Gefühl, als streiche ihm ein kalter Luftzug über den Rücken.

»In Ordnung«, wiederholte Duane. »Aber der Doktor begleitet mich.«

Mulder nickte. Duane seufzte und stand auf.

»Also, los«, sagte er. »Hauen Sie ab.«

Gwen und Kimberly erhoben sich unsicher. Sie hielten sich aneinander fest, als müßten sie gegen einen Sturm ankämpfen. Auf dem Weg zur Tür kamen sie an Mulder und Duane vorbei. Die beiden Frauen bewegten sich wie verängstigte Tiere, die jeden Moment in Panik geraten und davonrennen konnten. Ungläubigkeit schimmerte in ihren Augen. Und das erste Aufflackern von Hoffnung.

Gwen brachte es nicht fertig, einen der beiden Männer anzusehen, aber Kimberly blickte Duane direkt in die Augen, als sie auf gleicher Höhe mit ihm war. Sie verharrte einen Moment lang.

»Ich wollte Ihnen nur sagen... ich glaube Ihnen«, flüsterte sie.

Gwen ergriff ihren Arm und zog sie mit sich zur Tür. Sie fummelte mit fliegenden Fingern an dem Schlüssel herum, der immer noch im Schloß steckte, drehte ihn um und öffnete die Tür. Duane sah zu, wie die Frauen das Büro verließen, und trat dann in die Mitte des Raumes.

Mulder hatte den Eindruck, als beobachte er einen wandelnden Toten.

# 7

*Scharfschützenstellung über dem Halliday Square*

Das scheinbar endlose Warten begann dem Scharfschützen zuzusetzen. Seine Aufmerksamkeit war weiterhin unverwandt auf die Vorderseite des Reisebüros gerichtet, aber er bemerkte immer wieder, wie die Dinge am Rande seines Blickfeldes verschwammen. Dann blinzelte er, bis sich seine Sicht wieder klärte. Und er mußte immer häufiger den Griff um das schwere Gewehr lokkern, die Finger strecken und beugen, damit das Gefühl in sie zurückkehrte und sie geschmeidig blieben.

Er war dem allgemeinen Funkverkehr zugeschaltet worden und wußte daher, daß es den Agenten irgendwie gelungen war, eine Kamera im Inneren des Reisebüros zu installieren. Als nun eine Stimme in seinen Kopfhörern ertönte, war er schlagartig wieder hellwach. Er schob sich etwas weiter über die Brüstung, schmiegte die Wange an den kühlen Gewehrkolben und wartete.

Da! Plötzlich schwang die Tür auf. Sein Zeigefinger berührte beinahe zärtlich den Abzug. Zwei Frauen stolperten ins Freie, aufeinander gestützt. Sie wankten auf den Platz hinaus, wo sie sofort von einigen Gestalten umringt wurden.

»Sie sind in Sicherheit«, sagte der Scharfschütze in das kleine Mikrophon direkt vor seinen Lippen. Er sah zu, wie die Geiseln eilig fortgebracht wurden. Dann tauchten von allen Seiten weitere Gestalten auf, huschten durch die Schatten und nahmen den Eingang des Reisebüros in die Zange.

*Bleiben nur noch zwei Geiseln und der Kidnapper selbst übrig*, dachte der Scharfschütze. *Und eine der Geiseln ist einer von uns.* Er sah, wie die Tür wieder zuschwang.

*Keine Gelegenheit, einen gezielten Schuß anzubringen. Verdammt!*

# 8

*Einsatzquartier des FBI-Geiselbefreiungskommandos*

Scully saß vor der Kommunikationsanlage, einen Kopfhörer über die Ohren gestülpt. Sie war direkt mit Mulder verbunden. Über die Lautsprecher, die überall aufgehängt waren, konnte sie die von Störungen überlagerten laufenden Meldungen der Eingreifkräfte hören: *Ich hab' ihn … steht in der Mitte des Raumes … bewegt sich …*

Das mußte die Überwachungseinheit sein. Endlich hatten sie Duanes Position ausgemacht. Scully konnte sich vorstellen, wie die Eingreiftruppe draußen auf dem Platz vorrückte, in Quantico ausgebildete FBI-Agenten, die besten Spezialisten der Welt. Wie sie sich dem Gebäude näherten, sich auf den Angriff vorbereiteten …

»Der Countdown läuft, Mulder. Halten Sie sich bereit.«

Während sie sprach, hörte sie die Bestätigungen über die Außenlautsprecher: *Position eins. Bereit.*

»Alles klar, Position eins«, antwortete Agent Brem, der den Einsatz koordinierte.

Scully erschauderte, obwohl in der Operationszentrale eine brütende Hitze herrschte. So viel stand auf dem Spiel. Mulder …

# 9

*Travel Time-Reisebüro*

Mulder beobachtete Duane. Der ehemalige FBI-Agent wirkte geistesabwesend, hielt sich aber außerhalb der Schußlinie. Die Blenden der Jalousie an der Tür waren geöffnet, seit Duane die Schnur abgerissen hatte, um Mulder zu fesseln. Das Licht, das von außen hereindrang, war mittlerweile stärker geworden. Wenn die Eingreiftruppen nahe genug herankamen, würden sie das Innere des Reisebüros überblicken können …

… und ein Ziel haben …

Duane zuckte zusammen, als hätte ihn irgend etwas gestochen. Er wandte sich Mulder zu. »Wir brauchen ein Transportmittel.«

»Was wollen Sie, Duane? Ein Auto?«

»Ich weiß nicht...«

»Wissen Sie, wohin Sie wollen, Duane?«

Ein verwirrter und träumerischer Ausdruck breitete sich langsam auf Duanes Gesicht aus. Er hob den Kopf, als habe er das Gefühl, daß irgend jemand ihrem Gespräch zuhören würde, zögerte kurz und sagte dann leise: »Sie werden es mir sagen.«

»Sie können nicht von hier verschwinden, Duane, wenn Sie nicht wissen, wohin Sie wollen.«

Die Verträumtheit ließ Duanes gequälte Züge noch immer sanft erscheinen. Als er sich Mulder näherte, trat er in den Lichtfächer, der von draußen durch die Schlitze in der Jalousie fiel, und fast augenblicklich erschien ein hellroter Fleck auf seinem Nacken, der langsam zu seinem Hinterkopf hinaufkroch.

*Zur Medulla oblongata*, dachte Mulder.

»*Duane!*« rief er scharf.

Duane fuhr zusammen, ging auf ihn zu, und sein Gesicht verhärtete sich, wurde wachsamer. »Was?«

Der rote Fleck verschwand. Mulder stieß einen heimlichen erleichterten Seufzer aus, aber in seine Erleichterung mischten sich sofort Schuldgefühle. Er hatte Duane Barry gerade das Leben gerettet, aber um welchen Preis? Den seines eigenen Lebens? Er war bereit, das Risiko auf sich zu nehmen. Aber was war mit Dr. Hakkie?

Mulder war klar, was ihn zu diesem Schritt veranlaßt hatte. Es war nicht wirklich Mitleid, sondern ein tiefes inneres Bedürfnis. Das Bedürfnis, die Wahrheit in Erfahrung zu bringen.

»Ich muß es wissen, Duane«, sagte er.

»Was?« Duane kam leicht schwankend näher.

»Sie haben mir nicht geglaubt. Ich mußte mir Ihr Vertrauen erst erarbeiten. Ich muß es wissen ... ich muß wissen, ob Sie irgend etwas von all dem erfunden haben.«

Duanes Augen wurden riesig. Plötzlich war die Luft erfüllt von knisternder Elektrizität. Er beugte sich weit vor, sein Atem strich heiß über Mulders Wangen.

»Was? Nennen Sie Duane Barry jetzt einen Lügner?«

*Ich stehe direkt an der Schwelle des Todes*, dachte Mulder. Er schüttelte den Kopf.

»Nein«, antwortete er so ruhig wie möglich. Aber ebensogut hätte er versuchen können, die Löcher in einem brechenden Damm mit den Fingern zu stopfen. Der Zorn brach aus Duane heraus.

»Sie glauben, ich hätte das alles *erfunden*?«

»Nein. Das glaube ich nicht. Es tut mir leid.«

Duanes Stimme klang jetzt wie das Heulen eines überhitzten Motors, schrill und außer Kontrolle geraten. »Es tut Ihnen *leid*?«

»Duane, hören Sie mir zu ...«

»Sie sind genau wie die anderen, stimmt's? Sie haben gesagt, Sie würden mir glauben, aber Sie haben gelogen, genau wie die anderen!«

Er stieß Mulders Stuhl zurück, bis er gegen die Wand prallte. Mulder schlug mit dem Hinterkopf hart gegen den Putz. Er spürte, wie etwas Kleines und Kompaktes aus seinem linken Ohr flog, und wußte, daß er keine Stimmen mehr hören würde.

»Ich habe Ihnen *vertraut*!« krächzte Duane mit tonloser und gleichzeitig anklagender Stimme, in der jahrelange Enttäuschung und Verzweiflung mitschwang.

Mulder sah, wie Duane langsam die Hand hob, wie die Automatik herumschwang und auf ihn zielte, sah die gähnende Mündung des Laufs.

*Setz alles auf eine Karte ...*

»Duane... darf ich etwas sagen? Ich weiß, daß Sie müde sind...«

Duanes Augen blitzten. Er sah alles andere als müde aus.

»Aber Sie haben etwas vergessen.«

»Was?«

»Sie haben vergessen, die Tür abzuschließen, nachdem Sie die Frauen haben gehen lassen.«

Duane wirbelte verunsichert herum.

»Duane, gehen Sie zur Tür und verriegeln Sie sie«, drängte Mulder. Seine Aufforderung klang mehr nach einem Flehen als nach einem Befehl, aber Duane umklammerte die Pistole fester und ging auf die Tür zu, trat in den Lichtfächer hinein. In das Blickfeld der Zielfernrohre.

»Gehen Sie weiter, Duane, schließen Sie die Tür ab.«

Plötzlich tanzte ein blutroter Lichtpunkt auf Duanes Brust.

Mulder sah den Fleck, und diesmal bemerkte Duane ihn auch. Sein Kopf ruckte hoch, die Muskeln in seinem Hals verkrampften sich, sein Unterkiefer klappte herab. Die gläserne Tür zerbarst, eine Fontäne aus Scherben ergoß sich in das Reisebüro, untermalt von einem fernen Donnerschlag.

# 10

*Einsatzzentrale des FBI-Geiselbefreiungskommandos*

Scully nahm den Kopfhörer ab und starrte die großen Lautsprecher an, aus denen der Lärm des Chaos ertönte, stampfende Schritte, berstendes Glas, laute Männerstimmen.

*»Er ist getroffen! Er ist getroffen...!«*

Scully schloß die Augen. Sie hatte den Schuß gehört. Wer war getroffen?

## 11

*Halliday Square*

Duane Barry lag flach auf dem Rücken. Kälte breitete sich in seiner Brust aus. Er konnte sich nicht rühren. Genau wie früher. Überall um ihn herum blitzte gleißendes Licht auf und blendete ihn. Genau wie früher. Und aus dem Licht heraus, irgendwo aus weiter Ferne, musterten ihn Gesichter. Genau wie früher.

Aber eins war doch anders. Zwei neue Gesichter. Dieser Bursche namens Mulder. Und eine Frau, eine rothaarige und hübsche Frau. Der Anblick dieser beiden Gesichter brannte sich tief in sein Gedächtnis ein. Er würde sie nie vergessen.

## 12

Scully und Mulder sahen zu, wie Duane Barry auf eine Bahre gehoben und in einen Krankenwagen geschoben wurde. Hektisch blinkende blaue und rote Lichter hatten die Dunkelheit zurückgedrängt. Mulders Gesicht wirkte blutleer und farblos.

Es zeigte keinerlei Regung, als der Motor des Krankenwagens aufheulte, die Sirene mit einem erstickten Wimmern zum Leben erwachte und das Fahrzeug mit Duane Barry in der Nacht untertauchte.

»Sind Sie in Ordnung, Mulder?« fragte Scully.

Mulder sah sie an, als bemerke er jetzt erst, daß sie da war. »Ja.«

»Was auch immer jetzt in Ihnen vorgeht... Sie haben sich richtig verhalten.«

»Ich weiß. Es ist nur... ich habe ihm geglaubt.«

Scully senkte den Blick, wandte ihn von seinem Gesicht ab. Es tat ihr weh, ihn anzusehen. »Manchmal, wenn Sie so sehr nach der Wahrheit suchen...«

In Mulders Züge kehrte etwas Leben zurück. Er schien ihr zum ersten Mal richtig zuzuhören, auf ihre nächsten Worte zu warten. Darauf, von ihr eine Antwort zu hören, von der nur er wissen konnte, daß sie richtig war.

»... sehen Sie Dinge, die nicht wirklich da sind.«

Mulder nickte, aber sein Gesicht wurde wieder ausdruckslos, und Scully wußte, daß es nicht das gewesen war, was er hatte hören wollen.

# 13

*Jefferson Memorial Hospital*
*Richmond, Virginia*

Mulder ging den gekachelten Korridor entlang, an dessen anderem Ende er Agent Lucy Kazdin sah, die mit einem uniformierten Stadtbediensteten plauderte.

Bei ihrem Anblick verspürte er einen kleinen schmerzhaften Stich. Er hatte sich schon wieder etwas erholt. Nach einem oder zwei Tagen hatten die Träume aufgehört, und er verstand sein Verhalten jetzt etwas besser. In dem einen Moment, als er alles riskiert hatte, um Duane Barry noch eine Frage stellen zu können, hatte er etwas über sich selbst erfahren. Aber Lucy Kazdin zu sehen, rief ihm ein paar andere Dinge in Erinnerung zurück, die er lieber hätte ruhen lassen.

Als er sie erreicht hatte, streckte sie die Hand aus und sagte: »Agent Mulder. Danke, daß Sie gekommen sind.«

»Ihr Anruf hat mich einigermaßen überrascht.«

»Nun ja, so, wie die Dinge gelaufen sind... Was auch immer Sie von unserem Vorgehen gehalten haben, ich bin nie dazu gekommen, Ihnen dafür zu danken, daß Sie das Risiko auf sich genommen und die Sache ins Laufen gebracht haben.«

Mulder starrte sie an. Plötzlich lächelte er, und dann lachte er leise.

»Was ist?« fragte Kazdin.

»Ich weiß nicht, ich habe eigentlich gedacht, Sie hätten mich kommen lassen, um mich durch die Mangel zu drehen.«

Diesmal lachte Kazdin, aber irgendwie klang es ein wenig nervös und unecht. Mulder erinnerte sich, wie er sie das erste Mal gesehen hatte, an seinen ersten Eindruck. Sie war eine selbstbewußte und stolze Frau, aber jetzt wirkte sie beinahe... zerknirscht. Und das paßte ganz und gar nicht zu ihr.

Kazdin drehte sich um, nickte dem Uniformierten zu und deutete auf die Tür hinter sich. Mulder folgte ihr.

Sie betraten ein relativ großes Einzelzimmer. Duane Barry lag auf einem gewöhnlichen Krankenhausbett, umgeben von der üblichen Phalanx medizinischer Geräte, der Art von Maschinen, die in allen nur spärlich erleuchteten Krankenzimmern dieser Welt Totenwache halten.

Aus Duane Barrys Nase ragte ein Beatmungsschlauch

hervor. Durch zwei intravenöse Infusionen tröpfelte eine farblose Nährflüssigkeit in seine Arme. Duane erweckte diesen merkwürdigen pergamentartigen, zerknitterten Eindruck, der allen Menschen anhaftet, die bis an die Schwelle des Todes getreten und wieder zu den Lebenden zurückgekehrt sind.

Kazdin und Mulder betrachteten ihn schweigend. Mulder konnte spüren, daß Kazdin mit sich selbst kämpfte.

»Ich habe mir seine Dienstakte angesehen«, erklärte sie schließlich. »Sie war makellos. Sein Unfall war ziemlich rätselhaft. Er wurde bei der Beobachtung eines Drogengeschäfts mit seiner eigenen Waffe niedergeschossen, für tot gehalten und im Wald liegengelassen. Davon hat er sich nie mehr richtig erholt. Er hat alles verloren, seine Frau, die Kinder, das Haus.«

Mulder schüttelte den Kopf. »Der dünne Faden der geistigen Gesundheit...«

Kazdin bewegte sich und schien sich unbehaglich zu fühlen. Wieder spürte Mulder die Nervosität, die sie ausstrahlte.

»Eigentlich habe ich Sie aus einem anderen Grund kommen lassen, Agent Mulder. Beim Röntgen haben die Chirurgen mehrere kleine Metallstücke entdeckt. In seinem Zahnfleisch, in den Nebenhöhlen und eins in seinem Bauch.«

Mulder starrte sie an. Sein Herz begann, schneller zu schlagen, das Blut dröhnte ihm in den Ohren. Kazdin schien seine Erregung zu bemerken und sprach schnell weiter.

»Ich habe es überprüfen lassen – ich war mir sicher, daß Sie das gewollt hätten –, und in seinen linken und rechten vorderen Schneidezähnen waren winzige Bohrlöcher. Der

Zahnarzt, der sie untersucht hat, sagte, daß sie mit keinem derzeit verfügbaren Gerät gebohrt worden sein können. Nicht ohne Beschädigungen und Absplitterungen zu verursachen.«

Mulder hätte Kazdin am liebsten an den Schultern gepackt und durchgeschüttelt. Er verspürte das Bedürfnis, ihr klarzumachen, daß der Mann, der dort in dem Bett vor ihnen lag, *sie* gesehen hatte. Daß Duane Barry *sie* kannte. Daß ...

»Ich dachte, Sie sollten es erfahren«, sagte Kazdin tonlos. Und Mulder begriff, daß Lucy Kazdin wußte, was sie gesehen hatte, und darüber hinaus nichts weiter wissen wollte.

# 14

*Forensisches Labor Nr. 6 des FBI*
*Ebene B*

Dana Scully nahm das kleine Glasröhrchen entgegen, das Mulder ihr reichte, und hielt es gegen das Licht. Es enthielt einen unregelmäßig geformten silbernen Metallsplitter. Mulder beobachtete sie mit gespannter Konzentration.

»Es könnte sich um das Bruchstück eines Schrapnellgeschosses handeln«, meinte Scully. »Duane Barry hat in Vietnam gekämpft.« Ihre Stimme klang ruhig, sachlich und nachdenklich.

»Es war genau dort, wo er gesagt hat, Scully. Genau wie auch die Partikel in seinem Zahnfleisch und in seinen Nebenhöhlen.«

Scully drehte das Röhrchen etwas zwischen den Fingern. Der Metallsplitter bewegte sich, fing das Licht ein und schimmerte matt. Sie schüttelte den Kopf. »Und Sie glauben, das hier ist ihm implantiert worden?«

Mulder stand auf. Er wirkte beunruhigt. Es schien, als lausche er in sich hinein, um dort die Antwort zu finden.

»Wenn das stimmt«, erklärte er, »hat er die Wahrheit gesagt.«

»Oder seine Version der Wahrheit.«

Mulder nickte. Es war offensichtlich, was er dachte. Duane hatte ihm eine Narbe auf seinem Bauch gezeigt, die von einer Leistenbruchoperation hätte herstammen können. Aber der Gegenstand in der Ampulle stammte aus dem Gewebe unter der Narbe. Mulder glaubte zu wissen, wie die Wahrheit lautete.

»Hören Sie«, sagte Scully. »Ich werde dies hier von den Ballistikern überprüfen lassen. Die werden das Ganze in ein paar Minuten aufklären.«

Mulder starrte zuerst das Glasröhrchen und dann Scully an. Er nickte, drehte sich um und verließ das Labor.

# 15

*Ballistisches Labor des FBI*
*FBI-Hauptquartier*

Agent Jim Comox beugte sich über eine Reihe von Reglern an der Vorderseite der ballistischen Analyseeinheit. Er berührte einen der Regler und drehte ihn vorsichtig.

»Lassen Sie mich noch eine kleine Justierung vornehmen«, murmelte er.

Er beendete die Einstellung, nickte zufrieden und

kehrte zu seinem Platz an der Konsole zurück, wo Scully bereits aufmerksam das Bild auf dem Computermonitor studierte.

»Was halten Sie davon?« fragte sie.

»Könnte ein Stück von einer Patronenhülse sein«, erwiderte Comox. »Die Kanten sind stumpf, aber es könnte beim Eintritt in den Körper weißglühend gewesen sein.«

Scully nickte, als hätte sie die ganze Zeit über so etwas erwartet. »Das würde Sinn machen.«

Comox nahm eine weitere Einstellung vor. Sofort vergrößerte sich das Bild des Metallfragments auf dem Monitor übergangslos. Der Ballistiker betrachtete die vergrößerte Abbildung aus zusammengekniffenen Augen. »Aber sehen Sie sich das an.«

»Was?«

»Diese kleinen Markierungen. Sehen Sie? Hier.« Er deutete mit der Spitze seines Stiftes auf eine Reihe kleiner, dicker und dünner Linien in dem Metall.

»Das sieht wie eine Art Stempel aus.« Scullys Stimme klang verblüfft.

Comox lächelte. »Als wäre es eingeritzt oder eingeätzt worden. Eine ziemlich filigrane Arbeit. Dieses Rechteck, das wir uns ansehen, hat einen Durchmesser von nur zehn Mikron.« Sein Lächeln verschwand langsam. »Hmm ... Merkwürdig.«

Scully starrte ihn an. Diesmal verriet ihr Gesichtsausdruck, daß das etwas war, womit sie ganz bestimmt nicht gerechnet hatte.

# 16

*Barney's 24-Stunden-Discountmarkt*

Scully packte die wenigen Artikel, die sie gekauft hatte, auf das Laufband der Kasse. Es war spät am Abend. Der große Supermarkt war fast menschenleer. Sie fühlte sich müde und ausgelaugt, bereit, sofort ins Bett zu fallen und einmal so richtig auszuschlafen. Ihr Blick wanderte ziellos umher und blieb schließlich an den Händen der Kassiererin hängen, die die Artikel über den Laserscanner zog. Sie konnte die hellen roten Ziffern vor dem dunklen Untergrund des elektronischen Lesegeräts aufblinken sehen.

Als die Kassiererin eine Schachtel Donuts über den Scanner führte, zeigte das Gerät keinen Preis an. Sie drehte die Schachtel um und warf einen kurzen Blick auf den Strichcode. Scully schaute ebenfalls hin, und plötzlich keimte eine Idee in ihr auf. Die Kassiererin rief die Endsumme auf, verstaute die Artikel und schob Scully die Einkaufstüte zu. »Dreiundzwanzigsiebenunddreißig«, sagte sie.

Scully zog einen Scheck hervor und füllte ihn aus. Währenddessen ließ die Kassiererin die Bargeldlade aus der Registrierkasse herausfahren und stellte sie neben das Laufband. Scully gab ihr den Scheck. Die Kassiererin überprüfte ihn, nickte und legte ihn in die Lade. »Danke«, sagte sie knapp, nahm die Lade und brachte sie weg.

Scully blickte ihr hinterher, dann griff sie in ihre Manteltasche und zog das kleine Glasröhrchen hervor. Sie sah sich schnell um, stellte fest, daß sie unbeobachtet war, beugte sich vor und fuhr mit dem Röhrchen über den Laserscanner.

Sofort begann die Registrierkasse, eine Reihe von

Pieptönen von sich zu geben. Scully schreckte überrascht zurück und schob das Röhrchen hastig wieder in die Manteltasche. Eine unverständliche Ziffern- und Symbolfolge lief über das Preisanzeigefenster. Die Pieptöne, die aus der Registrierkasse erklangen, dauerten an.

Die Kassiererin blieb auf halbem Weg stehen, machte kehrt und kam zurück. Sie starrte die Preisanzeige und dann die Registrierkasse an. »Was haben Sie gemacht?« wollte sie wissen.

»Nichts. Ich habe keine Ahnung, was da passiert ist«, beteuerte Scully. Sie ergriff ihre Einkaufstüte und ging eilig davon. Die Kassiererin schaute ihr nach und schüttelte den Kopf. Nachtschichten waren manchmal ziemlich seltsam.

# 17

*Jefferson Memorial Hospital*

Duane Barry lag still und reglos in seinem Bett, angeschlossen an zahllose medizinische Geräte. Er hatte die Augen geschlossen. Die weißen Vorhänge um das Bett herum waren zugezogen.

Das Licht, das plötzlich hinter den Vorhängen aufflammte, war von unirdischer Reinheit.

Duane riß augenblicklich und übergangslos die Augen auf. In den Tiefen seines Geistes begann ein unheimlicher Wind zu blasen, preßte alte Plastikplanen gegen Holzpfeiler. Er konnte sich nicht bewegen. Die altbekannte Panik kroch in seinen Knochen hoch, und was von seinem Geist noch übriggeblieben war, wand sich im Krampf.

Und einen Augenblick lang waren sie da, tauchten hinter den Vorhängen auf und kamen näher. Die keilförmigen Köpfe seitlich geneigt. Sie sahen ihn an. Lauschten ihm. *Beobachteten* ihn.

Dann fiel die Lähmung von Duane ab. Er sog gierig die Luft in sich ein und stemmte sich aus dem Bett. Mit einem wilden Ruck riß er sich den Schlauch aus der Nase und die Kanülen aus den Venen. Sein Krankenhausnachthemd rutschte hoch und entblößte seine mageren Waden.

Er tappte zur Tür, sein Mund formte leise würgende Geräusche. Der Polizist draußen auf dem Gang hatte ihm den Rücken zugekehrt. Er lehnte an der Wand und telefonierte.

Duane zögerte nicht einen Moment. Er hob den Infusionsständer, den er aus dem Zimmer mitgenommen hatte, hoch über den Kopf und ließ ihn auf den Polizisten niederfahren. Der Mann brach zusammen, ohne einen Laut von sich zu geben. Frisches Blut tränkte plötzlich die Vorderseite von Duanes Nachthemd, als die Schußwunde wieder aufbrach, aber er achtete nicht darauf. Er stieg über den bewußtlosen Polizisten hinweg, taumelte den leeren Gang entlang und verschwand in der Nacht.

# 18

*Dana Scullys Apartment*
*Washington, D.C.*

Scully stand neben dem Fenster. Ein Sturm war mit unvermittelter Heftigkeit über Washington hereingebrochen. Draußen peitschte der Wind durch die dunklen

Bäume und Büsche. Regen klatschte geräuschvoll gegen die Fensterscheibe.

In der einen Hand hielt Scully das Telefon, in der anderen das dünne Glasröhrchen. Sie lauschte dem Klingeln am anderen Ende der Leitung, einmal, zweimal und dann noch zweimal. Nach dem fünften Klingeln sprang Fox Mulders Anrufbeantworter an.

»Hier ist Fox Mulder. Ich bin nicht zu Hause. Bitte hinterlassen Sie eine Nachricht.«

»Mulder, ich bin's.« Scullys Stimme klang angespannt, drängend und verwirrt. »Mir ist gerade etwas unglaublich Seltsames passiert. Das Metallstück, das aus Duane Barrys Körper entfernt wurde ... es trägt eine Art Code ...«

Sie drehte sich zum Fenster um, als plötzlich ein Windstoß heulend über die Glasscheibe fuhr.

»Ich habe es über einen Laserscanner gezogen, und er hat eine Art Seriennummer angezeigt. Was, zum Teufel, ist das für ein Ding, Mulder? Es scheint fast, als ... als hätte es irgend jemand benutzt, um Duane Barry zu katalogisieren oder so etwas. Es ist ...«

Irgend etwas schlug oder schrammte über die Fensterscheibe, aber es war zu dunkel, als daß Scully etwas hätte erkennen können. Sie ließ das Telefon sinken, trat näher an das Fenster heran und spähte in die Dunkelheit hinaus. Dann griff sie nach dem Jalousiestab, der die Blenden öffnete, und drehte ihn. Die Jalousieblätter klafften auf.

Von draußen starrte Duane Barry sie mit regenüberströmtem Gesicht an.

Er hechtete auf sie zu ...

# 19

*Fox Mulders Apartment*
*Washington, D.C.*

Mulders Anrufbeantworter stand in der Dunkelheit auf einem Tisch. Die kleine Bandspule drehte sich munter und zeichnete alles auf.

Sie zeichnete Scullys Schreie auf, das Geräusch von splitterndem Glas, den dumpfen Aufprall, als Scullys Telefonhörer zu Boden fiel.

Sie zeichnete fein und säuberlich jede Silbe auf, als Duane Barry brüllte: »*Komm her, du Nutte!*«

Und sie zeichnete Scullys letzten flehenden Schrei auf: »*Mulder! Helfen Sie mir!*«

Kurz darauf gab das Gerät ein leises Klicken von sich, und die Spule blieb stehen. Der Anrufbeantworter wartete geistlos und gehorsam darauf, die nächste Nachricht aufzeichnen zu können.

# Teil Zwei

*Seilbahn zu den Sternen*

# Fünftes Kapitel

## 1

*Fox Mulders Apartment*
*Washington, D.C.*
*23:23 Uhr*

Fox Mulder schüttelte die Nässe aus seinen zerzausten Haaren, als er sein Apartment betrat. Fernes Donnergrollen ließ die Fensterscheibe hinter seinem unaufgeräumten Schreibtisch in ihrem Rahmen vibrieren. Sein erschöpftes Gesicht glänzte im Widerschein der Blitze. Regen trommelte leise gegen das Fenster.

Er warf seine Jacke achtlos in Richtung des Sofas, rieb sich über das Gesicht und warf einen Blick auf den Anrufbeantworter. Das blinkende rote Lämpchen verriet ihm, daß Nachrichten auf ihn warteten.

Mulder ließ sich in seinen Sessel fallen und drückte die Wiedergabetaste. Das Band war schon ziemlich alt, und die Tonqualität ließ nach. Trotzdem erkannte er Scullys Stimme auf Anhieb.

»*Mulder, ich bin's. Mir ist gerade etwas unglaublich Seltsames passiert. Das Metallstück, das aus Duane Barrys Körper entfernt wurde ... es trägt eine Art Code ...*«

Mulder runzelte die Stirn, seine Augen weiteten sich. Er beugte sich vor.

*»Ich habe es über einen Laserscanner gezogen, und er hat eine Art Seriennummer angezeigt. Was, zum Teufel, ist das für ein Ding, Mulder? Es scheint fast, als... als hätte es irgend jemand benutzt, um Duane Barry zu katalogisieren oder so etwas. Es ist...«*

Scullys Stimme verstummte. Offenbar war sie durch irgend etwas abgelenkt worden. Mulders Augen wurden schmal, während er dem unheilvollen Schweigen lauschte. Plötzlich ertönte ein gedämpftes Scheppern irgendwo im Hintergrund. Scully stieß einen Schrei aus. Mulder vernahm das Geräusch von splitterndem Glas.

Ein dumpfer Aufprall, als wäre ein Gegenstand aus Kunststoff zu Boden gefallen. Mulders Blick fiel auf seinen Telefonhörer. Er stellte sich vor, wie es sich anhören würde, wenn der auf den Boden geworfen wurde.

*»Komm her, du Nutte!«*

Die Stimme ließ Mulder aus seinem Sessel auffahren. Obwohl sie verzerrt war, erkannte er sie sofort wieder. Doch als er denjenigen, zu dem sie gehörte, das letzte Mal gesehen hatte, hatte dieser bewußtlos in einem Krankenhausbett gelegen, bewacht von einem bewaffneten Sicherheitsposten.

*»Mulder, helfen Sie mir...!«*

Es folgte ein übelkeiterregendes Knirschen, als irgend etwas Schweres den Telefonhörer am anderen Ende der Leitung zerquetschte. Scullys gequälter Hilferuf war noch nicht völlig verstummt, als Mulder seine Jacke packte, und kaum eine Sekunde später fiel auch schon scheppernd die Tür hinter ihm ins Schloß.

# 2

*23:46 Uhr*

Die nächtlichen Straßen glänzten im Regen. Das Laubdach von Ahornbäumen und Ulmen hing dunkel über der Fahrbahn. Straßenlaternen warfen unstetes Licht auf den schlüpfrigen Asphalt.

Mulder jagte in einem irrwitzigen Tempo dahin. Seine um das Lenkrad gekrampften Hände zitterten. Die Scheinwerfer bohrten zwei Kegel in die Dunkelheit, wurden von der Windschutzscheibe eines parkenden Autos reflektiert. Die Hinterräder wirbelten einen Vorhang aus Wasser auf, als Mulder den Wagen durch eine Kurve riß und beinahe die Kontrolle über ihn verlor.

*Wenn sie … wenn Duane Barry …*

Er gestattete sich nicht, den Gedanken zu Ende zu denken, er brachte es einfach nicht fertig. Es war besser, sich nur auf diese nächtliche Raserei zu konzentrieren.

Eine Straßenkreuzung, und noch eine. Vor ihm blitzten die Warnlichter von Polizeifahrzeugen auf, das gewohnte Lichtspektakel, das immer zu Unfällen und Katastrophen gehörte …

Mulder geriet erneut ins Schleudern, als er die ersten Holzböcke erreichte, mit denen die Polizei die Straße abgesperrt hatte. Im rechten Winkel zum Bordstein brachte er den Wagen zum Stehen und sprang sofort heraus, noch bevor der Motor völlig erstorben war. Er fuchtelte mit seinem Dienstausweis herum wie mit einem Zauberstab, der Absperrungen öffnen konnte und uniformierte Polizisten von ihm fernhielt.

Die Strecke von seinem Anrufbeantworter bis zur Vordertür von Scullys Wohnung hatte er wie ein Irrer zurückgelegt, ohne auch nur einen Sekundenbruchteil nachzudenken, doch jetzt zögerte er. Das Fenster rechts neben der Tür war zerborsten, ein paar Glassplitter ragten aus dem Rahmen hervor. Er schaute sie sich genau an. Auf einem der gezackten Splitter entdeckte er einen dünnen Blutfilm. Vorsichtig fuhr er mit den Fingerspitzen darüber.

Das Blut war noch flüssig und leicht klebrig. Ziemlich frisch.

Er richtete sich auf und ging wie betäubt in das Haus hinein. Alle Lichter brannten, aber trotzdem lag etwas merkwürdig Düsteres über der Szenerie, als hätten seine dunklen Vorahnungen Gestalt angenommen. Uniformierte Polizisten hasteten umher, Spurensicherungsexperten füllten ihre Plastikbeutel mit allen möglichen Gegenständen, die Aufschluß über den Tathergang geben konnten oder auch nicht.

Als Mulder den Blick senkte, entdeckte er Scullys Pistolenholster nicht weit von dem zerschmetterten Telefonhörer – leer. Direkt daneben breitete sich ein dunkler Fleck häßlich auf dem sauber glänzenden Holzfußboden aus. Mulder kniete sich hin und betrachtete ihn mit zusammengekniffenen Augen. Ein paar Haare ragten wie Bronzefäden aus dem allmählich gerinnenden Blut hervor. Er schüttelte den Kopf. Eine Spur blutiger Schmierstreifen verlief von dem Fleck bis zur Glasplatte eines Ecktischchens.

Mulder ging zu dem Tisch hinüber und blickte fassungslos auf die Schmierstreifen. Er konnte sich vorstellen, wie Scullys Finger einen Moment lang auf der Glasplatte lagen, verzweifelt nach Halt suchten und dann abrutschten, als ihr Körper erschlaffte. Er fuhr mit den Fingern vorsichtig über das Blut, hob die Hand dicht vor die Augen und starrte die roten Flecken auf seinen Fingerkuppen an.

Es fiel ihm schwer, sich den Tatsachen zu stellen. Polizisten, Techniker und Kriminalisten mit ausdruckslosen Gesichtern, Blut ... das alles hatte er schon hundertmal gesehen. Anscheinend passierten diese Dinge immer nachts, immer um Mitternacht herum, und immer traf es irgendwelche Unbekannte.

Aber diesmal ging es um Scully ...

»Ich möchte da rein! Lassen Sie mich rein!«

Mulder hob den Kopf. Eine Frauenstimme. Er kannte sie nicht, und doch kam sie ihm auf unheimliche Art und Weise vertraut vor.

»Es tut mir leid, Ma'am, aber niemanden darf den Tatort betreten.«

Die zweite Stimme war Mulder nur allzu vertraut. Alex Krycek. Was, zum Teufel, hatte Krycek hier zu suchen?

»Aber das ist die Wohnung meiner *Tochter!* Bitte ...«

Mulder betrat die Küche, wo er Krycek entdeckte, der versuchte, eine verstörte Frau zurückzuhalten. Die Frau war mittleren Alters und hatte volles dunkles Haar, das einen ersten Schimmer von Grau aufwies. Ihr leicht dickliches Gesicht wurde von Lachfältchen durchzogen, die ihr Lächeln unter den richtigen Umständen vermutlich hinreißend aussehen lassen würden.

Allerdings waren dies hier kaum die richtigen Umstände. Sie stemmte sich gegen Krycek, die Augen angstvoll aufgerissen.

»Wenn Sie einen Moment warten würden«, bemühte sich Krycek, sie zu beschwichtigen, »werde ich ...«

»Bitte, ich muß da hinein.«

Mulder näherte sich der Frau. »Mrs. Scully? Margaret Scully?«

Als sie ihren Namen hörte, gab Margaret Scully ihren Widerstand sofort auf und drehte sich zu Mulder um.

Mulder betrachtete sie einen Moment lang und bedeutete Krycek mit einem Nicken, sie passieren zu lassen. Krycek ließ sie los, und Margaret eilte auf Mulder zu. Plötzlich blieb sie stehen, die Augen entsetzt geweitet.

Es dauerte ein paar Sekunden, bis Mulder begriff, daß sie auf seine rechte Hand starrte, die er unbewußt wie zum Gruß erhoben hatte. Auf das frische Blut an seinen Fingern.

Er warf einen schnellen Blick auf die FBI-Leute im Wohnzimmer, die den Tatort untersuchten.

»Sie ist nicht hier«, sagte er leise.

Margaret schluckte. Ein Muskel in ihrem Mundwinkel begann zu zucken. »Wo ist sie?«

*Ich weiß es nicht*, dachte Mulder. *Und vielleicht will ich es auch gar nicht wissen ...*

# 3

*Scullys Apartment*
*00:13 Uhr*

Mulder führte Margaret Scully in das Schlafzimmer ihrer Tochter und drückte sie sanft auf das ordentlich gemachte Bett. Die geschäftigen leidenschaftslosen Stimmen der Polizisten und Techniker drangen leise aus dem Wohnzimmer herüber. Er setzte sich neben die verstörte Frau und legte ihr einen Arm um die Schultern.

»Wir glauben, daß sie von einem Flüchtigen namens Duane Barry entführt worden ist.«

Margaret starrte ihn an, als hätte er in einer fremden Sprache gesprochen, dann begann sie langsam zu weinen. Es war ein ersticktes Schluchzen, und daß es fast lautlos war, machte es noch schrecklicher. Mulder drückte sie sanft.

»Er... hatte doch diese Leute in dem Reisebüro als Geiseln genommen«, flüsterte sie. Sie klang völlig verwirrt. »Stimmt es, daß er früher einmal beim FBI war?«

Mulder nickte. Von ihrem Platz auf dem Bett aus konnten sie das zerbrochene Fenster durch die offene Tür sehen. Margaret starrte es an, Tränen rannen ihr die Wangen hinab.

»Ich wußte, daß genau das passieren würde.«

Mulder sah sie überrascht an. Sie bemerkte seine unausgesprochene Frage und schluckte mühsam.

»Ich... habe geträumt... daß sie entführt werden würde.«

Sie blickte sich in Scullys Schlafzimmer um, als sähe sie es zum ersten Mal.

»Es ist merkwürdig, nicht wahr?« fragte sie.

»Wir werden sie finden«, versicherte Mulder. Sie redeten aneinander vorbei, jeder in seiner eigenen Erinnerung verloren, seiner eigenen Hoffnung. Seiner eigenen Angst.

»Ich wollte es Dana sagen, aber ich wollte sie nicht erschrecken.«

Sie schluckte erneut und riß sich zusammen. Mulder hörte ihr jetzt wieder zu. Sie drehte sich zu ihm um, sah ihm direkt ins Gesicht, und er konnte sich vorstellen, wie es aussah, wenn sie lächelte. Tatsächlich wölbten sich ihre Mundwinkel nach einer Weile sogar ein wenig nach oben, obwohl ihr die Tränen immer noch über die Wangen liefen.

»Sie hätte mich wohl ausgelacht. Sie glaubt nicht an solche Dinge.«

Mulder lächelte die Frau an. Nein, Scully glaubte nicht

an solche Dinge. Nun hieß es, sich der bitteren Wahrheit zu stellen.

Sie saßen in Scullys Schlafzimmer auf deren Bett, aber Scully war nicht da. Scully war verschwunden.

# 4

*FBI-Zentrale*
*Washington, D.C.*
*08:03 Uhr*

Mulder saß an dem langen Konferenztisch und fragte sich allmählich, ob man ihn mit irgendeiner geheimnisvollen Substanz eingesprüht hatte, die ihn unsichtbar machte. Das Gespräch dauerte nun schon einige Zeit, und vieles davon betraf ihn. Trotzdem nahm ihn niemand zur Kenntnis, von gelegentlichen flüchtigen Blicken einmal abgesehen.

Assistant Director Skinner, sein direkter Vorgesetzter, ging langsam auf und ab. Er setzte seinen nüchternen Tonfall und seine präzise Wortwahl bewußt dazu ein, um beruhigend auf die Versammelten einzuwirken. »Anhand der mir vorliegenden Berichte haben Agent Scullys Nachforschungen ergeben, daß Duane Barrys Neigung zu Gewalt und unberechenbarem Verhalten von einer Gehirnschädigung herrührt, die durch einen Kopfschuß verursacht wurde. Ist das unsere operative Ausgangsbasis?«

Bei allen Konferenzteilnehmern handelte es sich um FBI-Angehörige gehobener Dienstgrade, harte, altgediente Agenten, energische Männer, die sich selbstsicher auf dem schlüpfrigen Parkett der politischen Macht bewegten, über die das FBI unzweifelhaft verfügt.

*Operative Ausgangsbasis*, dachte Mulder grimmig. Eine hübsche Formulierung, harmlos, neutral und nichtssagend. Er wußte, daß Skinners Frage eigentlich an ihn gerichtet war, aber er verspürte nicht das Bedürfnis zu antworten und auf das Spiel einzugehen.

Skinner schwieg einen Moment lang. Krycek brach das Schweigen. »Ja, Sir.«

Skinner starrte ihn an. »Gibt es eine weitere Ausgangsbasis?«

Jetzt richteten sich alle Blicke auf Krycek. Alex Krycek war allgemein dafür bekannt, daß er wußte, wie man das Spiel spielte.

Einen verrückten Augenblick lang hatte Mulder das unheimliche Gefühl, als trüge jeder der hier Anwesenden eine Maske. Alle außer ihm, und es kam ihm so vor, als mache ihn diese Nacktheit verwundbar.

»Duane Barry ist davon überzeugt, von Außerirdischen entführt worden zu sein«, begann Krycek. »Er glaubt, daß er eine erneute Entführung verhindern kann, indem er eine andere Person vorschiebt.«

Die Männer am Tisch rutschten unbehaglich auf ihren Stühlen hin und her. Nur einer schien von Kryceks Einwurf unberührt zu sein, aber dieser Mann saß nicht am Tisch. Er hatte es sich etwas abseits in einem Sessel bequem gemacht. Sein Gesicht war faltig und zerknittert, seine Augenlider hingen leicht herab. Er hielt eine Filterzigarette in nikotinfleckigen Fingern, an der er mit der Regelmäßigkeit eines Uhrwerks sog. Rauch stieg in trägen Wolken wie ein Schutzschirm vor ihm auf, hinter dem er sich verbarg, während er die anderen aufmerksam beobachtete. Mulder kannte nicht einmal seinen Namen. In Gedanken bezeichnete er ihn nur als den *Cigarette Smoking Man*, und ohne genau zu wissen warum, war er fest davon überzeugt, daß er allen Grund dazu hatte, ihn zu fürchten.

Die Augen des Cigarette Smoking Man ruhten auf Mulder, und er scherte sich kein bißchen um irgendeine operative Ausgangsbasis.

Skinners Stirnglatze glänzte schwach unter der Deckenbeleuchtung. Er war ein großer, kultiviert aussehender Mann, stämmig und muskulös, der auf Disziplin und Ordnung bedacht war und mit unordentlichen und chaotischen Situationen umgehen mußte. Er musterte Krycek genauer.

»Also befolgt er nur Befehle, die ihm Außerirdische ins Ohr flüstern?«

»Ja.«

Skinner nickte. Er würde diesen Fall so handhaben, wie er jede Verrücktheit handhabte, mit der er zu tun hatte. Ruhig und leidenschaftslos, aber mit einer seltsamen Spontaneität und Bissigkeit, die zu seinen verblüffendsten Charaktereigenschaften zählten und so überraschend und unvermittelt auftraten, daß die meisten der hier Versammelten nicht einmal merken würden, was sich über ihren Köpfen zusammenbraute, bevor es sie traf.

Jetzt bemerkte er bissig: »Das wäre eine interessante Argumentation bei den Nürnberger Kriegsverbrecherprozessen gewesen.«

Krycek verkniff sich aus gutem Grund ein Lächeln. Skinner wandte sich wieder Mulder zu.

»Welcher Erklärung schließen Sie sich an, Mulder?«

Mulder blickte auf, überrascht, daß er endlich in die Diskussion einbezogen wurde. Ihm war nur zu gut bekannt, was diese Männer in ihm sahen, das schwarze Schaf, das sie ständig mit Fragen belästigte, von denen sie nichts hören wollten. Schön, dann sollten sie jetzt eine weitere zu hören bekommen.

»Es stellt sich die Frage, wie Duane Barry überhaupt zu Scully gelangen konnte.«

Ein älterer Agent mit einem fleischigen Gesicht starrte ihn an. »Glauben Sie vielleicht, die Außerirdischen hätten es ihm eingeflüstert?« Sein Tonfall machte deutlich, daß es ihm ziemlich schwerfiel, an Außerirdische und körperlose Stimmen zu glauben.

Für Mulder aber spielte es keine große Rolle, was diese Männer glaubten oder nicht glaubten. Die Fakten lagen auf dem Tisch. Es gab Wahrheiten, die niemand hier anzuerkennen bereit war.

»Agent Scully war im Besitz eines kleinen Metallstückes, das kurz zuvor aus Duane Barrys Unterleib entfernt worden war. Ein Implantat, das er als Peilsender bezeichnet hat.«

Er bemerkte, daß die anderen Mühe hatten, nicht die Gesichter zu verziehen – alle außer dem schweigenden Mann hinter den Rauchwolken. Der Cigarette Smoking Man verfolgte die Konferenz mit größter Aufmerksamkeit, aber er verzog keine Miene.

»Agent Scully war außerdem der Meinung, daß Ihnen eine grobe Fehleinschätzung bei Duane Barrys Psychose unterlaufen ist«, warf der ältere Agent ein. »Entspricht das den Tatsachen?«

»Ja, aber es erklärt immer noch nicht, woher er wußte, wo sie wohnt.«

Kryceks Blick wanderte zu dem Cigarette Smoking Man hinüber, aber wenn er irgendeine Reaktion erwartet hatte, so wurde er enttäuscht.

Skinner spürte die Unruhe, die durch Mulders Einwand erzeugt worden war. »Wohin könnte er sie bringen?« fragte er schnell.

»Ich weiß es nicht. Er hat von einem Berg gesprochen, aber er wußte nicht, wo der liegt.«

Assistant Director Skinner nickte, eine knappe Bewegung, mit der er Mulders Worte zur Kenntnis nahm, ohne ihren Inhalt zu akzeptieren. Die ganze Situation behagte ihm nicht. Es gab keinen konkreten Anhaltspunkt, nichts, woran er sich festbeißen konnte. Also ignorierte er Mulders Hinweis. Er wußte nur, daß Scully verschwunden war. Also mußte er sich darauf konzentrieren.

»Wie auch immer er sie gefunden hat, und was seine Motive auch sein mögen, er hat Agent Scullys Wagen und ihre Waffe. Ich schätze, wir sind uns alle über den Ernst der Lage im klaren. Wir sollten unverzüglich mit allen uns zur Verfügung stehenden Mitteln vorgehen.«

Er konnte die Zustimmung der anderen spüren, nachdem er seine kurze Ansprache beendet hatte. Die Vorgehensweise war klar: den Irrsinn ausschalten und sich an die bekannten Fakten halten. Er sah Mulder an.

»Ich möchte, daß Sie Ihre Akten den Agenten vom Geiselbefreiungskommando übergeben.«

Mulder stand auf. »Ich würde sie lieber selbst informieren, wenn Sie ...«

Skinner trat näher, und die bloße Nähe seines massigen Körpers wies Mulder in die Schranken. »Fahren Sie nach Hause, Agent Mulder. Sie sind schon die ganze Nacht auf den Beinen gewesen. Schlafen Sie ein bißchen.«

*Mit anderen Worten: Hauen Sie ab und behindern Sie uns nicht weiter.*

Mulder fühlte sich plötzlich so kraftlos, daß er nicht einmal zurückweichen konnte. Er wußte mehr über Duane Barry – und auch über Scully – als irgendeiner der hier Anwesenden, und sie wollten ihn von den Ermittlungen *ausschließen*? Und wenn sie ihm noch so skeptisch gegenüberstanden, ergab das so wenig Sinn, daß er es einfach nicht glauben konnte.

»Ich kenne Duane Barry. Ich bin in seine Psyche eingetaucht. Ich weiß, wie er denkt.«

Skinner schüttelte den Kopf. Seine Miene spiegelte Besorgnis, aber auch Entschlossenheit wider. »Nein. Sie sind selbst zu tief in diesen Fall verstrickt. Wenn wir Sie brauchen, werden wir Sie hinzuziehen.«

*Zu tief in den Fall verstrickt?* dachte Mulder. *Was ist das denn für ein Unsinn?*

»Sir...«

»Das ist ein Befehl, Agent Mulder!«

Skinner warf Krycek einen raschen Blick zu.

»Sorgen Sie dafür, daß er sicher nach Hause kommt«, befahl er.

Mulder spürte die Blicke der anderen auf sich ruhen. Einen Moment lang brodelte etwas Dunkles und Heißes in ihm hoch.

Er starrte in Alex Kryceks Augen, der ihn besänftigend anlächelte und mit einem Nicken zur Tür deutete. Das Hitzegefühl in Mulder ebbte wieder ab. Es hatte doch keinen Sinn.

Er ließ sich von Krycek fortführen.

# 5

*In der Nähe von Rixeyville, Virgina 11:23 Uhr*

Duane Barry nahm die Musik, die mit ohrenbetäubender Lautstärke aus den Autoradiolautsprechern hämmerte, nicht richtig wahr, aber die Worte krochen mit einer unerbittlichen Zielstrebigkeit in die Überreste seines Gehirns und erweckten in ihm das Gefühl, als richte sich der Sänger direkt an ihn.

Er fand daran überhaupt nichts merkwürdig. Alle möglichen Stimmen sprachen ständig zu ihm. Warum also nicht auch diese?

»You'll see him in your nightmares, you'll see him in your dreams«, klagte die dunkle geheimnisvolle Stimme mit durchdringender Intensität. Der Baß dröhnte, Gitarren rollten wild im Hintergrund.

»He'll appear out of nowhere but he ain't what he seems ...«

*Nein*, dachte Duane, *sie sind nie das, was sie zu sein scheinen*. Er fuhr mit einer Art wahnsinnigen Sturheit, in betäubter Raserei, die seine Augen austrocknete und seine Mundwinkel nervös zucken ließ.

Er war sich nicht sicher, wo er sich befand, aber das ging schon in Ordnung. Über solche Dinge war er sich schon seit langem nicht mehr sicher. Zum Beispiel dieses Auto. Es gehörte dieser Frau, Agent Scully. Und was hatte er mit ihr getan?

Ach, ja. Der Kofferraum ...

Es war ein wohltuender Gedanke. Irgendwie – er konnte sich nicht mehr richtig erinnern, nur noch an einen roten Fleck auf seiner Brust, einen hallenden Donner und dann Dunkelheit – hatten sie ihm Doc Hakkie weggenommen, hatten ihm seine Ersatzperson gestohlen. Aber er war schlau. Er hatte einen anderen Ersatz gefunden. *Ihnen* war es egal, wen sie holten, solange sie irgend jemanden holen konnten.

Das Auto ließ sich gut fahren. Es war schön, gute Sachen zu haben, Sachen, die funktionierten. Wie dieses Auto. Wie die Pistole, die neben ihm lag. Ihre Pistole. FBI. Sie würde in einem hervorragenden Zustand sein. FBI-Agenten kümmerten sich immer gut um ihre Waffen. Das stand im Handbuch oder irgendwo, auch wenn er sich nicht mehr genau erinnern konnte …

Die zweispurige Asphaltfahrbahn erstreckte sich vor ihm, eingebettet zwischen ansteigenden grünen Hügeln. Die Luft war kühler geworden und duftete nach Bergkoniferen. Das erschien ihm richtig zu sein, er *mußte* in die Höhe steigen, aufsteigen, den Sternen entgegen.

Ein rechteckiges grünes Straßenschild huschte vorbei. Rixeyville. Der Name ließ irgend etwas in der schwelenden Glut seiner Erinnerungen aufflackern. Also immer noch in Virginia. Aber näher … Bald war es vorbei. Bald würde er für immer frei sein.

Duane trug ein Sweatshirt mit dem Aufdruck »University of Maryland«. Auf dem Logo in der Mitte breitete sich langsam ein Blutfleck aus.

Genausowenig wie diesen Blutfleck registrierte er die blutverschmierte weiße Plastikmanschette um sein linkes Handgelenk oder die zerschrammten blutverkrusteten Fingerknöchel der Hand, mit der er das Fenster von Dana Scullys Apartment eingeschlagen hatte. Eigentlich registrierte Duane Barry kaum irgend etwas. Deshalb war ihm auch nicht bewußt, weshalb er den Wagen plötzlich hart nach rechts herumriß und in eine andere Straße einbog, als vor ihm ein Verkehrsschild mit der Aufschrift Route 229 auftauchte. Aber irgendwie wußte er einfach, daß er genau das tun mußte.

Sein Kopf begann sich wieder zu bewegen, schaukelte langsam im Rhythmus der Musik. »You'll see him in your head on the TV screen«, versprach Nick Cave unheilvoll. »And hey, buddy, I'm warning you to turn it off. He's a ghost, he's a God, he's a man, he's a guru …«

Duane Barry fuhr weiter. Die organgefarbene Tachonadel, die er ebenfalls nicht registrierte, hatte sich mittlerweile zwischen 85 und 90 Meilen pro Stunde eingependelt.

## 6

Hilflos gefesselt, ohne daß sie sich hätte rühren können, lag Dana Scully im Kofferraum ihres eigenen Wagens und hörte die Musik, die so laut war, daß der dumpfe Baß die Kofferraumverkleidung vibrieren ließ. »You're one microscopic cog in his catastrophic plan. Designed and directed by his red right hand...«

*Rote rechte Hand*, dachte sie. *O mein Gott...*

## 7

Highway Patrol Officer Roger McCammon parkte seit nunmehr fast einer Stunde in einem kleinen Seitenweg direkt neben der Route 229. Die heutige Ausbeute war wirklich nicht schlecht. Bisher sechs Strafzettel wegen überhöhter Geschwindigkeit und einer wegen Alkohol am Steuer. Noch zwei bis drei weitere, und sein Pensum für diesen Tag wäre erfüllt. Dann konnte er sich überlegen, ob er vielleicht auf ein Stück Apfelkuchen und eine Tasse Kaffee zu Julie fahren sollte, der niedlichen neuen Bedienung im Truckstop am Highway 12.

Ungläubig starrte er dem Wagen hinterher, der so schnell über die 229 an ihm vorüberschoß, daß er nicht einmal das Nummernschild lesen konnte. Guter Gott, dieser Irre mußte mindestens 90 Meilen fahren!

McCammon schaltete gleichzeitig die Sirene und das Warnlicht an. Die durchdrehenden Räder schleuderten eine Kiesfontäne in die Luft, als er seinen Streifenwagen auf die Fahrbahn lenkte. Trotzdem war der Raser fast schon in der dunstigen Ferne verschwunden, bevor Highway Patrol Officer McCammon sein Fahrzeug herumgerissen hatte und beschleunigen konnte.

»Mist«, murmelte er und malträtierte den Motor, bis er brüllte. Kurz darauf entspannte er sich wieder. Bei 110 Meilen in der Stunde vibrierte sein Wagen zwar heftig, aber er wußte, daß er die Spur problemlos halten würde. Und die Entfernung zu dem Raser vor ihm schrumpfte bereits zusammen, auch wenn der Kerl nicht langsamer wurde.

Mal sehen … Geschwindigkeitsüberschreitung, rücksichtsloses Fahren, vielleicht der Versuch, einem Polizisten zu entkommen, vielleicht sogar Widerstand bei der Festnahme … Ein guter Fang. Aber der Kerl mußte wirklich verrückt sein. Diese Straße war nicht für eine derartige Raserei gebaut.

Vermutlich war der Typ betrunken.

# 8

Es dauerte eine Weile, bevor das dünne Jaulen der Sirene die dröhnende Musik aus den Lautsprechern übertönte und durch den Nebel der Besessenheit in Duane Barrys Kopf drang. Er warf einen Blick in den Rückspiegel und entdeckte die rot und blau blinkenden Warnlichter.

Zuerst konnte er überhaupt nichts damit anfangen.

Ihm war nicht klar, wie das irgend etwas mit ihm zu tun haben könnte. Er wußte, wohin er unterwegs war. Zumindest irgendwie... Und er wußte verdammt genau, wer ihn dorthin beorderte. Alles andere war egal. Im Grunde war alles andere sogar nicht einmal real.

Er legte den Kopf ein wenig schief und sah das Spiegelbild seines Gesichts im Rückspiegel, einen rechteckigen Ausschnitt mit seiner Augenpartie, dem Nasenrükken, der Narbe auf seiner Stirn...

Die Narbe.

Tief in seinem Inneren rastete irgend etwas mit einem Klicken ein.

Alles veränderte sich.

Panik raste durch seine Venen und Arterien, eine zweispurige Feedbackschleife, die seinen Schädel mit weißem Feuer flutete. Er stöhnte leise, und dann zog sich seine Kehle zusammen, so wie es immer geschah, und er bekam keine Luft mehr.

Das Licht!

*Klick.*

Es war wieder vorbei. Jetzt hielt er die Luft freiwillig an. Er hatte seinen Körper wieder unter Kontrolle, und er war in die reale Welt zurückgekehrt. Die Lichter in seinem Rückspiegel stammten von einem Polizeiwagen, und wenn er jetzt Mist baute, würde er den... den Ort nie erreichen.

Vor ihm wurde der Randstreifen neben der Fahrbahn breiter. Duane Barrys Fuß wechselte vom Gaspedal zur Bremse. Er lenkte den Wagen auf den Seitenstreifen und hielt an, die Hände in den Schoß gelegt. Die Musik dröhnte in seinen Ohren. Er wartete.

Der Polizeiwagen scherte ebenfalls auf den Seitenstreifen aus und hielt ein paar Meter hinter ihm. Die Warnlichter auf dem Dach rotierten immer noch.

Duane Barry saß einfach da und wartete. Irgend etwas würde geschehen. Er wußte es.

## 9

Roger McCammon zog die Handbremse fest und bemerkte, daß sein Herz schneller als erwartet schlug. Eine Zeitlang hatte er gedacht, daß der Kerl überhaupt nicht anhalten würde, aber gerade, als er nach dem Funkgerät hatte greifen wollen, um Verstärkung oder sogar eine Straßensperre anzufordern, hatten vor ihm rote Bremslichter aufgeleuchtet.

Er kurbelte das Seitenfenster herunter. Jetzt konnte er sehen, daß es sich bei dem Fahrer um einen Mann handelte. Die Musik machte ihn nervös. Er kannte das Stück nicht – irgend etwas Düsteres mit einem von diesen Sängern, die sich so anhören, als benutzen sie einen Sarg als Verstärker –, aber was auch immer es war, die Lautstärke war so hochgedreht, daß er sich fragte, wie der Typ das nur aushalten konnte.

McCammon hob einen Arm und schaltete die unter dem Wagendach angebrachte Videoüberwachungskamera an. Er hatte sie gerade erst vor sechs Monaten bekommen, und die Dinger waren bei Verkehrskontrollen wirklich nützlich, besonders wenn man es mit betrunkenen Fahrern zu tun bekam.

Er vergewisserte sich, daß die Kamera lief. Das grüne Kontrollämpchen blinkte bestätigend. Trotzdem verspürte er einen merkwürdigen Widerwillen davor, die Wagentür zu öffnen. Plötzlich wurde ihm bewußt, wie einsam dieser Straßenabschnitt gelegen war. Und trotz des überwältigenden Lärms aus dem Autoradio vor ihm schien es merkwürdig still zu sein. Kein Vogelzwitschern, kein Windrauschen. Ein unheimliches Gefühl.

Aber der Staat Virginia bezahlte ihn nicht dafür, daß ihm unheimlich zumute war, sondern dafür, seinen Job zu tun. Er atmete tief durch, rückte die dunkle Polizeikappe zurecht, öffnete die Fahrertür und stieg aus.

Kaum hatte er den Wagen verlassen, überkam ihn erneut dieses beklemmende Gefühl. Im Freien war die Musik geradezu körperlich spürbar. Seine Hand legte sich wie von selbst auf die Pistolentasche und löste den Sicherheitsverschluß. Er schob den Lederriemen zur Seite und ließ seine Finger über den Griff der 44er Automatik, Modell Desert Eagle, streichen. Die Waffe hatte ihn ein kleines Vermögen gekostet, aber eine Kugel aus ihr würde selbst einen Motorblock durchschlagen. Der Gedanke beruhigte ihn, als er sich der Fahrertür des anderen Wagens näherte.

Die Situation gefiel ihm ganz und gar nicht. Die Musik dröhnte noch immer, und das Stück war wirklich ein unheimlicher Mist. Der Fahrer machte keine Anstalten, seinen Wagen zu verlassen. Er ließ durch nichts erkennen, ob er McCammon überhaupt bemerkte. Normalerweise drehten die Leute wenigstens den Kopf, um zu sehen, mit wem sie es zu tun hatten.

McCammon blieb gut einen Meter von der Fahrertür entfernt stehen. Aus dieser Position konnte er zwar nicht sehr weit in das Innere des Wagens sehen, aber sollte der Typ vorhaben, auf ihn zu schießen, würde er sich umdrehen müssen, um eine Waffe auf ihn richten zu können. Und McCammon war fest entschlossen, sofort seine Automatik zu ziehen, sollte der Kerl eine Waffe haben.

Er beugte sich vor und mußte fast schreien, um die

Musik zu übertönen. »Sir, würden Sie bitte das Radio ausschalten?«

Es dauerte ziemlich lange, bis sich der Mann überhaupt bewegte. Dann drehte er langsam den Kopf. *Oh, Scheiße*, dachte Officer McCammon.

Das Gesicht des Kerls war ruhig. Zu ruhig. Es sah aus wie aus Fensterkitt modelliert. Völlig starr und verschwitzt. Diese Kombination war nie gut.

Der Mann sah ihn an und sagte: »Das würde ich ja gern tun, Officer, aber ich muß weiter.«

Jetzt begannen Alarmglocken in McCammons Schädel zu läuten. Jeder normale Mensch zeigte wenigstens einen Anflug von Nervosität, wenn ein Polizist von ihm verlangte, irgend etwas zu tun. Nicht aber dieser Typ mit den unheimlichen Augen und dem reglosen, schweißnassen Gesicht.

Seine Antwort ergab auch nicht mehr Sinn. *Das würde ich ja gern tun, Officer, aber ich muß weiter.* Was war das denn für eine Scheiße?

McCammon sog die Luft durch die Nase ein. Falls der Typ betrunken war, müßte er es aus dieser Entfernung riechen können, aber er roch nichts von dem charakteristischen süßlich-schalen Alkoholgestank. Allerdings war da irgend etwas anderes ... ein unangenehmer Geruch wie von einem brünstigen Tier.

Die Videokamera des Streifenwagens summte leise vor sich hin und zeichnete gewissenhaft auf, wie McCammon einen Schritt näher an das Fahrzeug herantrat und sich etwas tiefer bückte. Das Funkgerät zischte und spuckte eine Meldung aus: »An alle Einheiten, daß FBI fahndet nach einem Flüchtigen, der im Verdacht steht, eine FBI-Agentin entführt zu haben ...«

Leider konnte die Videoüberwachungskamera die

Meldung genausowenig hören wie McCammon, dem der Musikschwall durch das geöffnete Wagenfenster entgegenschlug. Und von dem er allmählich genug hatte.

»Sir, ich habe Sie gebeten, das Radio auszuschalten.«

Wieder reagierte der Mann eine Weile nicht, als müsse er die Worte des Polizisten erst durch einen inneren Computer laufen lassen. Dann hob er eine Hand und schaltete das Radio aus. Die plötzlich einkehrende Stille wirkte auf ihre Art ebenso unangenehm wie zuvor der Lärm.

Der Fahrer wandte das Gesicht wieder dem Fenster zu, und jetzt veränderten sich seine Züge, nahmen einen erschöpften und flehenden Ausdruck an, den McCammon alles andere als beruhigend fand.

»Also, können Sie mir jetzt einfach den Strafzettel geben, damit ich weiterfahren kann? Ich werde erwartet.«

Die Worte klangen vernünftig und normal, der drängende und weinerliche Tonfall aber war eher dazu angetan, McCammons Mißtrauen weiter zu schüren. Er kam zu dem Schluß, daß es Zeit wurde, diesen komischen Vogel aus seinem Wagen zu holen und ihn sich genauer anzusehen.

*Aber bleib freundlich*, dachte er. *Reiz den Mann nicht.*

»Wo?« fragte er und schickte der Frage ein kurzes Lächeln hinterher.

»Ich bin mir nicht sicher«, erwiderte der Mann. »Sie werden es mir sagen, wenn ich da bin.«

*Sie?* dachte McCammon. *Wer, zur Hölle, sind sie?*

»Sir, legen Sie die Hände auf das Lenkrad, so daß ich sie sehen kann.«

»Aber Sie verstehen das nicht. Die warten auf mich. Ich darf mich nicht verspäten.«

Der Mann hob die linke Hand, und McCammon sah die blutverschmierte Plastikmanschette. Er beugte sich noch etwas weiter vor und erkannte, daß ein großer Fleck getrockneten Blutes den Aufdruck auf dem Sweatshirt des Fahrers überdeckte.

McCammon zog seine Pistole und richtete sie auf das Gesicht des Mannes.

»Heben Sie die Hände und steigen Sie aus dem Fahrzeug!« befahl er.

»Nein, ich muß weiter. Bitte, in Ihrem eigenen Interesse, halten Sie Duane Barry nicht auf!«

Hätte Officer McCammon Fox Mulders psychologische Ausbildung gehabt, so hätte er Duane Barrys Gebrauch der dritten Person vielleicht als psychotischen Schub erkennen können, der äußerste Gefahr signalisierte. Doch das war nicht Fall. Trotzdem hätte er die Situation vielleicht überstanden, wäre nicht noch eine kleine Ablenkung dazugekommen.

Er streckte die Hand gerade nach dem Türgriff aus, als er einen schweren dumpfen Schlag am Heck des Wagen vernahm. Automatisch blickte er in die Richtung des Geräuschs. Es war ein reiner Reflex.

Duane riß Scullys Pistole hoch, schob sie durch das Fenster und drückte ab. McCammon wirbelte instinktiv herum und sah gerade noch, wie der Lauf der Pistole im Türfenster erschien und sich auf ihn richtete, aber es war bereits zu spät.

Ein brutaler Schlag traf ihn in die Brust, ein zweiter, ein dritter. Ein grelles Licht flammte in seinem Kopf auf, und dann existierte nur noch Dunkelheit.

# 10

Das Auspuffrohr lief direkt unter dem Kofferraum entlang und ließ die Luft heiß und stickig werden.

Dana Scully lag hilflos in der Dunkelheit. Der Schweiß lief ihr in Strömen über das Gesicht und in die Augen. Da Duane ihr die Hände auf dem Rücken gefesselt hatte, konnte sie den Schweiß nicht fortwischen, und ihre Augen brannten unablässig.

Noch immer wußte sie praktisch nicht, was passiert war. Sie konnte sich erinnern, wie Duane das Fenster zerschlagen hatte und in ihre Wohnung eingedrungen war, doch dann hatte sie das Bewußtsein verloren und war erst hier wieder zu sich gekommen. Sie vermutete, daß sie im Kofferraum ihres eigenen Wagens lag. Bisher waren sie ohne Halt gefahren, der Motor dröhnte unablässig, und manchmal legte sich der Wagen bei überhöhter Geschwindigkeit so scharf in die Kurven, daß sie heftig gegen das Reserverad oder die Kofferraumwände geschleudert wurde.

Zweimal befürchtete sie, der Wagen würde sich überschlagen, aber er fing sich jedesmal wieder. Als er schließlich anhielt und auch die laute Musik verstummte, blieb Scully ruhig liegen. Vielleicht wollte Duane ja nur kurz austreten. Aber dann hörte sie gedämpfte Stimmen. Zwei Stimmen. Sie trat so kräftig, wie sie konnte, gegen den Kofferraumdeckel.

Die wilde Hoffnung, die in ihr aufgekeimt war, erstickte fast augenblicklich wieder, als mehrere Pistolenschüsse in schneller Folge aufpeitschten. Scully lag wie gelähmt in der Dunkelheit, zitterte am ganzen Körper und wartete.

Kurz darauf hörte sie undeutlich leise schlurfende

Schritte. Dann das metallische Kratzen eines Schlüssels im Schloß. Helles Licht fiel durch einen schmalen Spalt und blendete sie.

»Hmmm ... hmmm!« stieß sie durch ihren geknebelten Mund hervor.

Der Kofferraumdeckel öffnete sich vollständig. Das Licht war beinahe unerträglich hell. Scully hatte das Gefühl, als würde eine Ewigkeit verstreichen, bevor sie endlich den Kopf heben und etwas erkennen konnte.

Duane Barry ragte über ihr auf und starrte auf sie herab, eine Pistole in der rechten Hand. Er war vom Kinn abwärts mit frischem Blut bespritzt. Mit frischem Blut und irgend etwas anderem. Etwas, das grau und schmierig aussah.

Es dauerte einen Moment, bis sie begriff, was es war.

Hirnmasse.

# Sechstes Kapitel

## 1

*FBI-Zentrale*
*Abteilung für Videoauswertung*
*15:11 Uhr*

Mulder war nach Hause gegangen und hatte vergeblich versucht zu schlafen. Er hatte flach auf dem Rücken in seinem Bett gelegen, an die Decke gestarrt und dem lauten Dröhnen seines Blutes gelauscht, das in seinen Ohren rauschte. Zweimal war er kurz eingenickt, aber jedesmal wieder schweißgebadet hochgeschreckt, als Scullys flehender Hilfeschrei in seinem Schädel widerhallte.

Gegen ein Uhr mittags gab er es auf, kroch aus dem Bett und ging unter die Dusche. Er duschte zuerst kalt, dann heiß und schließlich wieder kalt, und als er sich abtrocknete und rasierte, fühlte er sich wenigstens wieder annähernd wie ein Mensch.

Er traf gegen Viertel nach zwei in der FBI-Zentrale ein, fast zum gleichen Zeitpunkt, als die ersten Meldungen über Roger McCammons Ermordung hereinkamen. Zuerst wußte niemand, ob eine Verbindung zwischen dem Mord und Scullys Entführung bestand, doch gegen drei Uhr brachte ein Spezialbote das Band von Officer

McCammons Videokamera, und eine Viertelstunde später stand Mulder im Büro von Agent Fred Dobonia und sah sich mit ihm die Schwarzweißaufzeichnung auf einem Monitor an.

Agent Dobonia hatte sich bereits Tausende von Videobändern mit seiner elektronischen Ausrüstung angesehen, aber an diesem Fall war etwas Besonderes. Vielleicht lag es daran, daß ein anderer Agent darin verwikkelt war, vielleicht auch nur daran, wie dieser Kerl, Duane Barry, aussah, als er seinen Wagen verließ und achtlos über die Leiche des Officers hinwegstieg, als wäre sie lediglich ein Müllsack mit den Abfällen vom Vortag ...

Duane Barry machte einen heruntergekommenen Eindruck.

Dobonia war sich nicht sicher, woran das eigentlich lag. Normalerweise stammten seine Videobänder aus den Überwachungskameras in Banken oder von tragbaren Videokameras, wie sie heutzutage fast jedermann ständig mit sich herumzutragen schien. Dieses Band aber war besser als das übliche Material, die Aufnahme war scharf und klar, dazu gedacht, als verwertbares Beweismaterial vor Gericht zu dienen. Auch ohne eine computergenerierte Vergrößerung waren viele Details deutlich zu erkennen.

Duane Barry sah wirklich zum Fürchten aus, wie einer dieser Typen aus dem Film ... Wie hieß er noch gleich? *Die Nacht der lebenden Toten*? Egal, jedenfalls sah er so aus wie die Typen in dem Film. Wie ein Zombie. Ein Zombie mit einer Pistole.

Mulder hatte einen etwas anderen Eindruck, als er zusah, wie Duane zum Kofferraum des Wagens schlurfte, Scullys Pistole kraftlos in der schlaff herabbaumelnden rechten Hand. Duane erinnerte ihn an eine Marionette, deren Fäden durchtrennt worden waren, und er fragte sich, wer – oder was – die Fäden bisher gezogen hatte.

Der ehemalige FBI-Agent erreichte den Kofferraum, bückte sich, schob einen Schlüssel in das Schloß, drehte ihn herum und hob den Kofferraumdeckel.

Mulder beugte sich vor. Da! Aber das Bild war schon wieder vorbei.

»Spulen Sie ein paar Bilder zurück«, bat er.

Agent Dobonia brummte eine leise Bestätigung. Seine Finger huschten mit der Eleganz eines Klavierspielers über die kompliziert anmutende Tastatur. Der Film lief rückwärts, wurde langsamer...

»Da!« rief Mulder. »Vergrößern Sie diesen Ausschnitt.« Er deutete auf einen verschwommenen Fleck dicht über dem linken Rand des geöffneten Kofferraums.

Dobonia kniff die Augen zusammen. Er sah nur einen verwaschenen grauen Schemen, der alles mögliche sein konnte. Zum Beispiel eine Reisetasche. Wieder tanzten seine Finger über die Tastatur. Ein schwarzer Rahmen erschien um den Bildausschnitt mit dem mysteriösen Schatten und vergrößerte ihn Schritt um Schritt.

Als der Ausschnitt den Bildschirm ausfüllte, sah man nur schlecht aufgelöste Farbflächen. Doch dann flimmerte das Bild mehrmals, wurde jedesmal deutlicher und zeigte schließlich eine scharfe Vergrößerung.

»Mein Gott!« stieß Dobonia mit einem leisen Keuchen hervor.

»Sie ist noch am Leben«, murmelte Mulder.

Er betrachtete wie gelähmt Scullys Gesicht. Sie hatte den Kopf ein wenig gehoben, um über den Kofferraumrand sehen zu können, und starrte zu Duane Barry empor. Ihr Mund war mit einem breiten Streifen Klebeband verschlossen. Aus der verkrümmten Haltung ihrer

Schultern konnte Mulder schließen, daß ihr die Hände auf dem Rücken gefesselt worden waren.

Ihre Augen waren weit aufgerissen und glänzten. Sie spiegelten ein Entsetzen wider, das nur durch Todesangst erzeugt werden konnte.

Widersprüchliche Emotionen durchfluteten Mulder. Es war noch nicht lange her, da hatte er sich gezwungen, in Duane Barrys Psyche einzutauchen, sich in seinen gepeinigten Geist hineinzuversetzen und fast eins mit ihm zu werden. Ein Teil dieser Erfahrung war in ihm zurückgeblieben, aber als er jetzt in Scullys Augen blickte und ihre Hilflosigkeit sah, empfand er nur noch ein Gefühl für Duane Barry. Haß.

*Schluß damit. Immerhin lebt Scully noch.*

Das war die entscheidende Frage gewesen, auf die niemand eine Antwort gehabt hatte. Alles, was ihnen bisher vorgelegen hatte, waren Indizien gewesen: Blut, die Spuren eines Kampfes. Niemand hatte es laut ausgesprochen, aber alle hatten sich gefragt, ob dieser Psychopath Scully entführt oder sie nur in ein abgelegenes Waldstück außerhalb von Washington verschleppt, ihr dort eine Kugel in den Kopf gejagt und ihre Leiche unter einen verrottenden Baumstamm geschoben hatte.

Es war die Erinnerung an die Stunden mit Duane Barry im Reisebüro gewesen, durch die Mulder mehr als seine Kollegen die Hoffnung bewahrt hatte, daß Scully noch am Leben war. Er hatte keine Ahnung, wie Duane sie ausfindig gemacht hatte, aber er glaubte den Grund für die Entführung zu kennen.

Direkt nach Beendigung der Geiselnahme hatte der völlig verstörte Dr. Hakkie angekündigt, einen längeren Urlaub antreten zu wollen, um angeln zu gehen. Was bedeutete, daß Duane Barrys erste Wahl eines Opfers für die Außerirdischen, die er so sehr fürchtete, nicht mehr erreichbar war. Doch die Außerirdischen hatten kein Interesse an Leichen. Sie benötigten lebendige Menschen für ihre Untersuchungen. Und darauf hatte Mulder gehofft, selbst in seinen düstersten Momenten. Er konnte sich nur einen Grund vorstellen, warum Duane Barry eine Geisel nehmen würde. Als Lockmittel, als Ersatz für sich selbst.

Und während er jetzt in Scullys verängstigte Augen starrte, wußte er, daß er recht gehabt hatte. Er wußte, wo sich Duane und Scully vor nicht einmal drei Stunden befunden hatten. In der Nähe von Rixeyville, Virginia.

Auf dem Weg nach ... wohin?

Er erhob sich, plötzlich wieder voller Tatendrang. »Lassen Sie das ausdrucken«, sagte er.

Agent Dobonia nickte. Das Bild auf dem Monitor fror ein. Der Computer summte leise und spuckte eine Diskette aus. Dobonia schob den Datenträger in einen Mavrigraph-Thermodrucker. Kurz darauf fielen drei Kopien mit Scullys Gesicht in den Auffangkorb des Druckers.

Mulder ergriff die Ausdrucke und betrachtete einen weiteren Moment lang Scullys Augen. Tief in seinem Inneren hörte er eine stockende gequälte Stimme: *Ich möchte nur zu diesem Ort gehen ...*

Duane Barrys Stimme.

*Zu welchem Ort?*

# 2

*FBI-Zentrale*
*Operationsbüro*
*16:03 Uhr*

Das Operationsbüro war ein großer rechteckiger Raum, umgeben von gläsernen Würfeln, die die Büros der Abteilungsleiter, Konferenzräume, das Ausrüstungsmagazin und die Kopierabteilung beherbergten. Es erinnerte stark an die Großraumbüros größerer Firmen, nur daß die Männer und Frauen an den Schreibtischen ausnahmslos Waffen trugen.

Mulder rieb sich mit den Fingerknöcheln über die Augen. Er fühlte sich müde und ausgepumpt.

Er wußte, daß er eigentlich dringend Schlaf brauchte und nicht voll einsatzfähig war, daß seine Erschöpfung ihn vielleicht sogar dazu verleiten würde, Fehler zu machen, aber er konnte nicht einfach abschalten.

Die Bilder von Scullys Gesicht waren auf der linken Seite seines Schreibtischs ausgebreitet. Immer wieder strich sein Blick kurz über sie, doch seine Aufmerksamkeit galt in erster Linie dem schwarzen Kassettenrecorder vor ihm. Er drückte die Abspieltaste, und das Band drehte sich.

»Zu welchem Ort, Duane?«

»Dahin, wo alles angefangen hat. Wo sie mich zum ersten Mal mitgenommen haben.«

»Wo ist das?«

Es folgte eine Pause, und Mulder sah wieder den hilflosen und resignierten Gesichtsausdruck vor sich, den Duane gemacht hatte, als er sich zu erinnern versuchte.

»Da ist ein Berg. Wir klettern hoch und immer höher. Steigen … zu den Sternen auf.«

Mulder starrte den Kassettenrecorder an, während er wartete, und rief sich in Erinnerung zurück, wie Duane um die nächsten Worte gekämpft hatte. Damals hatte es ihn zwar interessiert, was Duane sagen würde, aber vor allen Dingen war es ihm darum gegangen, die Geiseln und sich selbst unverletzt aus der Gewalt des Geiselnehmers zu befreien. Jetzt wünschte er, er hätte Duane am Hals gepackt, um die Erinnerung aus ihm herauszuwürgen.

»Ich gehe nicht mehr mit. Sie werden Duane Barry nicht mehr holen. Sie können den Doc nehmen, aber nicht mich!«

Es gab eine leichte Rückkopplung, als Duane die letzten Worte heulte. Mulder hieb auf die Stoptaste und spulte das Band zurück. Dann ließ er es erneut abspielen.

»Da ist ein Berg. Wir klettern hoch und immer höher. Steigen ... zu den Sternen auf.«

Wieder unterdrückte Mulder das schier übermächtige Bedürfnis, den Recorder auf den Boden zu schmettern. Doch damit wäre niemandem geholfen. Müde hielt er das Band an, spulte es zurück und startete es von neuem.

»Steigen ... zu den Sternen auf.«

Irgendwie wußte er, daß er die Lösung kannte. Irgendwo in einem verborgenen Winkel seines Gehirns schwirrten alle Teile des Puzzles herum. Vielleicht in den Tiefen seines Unterbewußtseins, vielleicht in irgendeinem Erinnerungsfetzen, den er noch nicht zu fassen bekam. Doch sein Gefühl sagte ihm, daß er die Antwort kannte, wenn ihm nur einfallen würde, *was* er wußte.

Er starrte den Recorder an, als könne er ihn durch irgendeine psychokinetische Fähigkeit dazu zwingen, seine Geheimnisse auszuspucken. Natürlich passierte nichts. Das Band drehte sich immer weiter, und Mulders

Gedanken kreisten genauso beharrlich immer wieder um denselben Punkt.

»Ahh!« Er hieb frustriert auf die Stoptaste und ließ sich in seinen Stuhl zurückfallen. Aus den Augenwinkeln heraus sah er Scullys Gesicht, ihre Angst, ihre Hilflosigkeit.

»Kaffee?«

»Hmm?« Mulder drehte sich halb herum, von Alex Kryceks ruhiger Stimme aus seinen trostlosen Gedanken gerissen. Er sah, wie Krycek zwei Styroporbecher in den Händen balancierte. Krycek war frisch rasiert, das Haar makellos gekämmt. Sein Anzug sah aus, als wäre er gerade aus der Reinigung gekommen. Auf Hochglanz polierte Schuhe, die Fingernägel manikürt. Er hätte einem Werbeplakat des FBI entsprungen sein können. Mulder hatte nie herausgefunden, was ihn an Krycek störte. Es gab keinen konkreten Punkt, der an ihm zu beanstanden gewesen wäre, aber alle Eigenschaften zusammengenommen riefen ein unangenehmes Kribbeln in ihm hervor.

»Wie haben Sie geschlafen?« erkundigte sich Krycek, als er Mulder einen Becher reichte.

»Ich konnte nicht schlafen.«

Krycek betrachtete die Fotos auf Mulders Schreibtisch und dann den Kassettenrecorder. Mulder seufzte, trank einen Schluck Kaffee, stellte den Becher beiseite und drückte zum wiederholten Mal die Starttaste. Wieder ertönte Duanes vor Anspannung heisere Stimme.

»... sie werden Duane Barry nicht mehr holen.«

Alex Krycek hob die Augenbrauen. Er trat einen Schritt näher. Mulder spulte das Band zurück und ließ es erneut laufen.

»Da ist ein Berg. Wir klettern hoch und immer höher. Steigen... zu den Sternen auf.«

»Was ist das?« fragte Krycek.

Auf einmal spürte Mulder, wie sich irgend etwas in seinem Kopf löste. Er hatte lange darauf gewartet, daß der Groschen endlich fallen würde.

Und jetzt endlich passierte etwas in seinem Kopf, wurde immer mächtiger …

»Wo wurde dieser Verkehrspolizist ermordet?«

»In der Nähe von Rixeyville, Virginia. Auf der Route 229.«

Mulder starrte Krycek unverwandt an, als suche er nach irgend etwas im Gesicht des Agenten. In Wirklichkeit jedoch sah er durch ihn hindurch. Er konzentrierte sich ausschließlich auf seine Gedanken, kramte hektisch in den aufsteigenden Erinnerungen herum.

»Führt die 229 nicht zum Blue Ridge Parkway?«

Krycek hatte nicht die leiseste Ahnung, worauf Mulder hinauswollte, aber das spielte keine Rolle. »Ja«, antwortete er.

Mulder sprang von seinem Stuhl auf. Am anderen Ende des Raumes befand sich eine Reihe dunkelgrüner Metallregale mit Nachschlagewerken. Wörterbücher, Lexika, Telefonbücher …

Er eilte zu den Regalen hinüber, Krycek im Schlepptau. Die Telefonbücher waren alphabetisch geordnet. Mulder überflog die Buchrücken, fand das allgemeine Verzeichnis von Virgina und zerrte den dicken schweren Band hervor. Er schlug ihn auf, blätterte durch die Seiten und hielt schließlich inne. Sein Finger wanderte eine Seite hinab und verharrte auf einer Anzeige, die ein Viertel der Seite ausfüllte.

»Skyland Mountain«, flüsterte er leise.

Krycek spähte über seine Schulter hinweg. Unter Mulders Finger erblickte er das stilisierte Bild eines von Kiefernwäldern bedeckten Berges mit der Kabine eines Schlepplifts oder einer Seilbahn, die an einem Kabel hing.

Die Textzeile unter dem Bild lautete: »Skyland Mountain. Steigen Sie zu den Sternen auf.«

Kryceks Augen wurden groß. Er wollte irgend etwas sagen, aber bevor er ein Wort hervorbringen konnte, schlug Mulder das Verzeichnis zu, verstaute es wieder im Regal, wirbelte herum und kehrte zu seinem Schreibtisch zurück. Er griff nach seiner Jacke, zog die mittlere Schublade seines Schreibtischs auf, entnahm ihr ein Paar Handschellen und stopfte sie in die Jackentasche. Dann wandte er sich wieder Krycek zu. Seine Stimme klang scharf und drängend.

»Holen Sie Ihren Wagen. Wir treffen uns in fünf Minuten unten in der Garage.«

Krycek wurde bewußt, daß er noch immer den Kaffeebecher in der Hand hielt. Er stellte ihn auf dem Schreibtisch ab und betrachtete Mulders erregtes Gesicht. »Wohin fahren wir?«

»Holen Sie einfach nur Ihren Wagen.«

»Und was ist mit Skinner?«

Mulders Augen funkelten vor Entschlossenheit. »Ich werde mich um Skinner kümmern«, erklärte er.

Krycek zögerte einen Moment, dann nickte er, machte kehrt und ging zur Tür. Mulder ergriff eins der Bilder von Scully und starrte es an, bevor er es zusammenfaltete und in die Tasche steckte. Er warf einen Blick in die Richtung von Skinners Büro, überlegte einen Augenblick lang und schüttelte schließlich den Kopf.

Kurz darauf hatte er das Operationsbüro verlassen und eilte zu den Fahrstühlen, die zum Parkdeck hinunterführten.

Skinner würde ihn nur zurückpfeifen, und das war etwas, das sich Mulder nicht gefallen lassen wollte. Nicht mehr.

# 3

*FBI-Zentrale*
*Tiefgarage*
*16:56 Uhr*

Die Tiefgarage war nur spärlich beleuchtet, eine künstliche Betonhöhle, in die niemals ein Schimmer Tageslicht fallen würde. Autos parkten in ordentlichen Reihen. Ihre Motorhauben glänzten matt unter dem schwachen Schein vereinzelter Lampen.

Krycek stand in einer Ecke, nur sein blasses Gesicht war zu erkennen. Er hielt sich ein Handy ans Ohr.

»Ich werde ihn hinhalten, bis sie sie lokalisiert haben«, flüsterte er mit angespannter Stimme in das Telefon.

Er lauschte und hob den Kopf, als sich hastige Schritte näherten, kniff die Augen zusammen und entdeckte Mulder, der auf ihn zueilte.

»Warten Sie, er kommt gerade ... Ich melde mich später wieder.«

Er klappte das Handy zusammen und konnte es gerade noch in seiner Jackentasche verstauen, bevor Mulder ihn erreicht hatte und knapp hervorstieß: »Kommen Sie. Fahren wir.«

Krycek nickte, öffnete die Fahrertür und glitt hinter das Lenkrad. Mulder stieg auf der anderen Seite ein und zog die Tür hinter sich zu. Krycek drehte den Zündschlüssel um, trat auf das Gaspedal und schoß mit quietschenden Reifen aus der Parkbucht. Er fuhr an mehreren Reihen geparkter Autos vorbei, erreichte die Ausfahrtspur und beschleunigte.

Am Ende der letzten Reihe, die im Schatten lag, saß ein Mann in einem Wagen und blickte den beiden Agenten hinterher. Sein faltiges, zerknittertes Gesicht war ruhig und wirkte nachdenklich. Noch hielt er ein Handy an sein Ohr. Einen Moment später klappte er es zusammen und legte es auf dem Armaturenbrett ab. Danach saß er einfach nur reglos da. Zigarettenrauch stieg um ihn herum auf, erfüllte das Wageninnere, drang aus dem geöffneten Seitenfenster hervor und löste sich in der Dunkelheit auf.

## 4

*Route 229*
*Warrenton, Virginia*
*17:43 Uhr*

»Fahren Sie an den Straßenrand«, befahl Mulder.

»Was?« fragte Krycek, ohne die Augen von der Straße zu nehmen. »Warum?«

»Sie fahren wie meine Großmutter. Also halten Sie an. Ich übernehme.«

»Hey, ich fahre okay.« Krycek musterte Mulder mit plötzlich besorgter Miene.

»Sie schleichen.«

»Ich beachte nur die Geschwindigkeitsbeschränkung.«

»So? Wir sind FBI-Agenten, Krycek. Haben Sie Angst, einen Strafzettel zu kassieren?«

Krycek sah starr geradeaus. Nach einer Weile schüttelte er den Kopf. »Nein, das wohl kaum.«

»Also, machen Sie schon. Sie können da vorne an den Rand fahren. Ich meine es ernst. Halten Sie an.«

Widerwillig ließ Krycek den Wagen am Straßenrand ausrollen. »Sie haben nicht geschlafen. Sind Sie sicher, daß das eine gute ...«

Aber Mulder war bereits ausgestiegen. Er ging um den Wagen herum und öffnete die Fahrertür. »Los, steigen Sie aus.«

Krycek seufzte, stieg aus und umrundete das Fahrzeug. Mulder nahm auf dem Fahrersitz Platz. Krycek hatte kaum die Beifahrertür geschlossen, als Mulder auch schon das Gaspedal herunterdrückte, eine Fontäne aus Staub und Schotter aufwirbelte und den Wagen wieder auf die Fahrbahn lenkte.

»Jesus!« stieß Krycek hervor. »Würden Sie mich bitte vorher wenigstens den Sicherheitsgurt anlegen lassen?«

Mulder ignorierte ihn. 90 Sekunden später stand die Tachonadel bereits so weit rechts, wie sie nur ausschlagen konnte.

Während der nächsten zehn Meilen sprach niemand ein Wort. Mulder hielt den Blick starr auf die leere Straße gerichtet. Der Wagen schien wie auf einem Luftkissen zu schweben. Ihm war undeutlich bewußt, daß er zu schnell fuhr. Bei 120 Meilen pro Stunde hob der Wagen fast ab.

Die Straße spulte sich endlos unter ihm ab, grau, konturlos und einlullend ...

Mulders Kopf fiel ein wenig nach vorn.

»*Hey!*« rief Krycek erschreckt.

Mulder zuckte hoch, gerade noch rechtzeitig, um den Kühlergrill eines Lastwagens zu sehen, der auf ihn zuraste. Er riß das Lenkrad herum, spürte, wie die Hinterräder kurz den Kontakt mit der Straße verloren, und dann schossen sie auch schon dicht an dem Truck vorbei.

Das anklagende Hupen des Lastwagens verklang hinter ihnen, als Mulder den Wagen auf die rechte Fahrbahn zurücklenkte.

»Sie sind eingenickt«, stellte Krycek langsam und mühsam beherrscht fest. »Sollte ich nicht lieber wieder fahren?«

Mulder warf ihm einen kurzen Seitenblick zu. »Ich bin okay.«

»Wie lange haben Sie nicht mehr geschlafen, Mulder?«

Mulder richtete den Blick wieder auf die Windschutzscheibe. »Ich habe Ihnen gesagt, daß ich okay bin.« Sein Tonfall duldete keinen Widerspruch. Krycek gab nach, verspürte aber ein unbehagliches Gefühl in der Magengegend.

»Wußten Sie eigentlich, daß bei der Tschernobyl-Katastrophe und auch bei dem Untergang der Exxon Valdez jedesmal Schlafmangel eine Rolle gespielt hat?« fragte er nach einer Weile.

Mulder schaute ihn mit einem beinahe angewiderten Gesichtsausdruck an, als würde Krycek das Gutachten einer regierungsamtlichen Untersuchungskommission zitieren.

»Das Bundesverkehrsministerium schätzt, daß jährlich 190000 tödliche Autounfälle durch Schlafmangel verursacht werden«, fuhr Krycek unbeirrt fort.

»Hat es auch geschätzt, wie viele Leute einschlafen, wenn sie sich diese Statistiken anhören müssen?« erkundigte sich Mulder trocken.

Krycek wandte beleidigt den Blick ab. »Hey, Mann, ich versuche nur, Sie wachzuhalten.«

Endlich bemerkte Mulder trotz seiner bleiernen Müdigkeit, wie angespannt Krycek war. Er musterte ihn mit neu erwachtem Interesse.

»Hören Sie«, sagte er schließlich, »ich weiß, daß Skinner uns befohlen hat, uns aus dieser Sache herauszuhalten. Aber wenn wir ihm Bescheid gesagt hätten, hätte er gleich die ganze Kavallerie losgeschickt. Es könnte sein, daß Duane Barry dann endgültig überschnappt.«

Krycek schnaubte, nickte aber gegen seinen Willen. »Da haben Sie recht.«

Mulder akzeptierte die unerwartete Kapitulation großmütig. »Wenn wir die beiden finden, informieren wir das FBI.«

Krycek nickte wieder und schwieg. Er kam Mulder irgendwie merkwürdig nachgiebig vor, ganz anders als der stets diensteifrige und überkorrekte Alex Krycek, den er kannte. Einen Moment lang hatte er das gleiche Gefühl, unmittelbar vor einer wichtigen Erkenntnis zu stehen, wie er es vor rund einer Stunde empfunden hatte, als er plötzlich auf den Skyland Mountain gestoßen war. Doch schon kurz darauf war das Gefühl wieder verflogen.

»Glauben Sie wirklich, daß er sie durch dieses Implantat gefunden hat?« fragte Krycek nach einer Weile ungläubig.

Mulder behielt weiterhin die Straße im Auge. Genau über diesen Punkt hatte er ziemlich lange nachgedacht. Während der morgendlichen Konferenz hatte niemand nach dem Implantat gefragt. Das war kaum überraschend, bedachte man, daß eine der möglichen Antworten in eine Richtung führte, die niemand weiterverfolgen wollte.

Trotzdem hatte sich Mulder seine Gedanken gemacht. Und ihm war zumindest eine weitere Erklärung eingefallen. Bisher hatte er mit niemandem darüber gesprochen, aber Krycek wartete auf eine Antwort.

»Das wäre die einfachste Erklärung«, bestätigte er.

Krycek nickte.

»... und zugleich die unglaubwürdigste.«

Mulder grinste innerlich, als er sah, wie Kryceks Augenbrauen in die Höhe schossen. Manchmal war der Bursche so berechenbar.

»Gibt es denn noch eine andere Möglichkeit?«

Eine Sekunde lang spielte Mulder mit dem Gedanken, den sagenhaften Yeti oder einen geistig verwirrten Vampir zu erwähnen, aber er beherrschte sich. »Irgend jemand hätte ihm Scullys Adresse geben können«, fuhr er fort. Er legte eine kurze Pause ein und rang mit sich selbst. »Allerdings habe ich keine Ahnung, wer das gewesen sein könnte.«

Krycek nickte und starrte geradeaus durch die Windschutzscheibe, als habe er das Interesse an dieser Möglichkeit schon wieder verloren. Sein Gesicht nahm erneut diesen merkwürdig maskenhaften Ausdruck an.

Mulder ließ das Thema fallen. Er hatte das Gefühl, irgend etwas zu übersehen, aber er wußte nicht, was das sein könnte. Und offensichtlich hatte Krycek nicht vor, ihm dabei zu helfen.

Die Dämmerung senkte sich jetzt schnell über das Land. Sie befanden sich bereits hoch oben in den den Mountains vorgelagerten Hügeln. Die letzten Strahlen der untergehenden Sonne überzogen die Baumwipfel und die beeindruckenden Gipfel der Berge mit goldenem Licht. Die Luft war kühler und frischer geworden, und Mulder glaubte, daß es bald regnen würde.

Plötzlich regte sich Krycek, hob den Kopf und sagte: »Da ist unsere Ausfahrt. Skyland Mountain.«

Mulder entdeckte das Schild am rechten Fahrbahnrand, eine größere Ausgabe der Anzeige, die er im Telefonbuch gefunden hatte. Eine Seilbahn, die an der Flanke eines stilisierten Berges zu einem sternenübersäten Himmel aufstieg, und darunter der Slogan: *Skyland Mountain. Steigen Sie zu den Sternen auf.*

Der Wagen schlingerte, als er unmittelbar hinter dem Schild scharf nach rechts abbog und die steile Zubringerstraße hinauffuhr.

# 5

*Skyland Mountain Naturschutzgebiet*
*Blue Ridge Mountains*

Mulder folgte der schmalen Asphaltstraße, die parallel zur Grenze des Naturschutzgebietes verlief. Die Anlage bot den für diese Gegend typischen Anblick, graue, holzverkleidete Gebäude mit tief herabhängenden Dächern. Das Gras war hoch gewachsen, ausgedörrt und schimmerte silbrig, die Spiegelglasfenster der Gebäude waren ausnahmslos mit Brettern vernagelt. Alles vermittelte den üblichen, halb verwaisten Eindruck einer Urlaubsanlage nach dem Ende der Touristensaison.

Die Seilbahn führte vom Gipfel des Skyland Mountain zur Endstation in einem Anbau des Hauptgebäudes. Mulder und Krycek ließen den Wagen stehen und bahnten sich ihren Weg durch hohes Unkraut und verblühten Löwenzahn, dessen stabförmige Samen sich an ihren Hosenbeinen festhakten. Sie fanden Dwight King nahe der Seilbahnstation. Er stand mit schwarzen ölverschmierten Händen in der Zufahrt.

Dwight war nicht gerade begeistert über ihren Besuch, aber das war Mulder egal. Nachdem er so weit gekommen war und ihm die Zeit davonlief, hatte er nicht die Absicht, sich von irgend jemandem aufhalten zu lassen.

Er hielt dem Mann ein Foto von Duane Barry unter die Nase. Dwight nahm es widerwillig entgegen und betrachtete es aus zusammengekniffenen Augen. »Ja, er war hier«, bestätigte er.

Krycek schob sich näher an ihn heran. »Und haben Sie ihn mit der Seilbahn hochfahren lassen?«

Dwight schüttelte energisch den Kopf. »Auf keinen Fall. Die Seilbahn ist während des Sommers außer Betrieb. Ich habe ihm gesagt, daß er die Straße auf der Rückseite nehmen soll.«

»Wie lange ist das her?« fragte Krycek.

Es dauerte eine Weile, bis Dwight antwortete. Dieser aufdringliche Kerl mit dem hübschen Gesicht und den ordentlichen Bügelfalten in den Hosen war ihm irgendwie unsympathisch. »Äh, vor ungefähr anderthalb Stunden«, antwortete er schließlich.

»Hatte er eine Frau dabei?« erkundigte sich Mulder ungeduldig.

»Nein.«

»Wie lange dauert die Fahrt zum Gipfel?«

»Etwas über eine Stunde.«

»Dann schicken Sie mich mit der Seilbahn da rauf«, verlangte Mulder.

Dwight schüttelte den Kopf. »Das geht nicht. Wir haben gerade erst das Kabel überholt. Es ist noch nicht auf seine Betriebssicherheit überprüft worden.« Er hob die Hände, wie um die öligen Spuren ehrlicher Arbeit als den Beweis seiner Autorität zu präsentieren. »Sie werden das Auto nehmen müssen.«

Aber noch bevor er ausgesprochen hatte, wußte er schon, daß er sich die Worte hätte sparen können. Der FBI-Agent zeigte sich unbeeindruckt.

»Dazu habe ich keine Zeit«, erwiderte Mulder.

*Ach, keine Zeit?* dachte Dwight. *Tja, dann wirst du sie dir eben nehmen müssen.* »Sie haben keine andere Wahl«, erwiderte er.

Damit hätte die Angelegenheit eigentlich erledigt sein müssen, und unter normalen Umständen wäre sie das sicherlich auch gewesen, aber die Umstände waren alles andere als normal. Dwight sah fassungslos zu, wie dieser Agent namens Mulder ihn eine Weile anstarrte, den Mantel zur Seite schlug und die Hand auf den Griff der großkalibrigen Automatik legte, die er an der Hüfte trug.

»Nein«, erklärte Mulder grimmig. »*Sie* haben keine andere Wahl.«

Dwights Unterkiefer fiel herab, und seine Augen wurden groß, als er plötzlich begriff, daß er tatsächlich keine andere Wahl hatte.

# 6

*Seilbahn-Kontrollraum*
*Skyland Mountain Station*

Als Dwight King die beiden Männer in den Kontrollraum der Seilbahn mit den großen verstaubten Fenstern und dem durchdringenden Geruch nach heißem Schmieröl und rostigem Eisen führte, war sein Ärger verflogen und hatte panischer Angst Platz gemacht. Er war mit Polizeiserien aufgewachsen, hatte *Hawaii Five Oh*, *The FBI* und all die anderen Fernsehserien gesehen, und die FBI-

Leute waren immer die Guten gewesen. Sie hielten sich stets an die Vorschriften, trugen immer ordentliche Anzüge und polierte Schuhe und blieben in allen Lebenslagen höflich, selbst wenn sie die Bösen erschossen. Was sie zum Ende der Filme eigentlich immer taten.

Aber die FBI-Leute im Fernsehen bedrohten weder ehrliche Bürger, noch strahlten sie diese Art von Gereiztheit und Anspannung aus, die einem Mann die Haare zu Berge stehen und ihn in Schweiß ausbrechen lassen konnte. Es war diese Diskrepanz zwischem dem, was er aus dem Fernsehen kannte, und der grimmigen Entschlossenheit dieses Agenten aus der wirklichen Welt, die Dwight King angst machte. Deshalb beschloß er, von jetzt an lieber sehr vorsichtig zu sein.

Die Einrichtung des Kontrollraums – eigentlich nicht mehr als ein großer Schuppen – sah komplizierter aus, als sie tatsächlich war. Ein riesiges Schwungrad mit einem neuen Kabel, das öligschwarz glänzte. Ein rostiger Ventilator an der Decke, der sich zu drehen begann, als Dwight einen Schalter umlegte. Er drückte eine Reihe weiterer Schalter, worauf sich die alten Wechselstrommotoren in Bewegung setzten und langsam auf Touren kamen. Ihr protestierendes Jaulen klang unheimlich in der staubigen Stille.

Dwight hob den Kopf und warf einen Blick auf den einzigen wirklich neuen Gegenstand. Vor zwei Jahren hatten die Betreiber der Seilbahn ein optisches Überwachungssystem installieren lassen, das die gesamte Streckenführung des Kabels von der Gipfel- bis zur Basisstation umfaßte. Auf dem Monitor war die andere Kabine im Schacht der Gipfelstation zu sehen, die ebenfalls leer war.

Hinter dem Frontfenster des Kontrollraums ragte der Skyland Mountain auf, dessen Hänge von graugrünen

Bäumen bedeckt waren. Das letzte Tageslicht ließ den aufsteigenden Nebel leuchten. Das Transportkabel spannte sich von Tragmast zu Tragmast, bis es in der Ferne im Dunst verschwand. Dwight sog die Luft prüfend durch die Nase ein. Es roch nach Gewitter, was die ganze Geschichte noch verrückter machte.

Er wandte sich Mulder zu. »Okay, ich kann Sie offensichtlich nicht davon abbringen, dort hinaufzufahren. Aber sollte es Probleme mit dem Kabel geben, werde ich die Anlage sofort abschalten. Ich will nicht für Ihren Tod verantwortlich gemacht werden ...«

Seine kleine Ansprache war als letzte Warnung und als Versuch gedacht gewesen, jegliche Verantwortung für alles von sich zu weisen, was dieser irre FBI-Typ noch vorhaben mochte, aber schon nach dem dritten Wort war ihm klar, daß ihm niemand zuhörte. Mulder wartete einfach mit ausdruckslosem Gesicht ab, bis er geendet hatte, und ließ ihn dann kommentarlos stehen. Dwight spürte eine böse Vorahnung in sich aufsteigen und sah hilflos zu, wie Mulder an der Betonbrüstung entlang zur Gondel ging. Diese Geschichte würde nicht gutgehen, davon war er felsenfest überzeugt.

# 7

*Skyland Mountain Seilbahn*
*Basisstation*

Mulder warf einen Blick zum Himmel empor und zog die Schiebetür der großen blauen Seilbahngondel auf. Er schloß sie gerade wieder, als Krycek angerannt kam und den Außengriff umklammerte.

»Was haben Sie vor?« rief Krycek. Seine Stimme klang etwas gedämpft, aber die Nervosität war unüberhörbar, auch seine verkrampften Schultern verrieten die innere Anspannung.

Mulder beugte sich zu ihm vor. »Bleiben Sie hier, und was auch immer passiert, sorgen Sie dafür, daß der Bursche die Seilbahn nicht anhält.«

Die sich überstürzenden Ereignisse schienen Krycek regelrecht betäubt zu haben, und zur Abwechslung protestierte er nicht einmal. Er trat von der Kabinentür zurück, als Dwight mit schweren Schritten angestapft kam, um Mulder letzte Anweisungen und eine erneute Warnung mit auf den Weg zu geben.

»Also, drücken Sie die Start- und die Aufwärtstaste auf der Kontrollkonsole!« rief er. »Die Geschwindigkeitsanzeige regelt den Aufstieg. Wenn Sie abbremsen wollen...«

Aber wieder hörte Mulder ihm nicht mehr zu. Er war ausschließlich auf ein einziges, scharf umrissenes Ziel konzentriert. Er hatte die Worte »Start« und »aufwärts« verstanden, und das war alles, was er wissen mußte.

Mulder drehte sich um, trat an die Kontrollkonsole und befolgte Dwights Anweisung, drückte zuerst die Start-, dann die Aufwärtstaste.

Offensichtlich wußte Dwight, wovon er sprach. Ein Rütteln, ein metallisches Kreischen und Quietschen, ein Ruck und noch einer, und die Gondel setzte sich in Bewegung.

Dwights letzte beschwörende Warnung hörte Mulder schon nicht mehr. »*Fahren Sie auf keinen Fall schneller als fünfzehn!*«

Und selbst, wenn er sie gehört hätte, hätte er ihr keine Beachtung geschenkt. Er kannte nur noch ein einziges

Ziel: Duane Barry und Dana Scully. Auf dem Gipfel des Skyland Mountain, wo endlich alle Fäden zusammenlaufen würden.

Mulder stieg zu den Sternen auf, stieg in die Höhe, um ... sie zu finden.

# Siebtes Kapitel

## 1

*Skyland Mountain Seilbahn*
*Aufstieg*

Mulder drehte das Stellrad des Geschwindigkeitsreglers nach rechts. In ihm knisterte es geradezu vor Anspannung, Ungeduld und bösen Vorahnungen, ein wildes Durcheinander von Gefühlen, das ihm das Blut in den Ohren und Schläfen dröhnen ließ. Er warf einen Blick auf die über ihm in die Wand eingelassene Geschwindigkeitsanzeige, sah zu, wie die schwarze Tachonadel langsam auf die zehn vorrückte, weiter zur fünfzehn kroch, zur zwanzig ...

*Schneller*, dachte Mulder. *Komm schon, verdammt noch mal, schneller!*

## 2

*Skyland Mountain Basisstation*
*Seilbahn-Kontrollraum*

Dwight kam herbeigeeilt, beunruhigt durch die heftigen Vibrationen, die den Boden unter seinen Füßen erzittern ließen. Er kannte seine Maschine, und als er sich durch die Tür zwängte, sah er seine schlimmsten Befürchtungen bestätigt. Das riesige, gelbe Schwungrad bewegte sich viel zu schnell, genauso wie das geschmierte Stahlkabel, daß durch die tiefe Kerbe des Eisenrades lief.

Der ganze Schuppen bebte, als sich Dwight auf den zerschlissenen Stuhl vor der Steuerkonsole sinken ließ. Er bemerkte gar nicht, wie Krycek hinter ihm auftauchte. Seine Schritte wurden von dem Ächzen des überstrapazierten Schwungrades und des noch nicht geprüften Kabels verschluckt.

Plötzlich zuckte Dwight ein alptraumhafter Gedanke durch den Kopf. *Was, wenn das Kabel riß?*

Es hatte ungefähr die Stärke seines Oberarms. Sollte es an irgendeiner Stelle reißen, würde es wie eine geschwungene Peitschenschnur reagieren. Die geballte Energie würde sich in einer wellenförmigen Bewegung über die gesamte Länge des Kabels bis zum Schwungrad fortsetzen und es vermutlich aus der Führung springen lassen. Einen grauenvollen Moment lang stellte sich Dwight vor, wie das schmierige Stahlkabel durch den Raum peitschte. Es würde einen Menschen wie ein Stück weiche Butter zerschneiden.

*Wo bin ich da nur hineingeraten?* fragte er sich, während er gleichzeitig die langsam steigende Geschwindigkeitsanzeige und das große gelbe Schwungrad im Auge behielt, das sich rasend schnell neben ihm drehte.

# 3

## *Skyland Mountain Seilbahn*
## *Aufstieg*

Mulder starrte blicklos durch das große Fenster der Gondel. Er fühlte sich seltsam losgelöst. Die Gondel stieg an ihrem Tragkabel empor und schaukelte dabei sanft im Wind. Die Bewegung rief angenehme Erinnerungen an vergangene Skiausflüge und Riesenradfahrten aus seiner Kindheit in ihm hervor.

Er schätzte, daß die Baumwipfel rund dreißig Meter unter ihm lagen. Hoch über ihm ballten sich silbergraue Nebelwolken zusammen, während die Dämmerung der Nacht wich. Der Wind säuselte und dämpfte das Rattern des Kabels in seinen Führungsrollen.

Wieder lief der Schwarzweißfilm aus Officer McCammons Videokamera vor Mulders Augen ab, doch in seiner Erinnerung wurde der Film farbig und zeigte plötzlich Scullys Wagen, der eine einsame Bergstraße hinaufraste, und hinter dem Lenkrad saß Duane Barry wie ein seelenloser Roboter mit leeren Augen, fuhr zu den Sternen empor, magisch angezogen von dem geheimnisvollen Ort, an dem sein ganz persönliches Grauen auf ihn wartete. Und Scully lag verkrümmt auf der Seite mit vor Anspannung und Angst schmerzhaft verkrampften Muskeln. Ihr Mund war mit einem Streifen Klebeband verschlossen, ihre Augen schimmerten in der Dunkelheit, während sie hilflos dalag und wartete.

Mulder schüttelte den Kopf, drehte sich um und warf einen Blick auf die Geschwindigkeitsanzeige. Die Nadel stand immer noch bei zwanzig, aber die Skala reichte bis dreißig. Er kehrte zu der kleinen Steuerkonsole an der Vorderseite der Kabine zurück und drehte den Geschwindigkeitsregler weiter nach rechts. Das vibrierende Heulen der Gondel wurde schärfer und lauter, die Schaukelbewegung nahm zu.

Mulder achtete nicht darauf. Hätte die Skala bis hundert gereicht, hätte er versucht, auch diese Geschwindigkeit zu erreichen.

# 4

*Skyland Mountain Basisstation*
*Seilbahn-Kontrollraum*

Dwight stierte entsetzt auf die kleine, rechteckige Digitalanzeige in seiner Kontrollkonsole. Sie war nicht größer als ein Wecker, zeigte die Geschwindigkeit aber auf Zehntel genau an, und im Augenblick lag der Wert bei 25,2.

Alex Krycek verfolgte die Fahrt der Gondel auf dem kleinen Bildschirm. Dwight sah kurz zu ihm auf.

»Was, zur Hölle, macht der Kerl?« fragte er. »Ich habe ihn davor gewarnt, so schnell zu fahren.«

Zu seiner Überraschung nickte Krycek nur knapp, ohne weiter auf seine Worte einzugehen. Nicht, daß er irgend etwas hätte tun können, aber Dwight fand, daß der Agent wenigstens ein bißchen mehr Besorgnis und Beunruhigung hätte zeigen müssen. Schließlich versuchte sein Partner dort oben gerade, Selbstmord zu begehen.

Dwight griff nach dem Handmikrophon, hielt es dicht vor seine Lippen und drückte die Sprechtaste.

»Basis an Gondel eins«, rief er. »Melden Sie sich.«

Keine Antwort. Er sah erneut zu Krycek hoch. »Haben Sie das Geräusch gehört?«

Er drehte sich zu dem großen, gelben Schwungrad um. Es hatte begonnen, leise zu quietschen, und die Vibrationen wurden härter und unregelmäßiger. Dwight verzog das Gesicht, als er sich die Zugkräfte vorstellte, die auf das sechs Meilen lange Kabel einwirkten.

»Bei dieser Geschwindigkeit hält das Kabel nicht mehr lange durch«, rief er aufgebracht.

Seine Furcht verwandelte sich übergangslos in Panik, als er erneut die Geschwindigkeitsanzeige überprüfte. Fast dreißig!

*»Bremsen Sie ab! Bremsen Sie ab, oder Sie rammen den nächsten Tragmast!«*

Dwight King starrte auf den Bildschirm. Die Seilbahnkabine war höchstens noch fünfzig Meter vom ersten Mast entfernt. Noch fünfundvierzig Meter, vierzig Meter...

# 5

*Skyland Mountain Seilbahn*
*Aufstieg*

Mulder stand im vorderen Teil der Gondel und starrte hinaus. In ihm machte sich ein Gefühl von Entspannung breit, das teilweise aus der unbewußten Erkenntnis herrührte, daß er vorübergehend vom Rest der Welt abgeschnitten war. Er hing sozusagen im Nichts zwischen Himmel und Erde.

Seine Gedanken begannen, ziellos zu wandern, aber er konnte nichts dagegen tun. Nebelfetzen huschten an der Kabine vorbei. Das vordere Fenster überzog sich plötzlich mit einem dünnen Feuchtigkeitsfilm. Mulder kniff die Augen zusammen und sah, daß die Wolken über ihm sich zu einer kompakten grauen Decke verdichtet hatten.

Vor ihm tauchte ein hoher und kantiger Umriß in der Nebelsuppe auf. Er blinzelte. Worum es sich dabei auch handeln mochte, das Ding kam furchtbar schnell näher. Mulder war schlagartig hellwach.

Schon seit einiger Zeit knisterte und rauschte es aus dem kleinen Kabinenlautsprecher, aber jetzt veränderte sich das Hintergrundgeräusch.

»*Es ist zu ... bremsen Sie ...*«

Mulder überflog die Steuerkonsole, bis er den Frequenzregler des Funkgeräts gefunden hatte.

»Ich kann Sie nicht verstehen«, sagte er und drehte an dem Regler. Plötzlich ertönte Dwights Stimme, erschrekkend laut: »*Bremsen Sie ab! Bremsen Sie ab, oder Sie rammen ...*«

Rammen? Was rammen?

Mulders Kopf schnellte hoch. Vor ihm teilte sich der Nebel und enthüllte einen Stützmast, der sich ihm rasend schnell näherte. Mulder konnte deutlich spüren, wie die Gondel durch die überhöhte Geschwindigkeit hin- und herpendelte, und der Ausschlag vergrößerte sich mit jedem Schwung.

Er erfaßte die Situation instinktiv. Die Kabine würde gegen den Mast prallen. Seine Hand schoß vor, legte sich auf den Geschwindigkeitsregler und drehte ihn scharf nach links.

Sofort wurde das hohe heulende Geräusch des Kabels leiser und tiefer. Mulder hielt den Atem an, als das graue Gerüst des Mastes auf ihn zuraste. Er spürte, wie die Pendelbewegung der Gondel allmählich abnahm, und stieß die angehaltene Luft wieder aus. Eiskalter Schweiß lief ihm den Rücken hinab. Die Innenseite des Stützmastes huschte nur wenige Zentimeter an der Kabinenwand vorbei.

Kaum war die unmittelbare Gefahr vorüber, drehte Mulder den Regler wieder bis zum Anschlag nach rechts und tauchte mit der Gondel endgültig in die Wolkendecke ein. Der Nebel verschluckte die Bäume unter ihm. Jetzt bewegte er sich durch eine Welt aus konturlosen Grautönen. Er starrte durch die Scheiben, konnte aber nichts mehr erkennen.

Das Funkgerät spuckte nur noch statisches Hintergrundrauschen aus. Wieder begannen Mulders Gedanken ziellos zu wandern, als plötzlich ein riesiger grauer Schemen links von ihm vorbeischoß.

Knattern und Rauschen aus dem Lautsprecher. »... der nächste ... kommt näher ...«

Mulder bearbeitete das Funkgerät. »Ich kann Sie kaum verstehen.«

»... *Mast!*«

Wieder drehte Mulder den Geschwindigkeitsregler nach links. Es kam ihm so vor, als würde er schon seit Tagen an diesem Tragseil pendeln, gefangen in dem winzigen Kosmos der Seilbahngondel. Er starrte angestrengt in Fahrtrichtung durch die Frontscheibe. Als ein starker Windstoß den Nebel auseinanderriß, entdeckte er vor sich ein massiv wirkendes Gebilde, kaum dreihundert Meter entfernt. Die Gipfelstation.

Sein Herz schlug schneller. Bald würde der letzte Akt dieses Dramas eingeläutet werden.

# 6

*Skyland Mountain Basisstation*
*Seilbahn-Kontrollraum*

Durch die auf dem Dach der Gondel installierte Kamera bot sich Dwight in etwa dasselbe Bild wie Mulder. Er stieß ein erleichtertes Seufzen aus, als die Gipfelstation aus dem Nebel auftauchte. Vielleicht würden sie doch noch alle mit heiler Haut davonkommen.

Seine Finger, die das Mikrophon wie im Krampf umklammert hielten, lockerten sich. Er ließ sich in seinen Stuhl zurücksinken und registrierte am Rande, daß sich der andere Agent, dieser Krycek, neben ihm rührte. *Das wurde aber auch Zeit*, dachte Dwight.

»Wie nahe ist er dran?« fragte Krycek.

»Er müßte jeden Moment oben ankommen«, erwiderte Dwight.

Er bemerkte, wie sich Krycek erneut bewegte, und diesmal war die Bewegung so schnell und energisch, daß er aufblickte, aber es war bereits zu spät. Der Lauf von Kryceks Automatik traf ihn auf den Hinterkopf und schleuderte ihn aus seinem Stuhl. Er fiel schwer zu Boden und blieb in verkrümmter Haltung liegen.

Eine Weile stand Krycek über Dwights reglosem Körper und starrte auf ihn hinab. Ein grausamer Gesichtsausdruck verzerrte einen Moment lang seine glatten Züge, als wäre die sonst so ruhige und freundliche Fassade aufgeplatzt und würde etwas erschreckend Gewalttätiges enthüllen, das dicht unter der Oberfläche lauerte. Doch dann schüttelte er leicht den Kopf, strich sich eine Haarsträhne glatt, die sich aus seiner makellosen Frisur gelöst hatte, und wandte sich dem Steuerpult zu. Er drückte die Fahrttaste hinunter und drehte den Zündschlüssel um. Hinter ihm wurde das gelbe Schwungrad quietschend langsamer und kam dann gänzlich zum Stillstand.

Aus den Lautsprechern klang Mulders verzerrte Stimme auf. »Was machen Sie da unten? Stellen Sie das Ding wieder an!«

Eine rote Warnlampe hatte zu blinken begonnen und tauchte Kryceks ebenmäßiges ruhiges Gesicht in ein düsteres Licht. Er starrte zu dem fernen Berggipfel empor, klappte langsam sein Handy auf und hob es ans Ohr.

»Krycek, was ist da unten bei Ihnen los?«

Krycek vergewisserte sich, daß das Mikrophon der Gegensprechanlage ausgeschaltet war, und tippte eine Nummer in die Tastatur des Telefons.

»Agent Krycek, können Sie mich hören?« Mulders Stimme klang rauh vor Anspannung.

Ein leiser Piepton verriet Krycek, daß die Verbindung hergestellt war. »Ich habe ihn da oben festgesetzt«, sprach er in die Muschel. »Ich werde ihn dort festhalten, bis Sie mir weitere Anweisungen geben.«

Er lauschte der Antwort und nickte, klappte das Handy bedächtig wieder zusammen und schob es in seine Jackentasche zurück. Dann warf er einen Blick auf den Überwachungsmonitor. Die Seilbahngondel schaukelte an ihrem Tragkabel, gut 200 Meter von der Gipfelstation entfernt.

*Das sollte ihn mattsetzen,* dachte Krycek. *Zumindest für eine Weile.*

# 7

## *Skyland Mountain Seilbahn Aufstieg*

Mulder starrte hilflos durch die beschlagenen Scheiben der Kabine. Die Dunkelheit hatte sich endgültig herabgesenkt, der Nebel wallte immer dichter um den Berggipfel herum. Die feuchte drückende Luft roch intensiv nach bevorstehendem Regen.

Er hielt das Mikrophon in der Hand und drückte immer wieder die Sprechtaste. »Gibt es irgendein Notfallsystem an Bord?«

Keine Antwort. Er drückte erneut die Sprechtaste.

»Kann mich irgend jemand da unten hören?«

Wieder keine Antwort. Verbittert starrte Mulder das Mikrophon an und rammte es in die Halterung zurück. Er hatte keine Ahnung, was dort unten passiert war. Vielleicht hatte der Typ recht gehabt. Das Kabel mußte versagt haben. Und das heranziehende Gewitter hatte vermutlich die Funkverbindung lahmgelegt.

Er sah wieder zum Vorderfenster hinaus. Nebelschwaden wallten und zogen vorbei. Er erhaschte einen flüchtigen Blick auf das große Stahlgebilde der Gipfelstation und schätzte die Entfernung auf rund 200 Meter. So nah und doch so fern!

Der Boden unter ihm wurde vom dichten Nebel verschluckt, aber vermutlich lag er mindesten dreißig Meter tiefer. Tief genug, um einen Sturz tödlich enden zu lassen.

*Hör auf damit!* beschwor er sich. Trostlose Gedanken zu wälzen, brachte ihn dem Ziel auch nicht näher. Oder Duane oder Scully. Er wirbelte herum und ließ den Blick durch die Kabine wandern. An der Rückwand entdeckte er die gewölbte Ausbuchtung eines Fachs mit der Aufschrift »Notfallevakuierung«. Er eilte hinüber, riß die Klappe auf und begann, den Inhalt des Behälters zu durchwühlen.

Zuerst fiel ihm eine leuchtende Kunststoffweste in die Hände, die er nach einem kurzen Blick achtlos zur Seite warf. Danach förderte er eine Seilrolle zutage, eine Vorrichtung zum Lösen blockierter Bremsen und einen Stapel komplizierter Instruktionen, mit denen er nichts anzufangen wußte. Er stieß ein enttäuschtes Seufzen aus und sah sich erneut prüfend um. Da! In das Kabinendach war eine Klappleiter eingelassen, die zu einer Ausstiegsluke führte.

Eine Sekunde später hatte er die Leiter heruntergezogen, kletterte sie hinauf, entriegelte die Dachluke und stieß sie auf. Ein Windstoß fuhr ihm ins Gesicht, erfüllte die Kabine mit eisiger feuchter Luft und drückte ihm das Haar flach gegen die Kopfhaut, als er sich auf das vom Nebel schlüpfrige Metalldach der Kabine zog.

Ohne die beschlagenen Fensterscheiben hatte er eine bessere Sicht, und jetzt entdeckte er, was ihm bisher entgangen war, da er nur in Richtung des Gipfels Ausschau gehalten hatte. Keine zehn Meter schräg vor ihm ragte ein weiterer Tragmast in die Höhe. Er kniff die Augen zusammen. Richtig, an der Seite des Mastes führte eine Leiter zum Boden hinab. Zehn Meter, das war gar nicht einmal so weit entfernt. Wenn er nur ...

Langsam hob er den Kopf und musterte das Kabel, das nur ein paar Meter über ihm durch die Führungsschienen lief. Er zögerte nur einen kurzen Moment, dann kletterte er die Aufhängung hinauf. Der böige Wind peitschte über ihn hinweg und ließ seine Hosenbeine und seine Jacke flattern.

# 8

*Skyland Mountain Basisstation*
*Seilbahn-Kontrollraum*

Krycek starrte ungläubig auf den Monitor und sah zu, wie Mulder sich zum Tragkabel der Gondel hinaufhangelte.

Seine Hand legte sich wie von allein auf den Zündschlüssel, drehte ihn um und schlug dann auf die Fahrttaste.

Das rote Warnlicht hörte auf zu blinken, als sich das große Schwungrad mit einem langgezogenen Ächzen wieder in Bewegung setzte. Ein Zittern lief durch den Kontrollraum. Hoch oben knapp vor der Gipfelstation begann die Gondel, wild zu schaukeln.

# 9

*Skyland Mountain Seilbahn*
*Aufstieg*

Mulder hatte das glitschige Gerüst fast erklommen und streckte gerade eine Hand nach dem Kabel aus, als sich die Kabine mit einem Ruck wieder in Bewegung setzte. Bevor er zugreifen konnte, verlor er auch schon den Halt und stürzte ab.

Er schlug auf das leicht gewölbte Kabinendach auf und rutschte auf der schlüpfrigen Oberfläche weiter, während er hektisch nach einer Möglichkeit zum Festhalten suchte. Seine Beine wurden bereits, ohne daß er etwas dagegen tun konnte, über die Kante des Dachs geschleudert. Im letzten Moment fanden seine Finger einen niedrigen Metallvorsprung, der sich über die gesamte Länge des Kabinendachs erstreckte. Verzweifelt krallte er sich fest, als die Gondel beschleunigte.

Mulder biß die Zähne zusammen. Das Gewicht, das an seinen Armen zerrte, ließ seine Schultermuskeln schmerzen. Er trat gegen die Wand der Kabine, strampelte mit den Beinen, aber die Ledersohlen seiner Schuhe glitten immer wieder ab.

Er schloß die Augen und mobilisierte all seine Kraft. Es mußte ihm unbedingt gelingen, sich hochzuziehen. Einen winzigen Augenblick lang rutschte seine linke Hand ab, als ein besonders heftiger Ruck durch die Kabine ging.

Einer seiner Schuhe verhakte sich in der Leiste oberhalb des Fensters, dann gelang es ihm, den Fuß über die Dachkante zu schieben. Er biß die Zähne zusammen und zog sich dann, zuerst mit den Beinen und dann mit dem Rest seines Körpers, auf das Dach hinauf. Erschöpft und zitternd lag er da und klammerte sich fest, während der Stützmast nur wenige Zentimeter von ihm entfernt vorbeihuschte.

Es dauerte eine Weile, bis er wieder in der Lage war, die Augen zu öffnen und seine Umwelt wahrzunehmen. Der letzte Pfeiler tauchte aus dem Nebel auf und kam näher, die Gipfelstation lag vor ihm. Zweihundert Meter, hundert, fünfzig... ein dumpfes, schepperndes Geräusch.

Ein Ruck, und die Kabine stand still. Mulder kletterte hinab.

# 10

## *Auf dem Gipfel des Skyland Mountain*

Mulder hatte das Gefühl, in eine Alptraumwelt eingetaucht zu sein, in der er mit stechenden Lungen und wild pochendem Herzen herumirrte.

Nebelschwaden wirbelten um ihn herum, heulende Windböen zerrten an ihm. Regen prasselte ihm ins Gesicht und brannte ihm in den Augen. Er versuchte, trotzdem irgend etwas zu erkennen, halb taub durch den heulenden Sturm. Und auf einmal, völlig unpassend in diesen entfesselten Naturgewalten, vernahm er ein vertrautes und ganz alltägliches Geräusch. Eine Stimme, die einen Wetterbericht verlas, ein wenig blechern aus billigen Lautsprechern. Wie aus denen eines Autoradios.

»*Gewitter während der Nacht, die sich zum Morgen hin auflösen ...*«

Und weiter vor ihm tauchten verschwommene rote Lichter auf. Er rannte darauf zu, voller Angst, was ihn erwarten würde.

Dort stand Scullys Auto, vor Nässe glänzend. Mulder verlangsamte seine Schritte und zog seine Automatik aus dem Holster. Er nahm sie in beide Hände und näherte sich der Fahrerseite des Wagens.

Die Tür stand offen, die Armaturenbeleuchtung schimmerte in gedämpftem Grün. Mulder schlich vorsichtig weiter, zog eine kleine schwarze Taschenlampe hervor und leuchtete den Rücksitz und den Boden des Wagens ab.

Nichts. Er beugte sich tiefer in das Auto hinein. Da waren dunkle Blutspuren auf dem Polster des Fahrersitzes. Er starrte sie kurz an, bevor er sich wieder aufrichtete. Sein Gesicht war von Angst und Sorge gezeichnet.

Er warf einen kurzen Blick auf das Heck des Wagens, tastete unter dem Armaturenbrett herum, fand die Kofferraumentrieglung und zog daran. Der Deckel sprang mit einem gedämpften metallischen Klicken eine Handbreit auf.

Die wenigen Schritte kamen Mulder wie Meilen vor. Er verharrte einen Moment lang, die Knie gegen die Stoßstange gedrückt, atmete tief durch, zog die Haube hoch und leuchtete in den Kofferraum hinein.

Leer.

Langsam und am ganzen Körper zitternd stieß er einen Seufzer aus. Wenigstens lag keine Leiche im Kofferraum, es bestand immer noch Hoffnung. Er leuchtete alle Winkel und Nischen aus, stutzte kurz und ergriff ein ausgefranstes Schnurstück. Es fühlte sich klebrig an. Noch mehr Blutflecken.

Ein goldenes Glitzern fesselte seinen Blick. Er beugte sich weit vor, und als er sich wieder aufrichtete, hielt er einen Gegenstand in der Hand, den er kannte. Ein kleines goldenes Kreuz an einer Kette. Er richtete den Strahl der Taschenlampe darauf. Das letzte Mal hatte er es an Scullys Hals gesehen. Sie hatte es immer getragen. Er erinnerte sich besonders gut daran, weil es eigentlich nicht zu ihr paßte. Scully neigte nicht zu irgendeinem Mystizismus. Soweit er es beurteilen konnte, hatte sie nicht viel für Religion übrig, und doch trug sie diesen Anhänger.

Er starrte das im Licht seiner Taschenlampe glitzernde Kreuz an und steckte es dann ein.

Im gleichen Moment stieg hinter den Bäumen, die die Lichtung um den Wagen herum umringten, ein leuchtendes scheibenförmiges Objekt auf.

Mulder zuckte zusammen und schirmte seine Augen

mit einer Hand ab. Das Licht wurde heller, bis es ihn blendete. Und gleichzeitig erklang ein tiefes, rhythmisches Brummen.

Die bizarre Erscheinung brachte Mulder völlig aus der Fassung. Er verharrte verunsichert, bevor er beinahe widerwillig begann, auf die eigenartige Erscheinung zuzustolpern. Ein heftiger Windstoß fegte über ihn hinweg, wirbelte Zweige und Blätter auf und schleuderte sie ihm ins Gesicht. Wieder hielt er sich eine Hand schützend vor die Augen und taumelte weiter, die Pistole in der anderen Hand.

Plötzlich veränderte sich das Geräusch. Das Brummen ging in ein Heulen über, wurde schließlich zu einem ohrenbetäubenden Dröhnen, und schlagartig erlosch das blendende Licht. Mulder sah nur noch einen riesigen schwarzen Schatten durch die Luft jagen, dann hatte der Nebel das Gebilde verschluckt. Das Geräusch entfernte sich, wurde leiser und verstummte gänzlich. Und in der plötzlich einkehrenden Stille brandete Gelächter auf, irres Gelächter.

Mulders Kopf fuhr herum, verwirrt und orientierungslos durch den niederprasselnden Regen, das Heulen des Sturms und den Nebel. Er brauchte eine Weile, bis er die ungefähre Richtung ausmachen konnte, aus der das Gelächter kam.

Er hob die Pistole und stapfte durch den grauen Dunst. Das Lachen wurde lauter und veränderte sich, ging in ein triumphierendes Heulen, Jubeln und Glucksen über. Er drehte sich um, und dann entdeckte er die Quelle des Gelächters. Duane Barry.

Der Mann stand auf einer kleinen grasbewachsenen Lichtung, das regenüberströmte Gesicht zum Himmel gerichtet. Er vollführte einen seltsamen Tanz, hüpfte auf und nieder, hob die Fäuste, schüttelte sie, ließ sie sinken und hob sie erneut.

Mulder hob die Pistole und zielte. »FBI! Keine Bewegung!« schrie er.

Aber Duane zeigte nicht die geringste Reaktion. Er hüpfte und lachte unbeeindruckt weiter, ohne Mulder zu beachten.

»Ich sagte, keine Bewegung!«

Diesmal schien Mulder zu ihm durchzudringen, denn plötzlich erstarrte Duane und drehte sich schließlich langsam um. Sein Gesicht war zu etwas verzerrt, das bei einem geistig gesunden Menschen ein Lächeln hätte sein können. Bei ihm aber war es etwas ganz anderes.

Mulder näherte sich ihm vorsichtig, die Pistole auf einen Punkt in der Mitte von Duanes Brust gerichtet, die durch die erste Schußwunde bereits blutgetränkt war.

»Wo ist sie?« fragte Mulder.

Duanes geschundener Körper erschauderte. Ein Arm schoß in die Höhe und deutete himmelwärts.

»Frag *sie*!« brüllte er.

*O Gott*, dachte Mulder. Er blickte zum Himmel empor, konnte aber nichts außer dem allgegenwärtigen wallenden Nebel sehen. Duane begann erneut, im Lichtkegel seiner Taschenlampe zu tanzen. Seine zuckenden, unkontrollierten Bewegungen erschienen kaum noch menschlich.

Sein Anblick ließ Mulder erschaudern. Es war noch gar nicht lange her, da hatte er Mitgefühl für diesen Mann empfunden, in gewisser Weise sogar die schrecklichen Dinge mit ihm geteilt, die ihm zugestoßen waren und ihn auf so furchtbare Weise verändert hatten. Aber dieser Anblick hier machte ihn krank.

Duanes Gesicht war nun wieder unverwandt gen Himmel gerichtet. Plötzlich schlug er sich die Hände gegen die Schläfen.

Sein Lächeln wurde breiter und breiter, sein Mund klaffte auf wie eine Wunde. »Ich bin *frei*, ihr Hurensöhne!« heulte er. »Ihr werdet Duane Barry nie wieder etwas antun können!«

Als Duane sich umdrehte und Mulder den Rücken zuwandte, sah er den Kolben von Scullys Pistole aus dem Hosenbund des Mannes ragen, und endlich erwachte er aus seiner merkwürdigen Erstarrung. Duane reckte weiterhin die Fäuste den verborgenen Sternen entgegen. Ein unverständlicher Wortschwall sprudelte aus ihm hervor.

»Keine Bewegung!« brüllte Mulder noch einmal.

Duane zeigte sich ungerührt.

Mulder rückte vorsichtig näher. »Runter auf den Boden!«

Endlich wandte sich Duane ihm wieder zu und blinzelte verwirrt, als sei er überrascht, ihn hier vorzufinden. Mulder deutete herrisch auf die durchgeweichte Erde. »Auf den Boden, habe ich gesagt!«

Duane kicherte albern und ließ sich einfach fallen. Wieder überkam Mulder die verrückte Vorstellung, daß gerade irgend jemand die unsichtbaren Fäden durchtrennt hatte, mit denen Duane bisher gesteuert worden war. Er beugte sich zu ihm hinab und zog ihm Scullys Pistole aus der Hose. Duane schien es nicht zu bemerken. Sein Gesicht war naß, entweder durch den Regen oder durch seine eigenen Tränen.

Als Mulder Scullys Pistole einsteckte, wälzte sich Duane auf den Rücken, setzte sich auf und richtete den Blick wieder zum Himmel. Ein glückseliger Ausdruck huschte über seine Züge und ließ ihn einen winzigen Moment lang fast schön aussehen.

Mulder stolperte einen Schritt zurück. »Keine Bewegung!«

Zum ersten Mal schien sich Duane ausschließlich auf Mulder zu konzentrieren. Er grinste ihn an und schüttelte den Kopf. »Ich werde nirgendwo hingehen.«

Mulder trat von hinten an ihn heran, zog ein Paar Handschellen aus der Tasche und ließ sie um Duanes Handgelenke zuschnappen. »Wo ist sie? Wo haben Sie sie hingebracht?«

Duane schaute den Agenten an, als sei Mulder derjenige, der den Verstand verloren habe. »*Die* haben sie mitgenommen.«

Mulder blickte sich hektisch auf der Lichtung um. »*Wer?*«

Duanes Achselzucken war Antwort genug. Er starrte wieder zum Himmel empor. »Die. Ich habe Ihnen ja gesagt, daß die auch jemand anderen nehmen würden...«

Mulder richtete den Strahl seiner Taschenlampe auf Duanes ausgezehrtes Gesicht. Er sah Wangenknochen, die sich scharf unter der Haut abzeichneten; Augen, die den unerträglichen Druck widerspiegelten, der sich in Duanes Schädel aufgebaut hatte, Augen, die förmlich aus den Höhlen quollen, und ...

... und Verbrennungen. Winzige rote Brandblasen, als habe irgend etwas Heißglühendes das Gesicht des Mannes versengt. Mulder starrte die Wunden an. Er wußte, was derartige Verbrennungen hervorrufen konnte, er besaß Hunderte von Berichten über ähnliche Verletzungen.

Plötzlich brach hinter ihm dröhnender Lärm aus. Er richtete sich auf, seine Schulterblätter verkrampften sich. Grelles weißes Licht ergoß sich über die Lichtung.

Das irre Lächeln auf Duanes Gesicht verblaßte; er starrte entsetzt direkt in das Licht, das hinter den Bäumen aufstieg.

»*Nein! Nein!*«

Duane versuchte aufzustehen, aber Mulder warf sich auf ihn, preßte ihn mit seinem Gewicht auf den Boden. Wegen seiner gefesselten Hände war Duane hilflos, aber mit den Beinen trat und strampelte er wild um sich.

»*Neeeiiinnn!*«

Jetzt sah Mulder es auch, einen riesigen Lichtpunkt, der über der Lichtung erschien und einen grellen Strahl aussandte, der auf der morastigen Wiese herumzutasten schien. Er krallte eine Hand um die Kette der Handschellen, obwohl Duane gar keine Anstalten machte zu fliehen. Duane lag, vor Entsetzen wie gelähmt, auf dem Boden, wimmerte und stöhnte, während die Lichter näher und näher kamen... – und dann begann er erneut zu schreien: »*Neeeiiinnn!*«

Mulder hob eine Hand schützend vor seine Augen. Der Wind war noch stärker geworden, wirbelte Zweige und Grasfetzen in die Luft und peitschte sie ihm ins Gesicht.

Das Licht glitt direkt über ihn hinweg, und Mulder konnte den gleichen Schemen ausmachen, den er kurz zuvor schon einmal gesehen hatte.

Einen Hubschrauber.

# 11

*Das Restaurant auf dem Gipfel des Skyland Mountain*
*20:46 Uhr*

Der Blutfleck auf Duane Barrys Sweatshirt hatte sich so weit ausgebreitet, daß der Aufdruck »University of Maryland« nicht mehr lesbar war. Einer der Sanitäter zog das Shirt hoch, während der andere einen Druckverband auf der immer noch schwach blutenden Wunde anbrachte.

Mulder hockte in einer Ecke des Büros, das sich direkt hinter dem leeren Restaurant befand. Er starrte Duane an, das Kinn auf die Fäuste gestützt, die Ellbogen auf die Knie, und sah zu, wie die Sanitäter den ehemaligen FBI-Agenten behandelten. Sie hatten ihm die Handschellen abnehmen wollen, was Mulder aber nicht zugelassen hatte. Schließlich beendeten sie ihre Arbeit und ließen Mulder und Duane allein in dem kleinen Büro zurück. Mulder starrte sein Gegenüber weiterhin unverwandt an. Er schwieg, obwohl es ihm schwerfiel, aber er hatte Angst. Nicht vor Duane, sondern vor sich selbst. Am liebsten hätte er sich auf den Mann gestürzt und die Antworten aus ihm herausgeprügelt, aber ... das wäre falsch. Noch behauptete sich eine ruhige, leise Stimme in seinem Hinterkopf mühsam gegen den unbändigen Zorn, der in ihm loderte, und diese Stimme forderte ihn auf, sich zu beherrschen, zu warten ...

Plötzlich schien Duane sich bewußt zu werden, in welcher Situation er sich befand. Er sah zu Mulder hinüber, und seine ruhige Miene fiel in sich zusammen. Er war einmal ein großer und kräftiger Mann gewesen, jetzt aber wirkte er nur noch ausgezehrt und verbraucht. Er starrte Mulder schweigend an.

»Was ist passiert, nachdem Sie Agent Scully aus dem Kofferraum geholt haben?« fragte Mulder schließlich.

Duane fuhr sich mit der Zunge über die Lippen. Er machte einen höflichen und nahezu hilfsbereiten Eindruck, als er antwortete. »Wir sind ein Stückchen zum Gipfel hinaufgegangen. Bis zu der Stelle, wo Sie mich gefunden haben.«

Mulder nickte. »Und wohin haben Sie sie dann gebracht?«

»Nirgendwohin. *Die* haben sie mitgenommen.« Duanes Stimme klang verständnislos. »Das war der Tauschhandel. Sie anstelle von mir.«

Während Mulder den Mann musterte, rief er sich ins Gedächtnis zurück, was Scully über Duane Barrys frühere Verletzung herausgefunden hatte. Er erinnerte sich, wie Duane ihn während der Geiselnahme im Reisebüro angeschrien hatte. Seinem Tonfall nach zu urteilen, war Duane hundertprozentig von dem überzeugt, was er sagte. Aber das hatte nicht viel zu besagen, denn Psychopathen glaubten nun einmal an ihre Wahnvorstellungen. Solche Menschen konnten einen Lügendetektortest mit Leichtigkeit bestehen. Und wie auch immer die Wahrheit über Außerirdische lauten mochte, was auch immer Duane für die Wahrheit hielt, das Loch in seinem vorderen Hirnlappen blieb eine unumstößliche Tatsache.

Mulder beschloß, sich auf sein Gefühl zu verlassen. Er beugte sich vor, bis sein Gesicht nur noch wenige Zentimeter von dem Duane Barrys entfernt war, blickte ihm tief in die Augen und fragte langsam: »Haben Sie sie getötet?«

Duane blinzelte. »Nein.«

Mulder starrte ihm weiter in die Augen.

»Ich schwöre«, beteuerte Duane.

Nach einigen Sekunden richtete sich Mulder wieder auf und trat einen Schritt zurück. Er deutete auf die Brandblasen in Duanes Gesicht, die jetzt wie ein entzündeter Hautausschlag aussahen. »Woher haben Sie das?«

Duane wich seinem Blick aus. »Von dem Schiff.«

»Von welchem Schiff?«

»*Sie* haben es doch auch gesehen«, erwiderte Duane verunsichert. Sein Blick kehrte zu Mulder zurück.

Mulder schüttelte den Kopf. »Ich habe nur einen Hubschrauber gesehen.«

»*Die* waren hier«, behauptete Duane in einem störrischen weinerlichen Tonfall, der Mulder wütend machte. »Ich belüge Sie nicht.«

Plötzlich wurden Duanes Augen riesig. Er stierte auf irgend etwas hinter Mulder. »Fragen Sie die!« kreischte er. »Die wissen, was passiert ist.«

Mulder konnte das Spiegelbild von zwei Gestalten in Duanes Augen erkennen. Aber als er herumwirbelte, sah er nichts als ein leeres Fenster hinter sich. Er wandte sich wieder Duane zu, und alles, was er sah, war ein gebrochener Mann, der ihn verängstigt anstarrte. Er konnte nicht wissen, daß die beiden Gestalten sich unauslöschlich in Duanes Gehirn eingebrannt hatten, dieselben Männer in den schwarzen Anzügen, die ungerührt zugesehen hatten, als ihm die Zähne aufgebohrt worden waren ...

Duane stemmte sich schwer atmend gegen die Stuhllehne, aber die Handschellen behinderten ihn, und Mulder hatte keine Mühe, ihn auf den Stuhl zurückzustoßen.

»Sie waren gerade da draußen!« stieß Duane verzweifelt hervor. »Sehen Sie nach!«

Mulder hielt ihn fest, bis Duanes Gegenwehr erlahmte. »Hören Sie auf, Duane! Beruhigen Sie sich!«

»Die können Ihnen sagen, wo sie ist«, keuchte Duane. »Das Militär steckt da mit drin. Fragen Sie die.«

Mulder richtete sich auf. Das alles führte in eine Sackgasse. Wie hatte er nur hoffen können, die Wahrheit in dem Gestammel eines Psychopathen zu finden? Aber war Duane wirklich verrückt, oder war er ein Opfer? Oder vielleicht sogar beides?

Woher, zum Teufel, sollte er das wissen? Er umkreiste Duane in hilfloser Wut. Als er hinter ihm stand, vergewisserte er sich automatisch, ob die Handschellen noch richtig saßen. Dabei fiel sein Blick auf die Krankenhausmanschette um Duanes Handgelenk. Ein Blutfleck fiel ihm ins Auge. Er bückte sich und sah genauer hin.

Langsam streckte er seine Hand aus und berührte vorsichtig ein paar bronzefarbene Haare, die an der Plastikmanschette klebten. Erst kürzlich hatte er etwas ganz ähnliches gesehen, in einem Flecken frischen Blutes auf dem Fußboden von Scullys Apartment.

Die gleichen Haare, das gleiche Blut...?

Irgend etwas in seinem Gehirn setzte aus. Er löste die wenigen Haare behutsam von dem Plastikband, dann wirbelte er Duane ruckartig mitsamt dem Stuhl herum.

Mulders Kopf schoß vor, bis er beinahe Duanes Gesicht berührte. Er hielt die matt glänzenden Haare zwischen Daumen und Zeigefinger, direkt vor die Augen des Mannes. »Haben Sie ihr etwas angetan, Duane?« flüsterte er.

Duane verdrehte die Augen, bis fast nur noch das Weiße zu sehen war. Er schüttelte den Kopf. »Nein.«

Mulder hatte Daumen und Zeigefinger so fest zusammengepreßt, daß Scullys Haare in seiner Hand zitterten. Duanes Augen hingen wie gebannt an ihnen, vor Angst weit aufgerissen.

»Und was ist das dann?« fragte Mulder unnatürlich sanft und beherrscht.

Die Frage schwebte zwischen ihnen. Duane leckte sich über die Lippen, öffnete den Mund, schloß ihn wieder und schwieg.

Mulder verlor die Beherrschung. Er legte die Hände um Duanes Hals und schleuderte den Mann gegen die Wand des Büros. Seine Finger bohrten sich in Duanes Fleisch, seine Daumen fanden den Kehlkopf und drückten ihn zusammen. Er verspürte ein wildes Gefühl der Befriedigung, als er ein leises Knirschen hörte.

Und die Wut in seinem Gehirn loderte weiter heiß und hell. *Würg es raus aus ihm, würg diesen verdammten Hurensohn, bis ... bis ...*

Duanes Gesicht lief rot an und wurde immer dunkler. Seine Zunge schob sich zwischen plötzlich blau gewordenen Lippen hervor, die Augen quollen ihm aus den Höhlen, die Pupillen schrumpften zur Größe von Stecknadelköpfen zusammen. Er brachte einen schwachen, gurgelnden Laut hervor.

Erschüttert über sein eigenes Verhalten ließ Mulder ihn los. Duane Barry erschlaffte, sank in sich zusammen, röchelte und hustete. Mulder trat entsetzt zurück und starrte seine Hände an. Beinahe hätte er einen unbewaffneten Mann umgebracht, einen Mann, der Handschellen trug.

»Es tut mir leid ... sie mußten sie mitnehmen ...«, stammelte Duane leise und blickt zu Mulder auf.

»Ich hoffe ... sie tun ihr nicht weh ... bei den Tests ...«

Mulder starrte wie betäubt erst Duane und dann wieder seine Hände an, wirbelte herum und eilte zur Tür. Er konnte eine Menge ertragen, aber das war zu viel. Es war ihm unmöglich, sich noch einen einzigen Augenblick länger mit Duane Barry in demselben Raum aufzuhalten.

# Achtes Kapitel

## 1

*Skyland-Restaurant*
*Auf dem Gipfel des Skyland Mountain*
*21:15 Uhr*

Mulder trat aus dem Büro in den Flur hinaus, wo Alex Krycek wartete. Er wirkte aufrichtig besorgt.

»Hey, was ist los?« fragte er. »Was hat er Ihnen erzählt?«

Mulder schüttelte den Kopf. Er war immer noch wütend, aber mittlerweile richtete sich seine Wut nicht mehr nur gegen Duane Barry, sondern auch gegen sich selbst.

»Ich komme einfach nicht weiter«, gestand er. Er schob sich an Krycek vorbei, der ihm hinterherstarrte. Dann blieb er plötzlich stehen und drehte sich um. »Waren Sie allein hier draußen?«

»Ja. Wieso?«

Mulder seufzte innerlich. Vielleicht hatte er in Duanes Augen gar kein Spiegelbild gesehen, vielleicht war es lediglich eine Sinnestäuschung gewesen, hervorgerufen durch einen Lichtreflex oder seine Erschöpfung. Duane war geisteskrank und hielt Hubschrauber für fliegende Untertassen. *Und vielleicht*, dachte Mulder langsam, *bin ich selbst verrückt, weil ich ihm überhaupt zuhöre …*

Er deutete auf die Tür. »Niemand betritt oder verläßt diesen Raum«, befahl er.

Krycek musterte ihn aufmerksam und nickte.

Mulder ging langsam den Flur entlang, durchquerte das Restaurant und trat an eins der Panoramafenster heran, das den Blick auf den Berggipfel freigab. Vor dem Gebäude standen immer noch ein paar Rettungsfahrzeuge, aber die emsige Geschäftigkeit ließ allmählich nach. Während er hinaussah, schalteten zwei Streifenwagen die Warnlichter aus und fuhren davon.

In der dunklen Fensterscheibe erblickte er sein eigenes zerzaustes Spiegelbild. Er starrte es an und rieb sich die Augen. Als er erneut hinschaute, glaubte er, ein Lichtmuster wie von einer fernen Stadt über die Scheibe treiben zu sehen. Er trat näher an das Fenster heran und stellte fest, daß es sich um die Reflexionen einer Lampe der Außenbeleuchtung im Giebel des Daches handelte.

Die Innenbeleuchtung war gedämpft, und seine Pupillen hatten sich bereits auf die Lichtverhältnisse eingestellt. Der Schein des Strahlers draußen war dagegen so hell, daß er ihn blendete, aber er zog ihn auf eine merkwürdige Art und Weise an.

Er hob den Kopf, starrte direkt in den Strahler, und plötzlich empfand er ein Gefühl der Fremdartigkeit, das ihm jedoch irgendwie vertraut erschien. Das Licht pulsierte langsam, wurde heller...

## 2

*Irgendwo…*

Dana Scully lag auf einem kalten Metalltisch. Ihre Augen waren geschlossen. Ein weißes Laken bedeckte ihren Körper.

Auch ein schlafender Mensch strahlt noch eine gewisse Lebendigkeit aus. Er zuckt hin und wieder leicht zusammen, seine Brust hebt und senkt sich bei jedem Atemzug. Scullys Körper aber zeigte nicht die geringste Regung. Ihre Bewegungslosigkeit war die einer Leiche. Nur der rosige Schimmer ihrer Haut verriet, daß noch Leben in ihr war.

Ein regelmäßiges Lichtmuster aus winzigen grün leuchtenden Kreuzen, das unangenehm an die endlosen Gräberreihen auf Soldatenfriedhöfen erinnerte, überzog ihren linken Arm. Es besteht eine gewisse Ähnlichkeit zwischen einem Kreuz und einem X, und das X markiert den Punkt…

Über ihrem Kopf senkte sich ein parabolisches Gebilde – es ähnelte einer umgestülpten Radarschüssel – langsam herab. In ihm summten fremdartige Energien. Eine rotierende Nadel schob sich daraus hervor und sank ebenfalls tiefer. Eine sondierende Stahlröhre, die ihr Ziel suchte.

Plötzlich sprangen Scullys Augen auf, eisblau im unwirklichen Licht, doch in ihnen schimmerte kein Erkennen, kein Bewußtsein. Wenn die Augen eines Menschen Fenster zu seiner Seele sind, dann lag hinter den ihren nichts als Leere.

Die Pupillen verengten sich zu winzigen Punkten, als die rotierende Nadel die Gitterkreuze auf ihrem Arm erreichte und sich in die Haut bohrte. Scullys Lippen bewegten sich, ein leises Stöhnen drang aus ihrem Mund. Aber auch dieses Stöhnen schien merkwürdigerweise nicht von ihr selbst zu stammen.

Ein Zischen antwortete dem Stöhnen. Das Laken gab Scullys Bauch frei, auf dem eine Art Chromrohr saß. Ein langer durchsichtiger Schlauch, in dem eine gelbliche Flüssigkeit pulsierte, führte zu dessen Schaft.

Scullys Bauch begann anzuschwellen. Sie lag reglos da, während sich ihr Gewebe durch die Flüssigkeit, die das rätselhafte Gerät in sie hineinpumpte, immer weiter ausdehnte.

Die Nadel zog sich aus ihrem Arm zurück, ohne daß ein Tropfen Blut aus ihrer Haut austrat. Ihr Körper schien sich zu entspannen, obwohl er noch immer keine sichtbare Regung erkennen ließ.

Das Zischen hielt an. Scullys Bauch blähte sich zu geradezu obszöner Größe auf. Das Licht wurde greller ...

## 3

*Skyland-Restaurant*
*Auf dem Gipfel des Skyland Mountain*

Mulder zuckte zusammen und trat aus dem Lichtkegel der Lampe zurück. Irgend etwas ... Hatte er gerade etwas gesehen? Etwas gespürt? Was?

Er schüttelte den Kopf. Das Innere des Restaurants nahm wieder Gestalt vor seinen Augen an, als sich seine Pupillen dem gedämpften Licht anpaßten. Er drehte sich um und warf einen Blick zum Flur und dem Büro des Managers hinunter. Durch die halb geschlossenen Blenden der Jalousie sickerte Licht.

Wie betäubt starrte er es an. Das Fenster, der leere Gang …

*Der leere Gang! Krycek! Wo war Krycek?*

Mulder eilte zwischen den leeren Tischen hindurch bis auf den Gang, blieb vor dem Büro des Managers stehen und spähte durch die Jalousie. Krycek saß auf einem Stuhl Duane Barry gegenüber. Seine Lippen bewegten sich. Duane schüttelte den Kopf und antwortete.

Während Mulder die beiden Männer beobachtete, spürte er, wie etwas in ihm aufstieg und ihm beinahe den Atem raubte. Worüber sprachen sie? Was erzählte Duane Barry?

Mulder klopfte energisch gegen die Glasscheibe. Krycek, der sich anscheinend völlig auf Duane konzentriert hatte, schrak sichtlich zusammen und fuhr herum. Mulder fragte sich, was es war, das sich auf dem Gesicht des Agenten widerspiegelte. Ein schlechtes Gewissen?

Er winkte ihm schlechtgelaunt zu. Die Geste sagte mehr als Worte. *Raus da!*

Krycek sagte noch irgend etwas Abschließendes zu Duane, stand auf und trat auf den Flur hinaus. Sein sonst so gelassenes Gesicht wirkte besorgt und verwirrt. Er hatte die Tür noch nicht ganz geschlossen, als sich Mulder auch schon zu ihm vorbeugte und gereizt fauchte: »Was, zum Teufel, haben Sie da drinnen gemacht?«

Kryceks Verwirrung schien noch zu wachsen. Er setzte zu einer Anwort an, aber Mulder schnitt ihm mit einer schnellen Handbewegung das Wort ab. »Kommen Sie!«

»Ich habe ihn da drinnen würgen gehört«, erklärte Krycek, während er Mulder folgte. Er zögerte und warf einen Blick zurück in Richtung des Fensters. »Er hat keine Luft bekommen. Er hat behauptet, Sie hätten ihn gewürgt.«

Scham und Ekel über sein eigenes Verhalten ließen Mulder innerlich zusammenzucken. Aber was hatte Krycek da drinnen gemacht? Sagte er ihm wirklich die Wahrheit?

»Niemand darf den Verdächtigen verhören«, erwiderte er kalt.

Krycek schaute ihm direkt in die Augen. »Außer Ihnen?«

»Außer mir.«

Sie starrten einander eine Weile an. Mulder war froh, daß es Krycek war, der den Blick als erster senkte. »Haben Sie ihn gefragt, wo Scully ist?«

»Ja.«

Mulder hob das Kinn. »Und? Was hat er gesagt?«

Krycek blinzelte. »Er hat angefangen, *Stairway to Heaven* zu pfeifen.«

Mulder ließ sich den Satz durch den Kopf gehen, bis er von der Eingangstür des Restaurants her energische Schritte hörte.

Er drehte sich um und eilte ins Restaurant. Krycek trottete hinter ihm her.

Assistant Director Skinner traf gerade in Begleitung von drei weiteren Agenten ein. Mulder glaubte, den einen oder anderen während der letzten Konferenz gesehen zu haben. Wie lange war das jetzt her, Tage, Wochen, Jahre ...? Keiner der Männer sah sonderlich erfreut aus, aber ihre Verstimmung schien noch zuzunehmen, als sie ihn erblickten.

Hinter ihnen schoben sich zwei Deputies durch die Tür und eilten weiter in Richtung Büro.

»Sie haben Duane Barry?« fragte Skinner knapp.

»Ja, Sir.«

Skinner starrte ihn an. Seine Miene war ausdruckslos

und wachsam. »Agent Mulder, Sie haben einen direkten Befehl von mir mißachtet.«

Mulder schwieg und wartete ergeben, aber bevor Skinner weitersprechen konnte, wurde lautstark eine Tür im Verbindungsgang aufgerissen. »Holen Sie die Sanitäter!« rief eine vor Anspannung heisere Stimme.

Skinner und Mulder drehten sich gleichzeitig zu dem Büroraum um. Einen Moment lang standen sie beide wortlos da. Plötzlich fiel die merkwürdige Lähmung von Mulder ab. Er rannte los.

Duane Barry lag flach auf dem Rücken, um ihn herum die beiden Deputies, die ihm zu helfen versuchten. Seine hervorquellenden Augen richteten sich kurz auf Mulder und schienen zu vibrieren. Seine keuchenden Atemzüge wurden rauher und gleichzeitig leiser, seine Brust hob und senkte sich krampfhaft, sein Gesicht lief rot an, während sich seine Lippen blau verfärbten.

Mulder kniete neben ihm nieder, packte ihn an der Schulter und schüttelte ihn verzweifelt. Die Deputies beäugten ihn kurz, ohne in ihren Bemühungen nachzulassen. Der eine hatte sich über Duane gebeugt und beatmete ihn, der andere gab ihm eine Herzmassage. Duane wand sich stumm auf dem Boden hin und her.

Als die Sanitäter erschienen, wurde das Gedränge in dem engen Büroraum noch größer, aber bevor sie irgend etwas tun konnten, wölbte sich Duanes Rücken in mehreren spastischen Anfällen so heftig, daß sein Körper kaum noch den Boden berührte. Ein letztes Mal strich sein Blick flüchtig über Mulders Gesicht. Dann stieß er mühsam die Luft aus. Sein Körper erschauderte und entspannte sich im Tod.

Mulder starrte auf ihn hinab, in die Augen, die jetzt

blicklos ins Leere gerichtet waren. Duane Barry war endlich in Sicherheit, an einem fernen Ort, wo ihm nie wieder irgend jemand etwas würde antun können.

Langsam hob Mulder den Kopf, blickte zuerst Krycek und dann Skinner an. Kryceks Miene spiegelte Mitgefühl wider, Skinner aber erwiderte den Blick kalt mit versteinertem Gesicht. Duane Barry war tot. Unwiderruflich tot. Und er hatte sein Wissen mit sich genommen.

Er hatte Scully fortgeschafft. Und was auch immer er über ihren jetzigen Aufenthaltsort wissen mochte, würde sein Geheimnis bleiben.

Mulder haßte ihn dafür, und trotzdem konnte er die Stimme nicht zum Schweigen bringen, die irgendwo tief in seinem Hinterkopf flüsterte:

*Ruhe in Frieden, Duane Barry. Ruhe für immer in Frieden.*

# 4

*FBI-Zentrale*
*Washington, D.C.*
*Tiefgarage*

Alex Krycek ging langsam durch das nur spärlich erleuchtete Parkdeck. Seine Schritte hallten leise, aber trotzdem durchdringend in der Stille wider. Er fand den Wagen, den er suchte, und vergewisserte sich kurz, daß er nicht beobachtet wurde. Dann trat er schnell an die Tür und öffnete sie. Es war sein eigener Wagen.

Er glitt auf den Platz hinter dem Lenkrad, schloß die Tür hinter sich und wandte sich dem Mann zu, der lässig auf dem Beifahrersitz saß. Der Mann sog an seiner Filterzigarette, atmete tief ein und blies eine beißende Qualmwolke in Kryceks Gesicht.

Krycek drehte den Kopf zur Seite, um dem Qualm zu entgehen, und räusperte sich kräftig. Der Cigarette Smoking Man sah ihn einen Moment lang an, bevor er sich vorbeugte und die Zigarette im Aschenbecher ausdrückte.

»Skinner erwartet meinen Bericht über den Vorfall mit Duane Barry«, sagte Krycek. »Was soll ich ihm erzählen?«

Der Cigarette Smoking Man rieb sich nachdenklich das Kinn. »Sagen Sie ihm die Wahrheit.«

Krycek warf ihm einen verblüfften Blick zu. Offensichtlich überraschte ihn die Vorstellung, sich an die Wahrheit zu halten. »Wie meinen Sie das?«

»Bestätigen Sie Mulders Version der Ereignisse. Sie haben sein Vertrauen gewonnen. Jetzt kommt es darauf an, es zu bewahren.«

»Wie lange noch?«

»Bis Ihr Auftrag erledigt ist.«

Krycek wandte das Gesicht ab, ohne sich große Mühe zu geben, seine Irritation zu verbergen. »Wenn Mulder eine solche Gefahr darstellt, warum beseitigen wir ihn dann nicht einfach?«

»Das ist nicht möglich.«

»Nicht möglich? Nach allem, was ich für Sie tun mußte?«

Der Cigarette Smoking Man schüttelte müde den Kopf, als sei es ihm lästig, das Naheliegende erklären zu müssen. »Wenn wir Mulder töten, riskieren wir, ihn zu einem Märtyrer zu machen.«

Obwohl diese Erklärung Krycek nicht völlig befriedigte, schluckte er sie. »Was ist mit Scully?«

»Darum haben wir uns bereits gekümmert.«

»Wie?«

Das faltige Gesicht des Cigarette Smoking Man wurde noch ausdrucksloser. »Wir teilen Ihnen nur das mit, was Sie wissen müssen.«

»Ich denke, ich habe ein Recht darauf, die Hintergründe zu erfahren.«

»Sie haben überhaupt keine Rechte«, erwiderte der Cigarette Smoking Man lakonisch. »Sie haben lediglich Befehle auszuführen.«

Krycek starrte ihn mit leicht geöffnetem Mund an. Die nüchterne Feststellung erfüllte ihn mit Unbehagen.

Der Cigarette Smoking Man musterte ihn ohne erkennbare Gefühlsregung. »Wenn Sie damit ein Problem haben, werden wir andere Vorkehrungen treffen.«

Er wartete Kryceks Erwiderung nicht ab, öffnete die Tür und stieg aus. Alex Krycek blieb in seinem Wagen sitzen und starrte ihm gedemütigt hinterher.

## 5

*FBI Academy*
*Quantico, Virginia*
*7:55 Uhr*

Es war kühl in dem großen gefliesten Raum. Die sorgfältig klimatisierte Luft roch nach Desinfektionsmitteln und ... nach irgend etwas anderem. Mulder stand vor der stählernen Bahre und betrachtete nachdenklich Duane Barrys verhüllten Körper. Das weiße Laken hatte sich in Brusthöhe durch getrocknetes Blut hellbraun verfärbt.

Duanes Füße ragten unter dem Laken hervor. An

einem seiner großen Zehen war mit einem Draht eine Plakette befestigt.

»Entschuldigen Sie.«

Einen Moment lang glaubte Mulder, Scullys Stimme gehört zu haben, als er aus seinen düsteren Gedanken aufschreckte. Aber die Frau, die sich ihm näherte, war nicht Scully. Ihr Haar war silbergrau, ihr Gesicht distanziert und emotionslos. Sie schob sich an ihm vorbei und legte ein Klemmbrett auf Duanes reglose Brust. Ohne Mulder die geringste Beachtung zu schenken, bückte sie sich und löste die Feststellbremse der Schiebebahre.

Mulder konnte ihren Namen auf der Brusttasche des weißen Laborkittels lesen. Dr. Ruth Slaughter.

»Ich bin Agent Mulder. Ich bin gekommen, um den Autopsiebericht dieses Mannes einzusehen.«

Die Frau warf ihm einen flüchtigen, desinteressierten Blick zu. »Tut mir leid. Der Autopsiebericht ist noch nicht vollständig.«

»Sind Sie die zuständige Pathologin?«

»Ja.«

»Dürfte ich erfahren, wie der vorläufige Befund aussieht?«

Dr. Slaughter richtete sich auf und ergriff das Klemmbrett. Mulder hatte den Eindruck, als wolle sie verhindern, daß die Unterlagen einem Unbefugten in die Hände fielen. Sie überflog die festgeklemmten Seiten, schaute ihn kühl und mit ausdruckslosem Gesicht an. Dann gab sie ihm eine knappe Zusammenfassung des Untersuchungsberichts, die sich so anhörte, als habe sie sie auswendig gelernt: »Verbrennungen zweiten Grades im Gesicht, Quetschungen im Halsbereich und des Kehlkopfs. Wenn ich die Todesursache bei meinem derzeitigen Kenntnisstand beurteilen müßte, würde ich sagen, daß dieser Mann erstickt ist.«

Mulder verzog das Gesicht.

»Haben Sie etwas anderes erwartet?« erkundigte sich Dr. Slaughter.

»Sie haben noch keine toxikologische Untersuchung durchgeführt?« fragte Mulder zurück.

Dr. Slaughter warf einen weiteren Blick auf das Klemmbrett. »Die Ergebnisse müßten in Kürze vorliegen.« Sie trat an das Ende der Bahre, legte das Klemmbrett wieder auf Duane Barrys Brust und wollte die Leiche aus dem Raum schieben.

»Es würde mich interessieren, was Sie dabei herausfinden«, beharrte Mulder.

Die Pathologin blieb stehen und warf ihm einen Blick über die Schulter zu.

»Wann wird der Bericht fertig sein?« wollte Mulder wissen.

»Am späten Vormittag.«

»Könnte ich so schnell wie möglich eine Kopie bekommen?«

Dr. Slaughter schüttelte den Kopf, und ihr Gesicht wurde auf eine merkwürdige Weise noch verschlossener. »Tut mir leid, aber Sie werden sich über die regulären militärischen Kanäle informieren müssen.«

Mulders Augen weiteten sich. »Was meinen Sie damit? Sind Sie nicht vom FBI?«

»Quantico fällt unter militärische Zuständigkeit.« Anscheinend bemerkte die Pathologin, daß Mulder sich mit dieser Auskunft nicht begnügen würde, denn sie fügte hinzu: »Heute morgen stand kein FBI-Pathologe für die Autopsie zur Verfügung.«

Mulder starrte sie an. Dr. Slaughter musterte ihn noch

einen Moment lang, dann drehte sie sich um und schob Duane Barrys Leichnam hinaus.

Mulders Unterbewußtsein registrierte, daß die Räder der Bahre dringend geölt werden mußten. Sie quietschten bei jeder Umdrehung, während Duane seine letzte Reise in die Dunkelheit antrat.

# 6

*FBI-Zentrale*
*Büro von Assistant Director Skinner*
*10:36 Uhr*

Mulder betrachtete die Rauchschwaden, die träge zur Zimmerdecke hinaufzogen. Er hatte das Gefühl, gerade ein Déjà-vu-Erlebnis zu haben. Er hatte schon einmal an diesem Tisch gesessen, im selben Raum mit denselben Männern und Frauen. Wie lange war das jetzt her? Und wie oft war es passiert?

Alles schien sich in seiner Erinnerung zu verwischen, einschließlich des Krebskandidaten, der wie üblich lässig in seinem Ledersessel im Hintergrund hockte. Mulder sah, wie er ein neues Päckchen Morleys aus der Jakkentasche zog, die Zellophanhülle aufriß und sich eine neue Zigarette anzündete.

Skinners Tonfall veränderte sich gerade merklich genug, um Mulders Aufmerksamkeit zu erregen.

»Auf Grund von Quetschungen im Halsbereich und des Kehlkopfes, ist eine Strangulation die wahrscheinlichste Todesursache.« Skinner schwieg einen Moment lang und bedachte Mulder mit einem bedeutungsvollen Blick. »Möchten Sie sich dazu äußern, Agent Mulder?«

*Nicht unbedingt*, dachte Mulder und sah aus irgendeinem Grund, der ihm selbst nicht ganz klar war, kurz zu dem Cigarette Smoking Man hinüber, der seinen Blick diesmal erwiderte. Mulder wandte sich wieder Skinner zu.

»Ich habe Duane Barry nicht getötet, falls es das ist, was Sie damit andeuten wollen.«

Um den Tisch herum erhob sich ein leises Gemurmel.

»Aber Sie haben ihm körperlich zugesetzt?« hakte Skinner nach.

»Ich habe ihm einige Fragen über Scully gestellt und ihn etwas bedrängt, weil er nicht antworten wollte ...«

»... und dabei die Beherrschung verloren«, warf ein hochrangiger Agent mit fleischigem Gesicht ein.

Wieder kam Bewegung in die versammelten Agenten. Mulder starrte den Mann an.

»Nur für einen kurzen Moment. Und als ich den Raum verlassen habe, war Duane Barry noch sehr lebendig. Ich habe nach dem Vorfall noch mit ihm gesprochen. Agent Krycek hat nach mir ebenfalls mit ihm gesprochen.«

»Wie Agent Krycek aussagt, hat er den Raum betreten, weil der Verdächtige würgende Geräusche von sich gegeben hat«, riß Skinner die Leitung der Diskussion schnell wieder an sich.

Mulder nickte. *Zumindest ist es das, was Krycek sagt*, dachte er. »Behauptet Agent Krycek ebenfalls, daß ich Duane Barry getötet hätte?«

»Nein. Er bestätigt Ihre Aussage. Aber wir haben hier einen toten Verdächtigen, Agent Mulder, und keine andere plausible Todesursache. Die Untersuchungskommission für interne Angelegenheiten besteht darauf, daß Sie sich beide einem Lügendetektortest unterziehen. Sie sollen sich sofort dort melden.«

Mulder stand auf. Übernächtigt und unrasiert, wie er war, mit dunklen Rändern unter den Augen, wirkte er kraftlos und ausgezehrt. Er atmete tief durch und sah die versammelten Agenten der Reihe nach an.

»Es gibt noch eine andere plausible Todesursache.«

»Und die wäre?«

»Vergiftung. Durch Injektion oder durch orale Einnahme.«

Skinners Augen funkelten hinter seinen Brillengläsern. »Vergiftung?«

Die anderen Agenten rutschten unruhig auf ihren Stühlen hin und her und begannen leise zu murmeln. Skinner warf einen kurzen Blick auf den Untersuchungsbericht.

»Sie werden nichts darüber im Autopsiebericht der Navy-Pathologin finden«, bemerkte Mulder.

»Was wollen Sie damit sagen, Agent Mulder?« Die Aussicht auf eine weitere offene Frage ließ Skinners Stimme ungehalten klingen.

»Daß der Autopsiebericht unvollständig ist. Daß die toxikologischen Untersuchungsergebnisse vom Militär unter Verschluß gehalten werden.«

Skinner griff den Vorwurf unverzüglich auf. »Und warum sollten die so etwas tun?«

»Weil sie wissen, wo Scully ist«, erwiderte Mulder leise und beherrscht. Er wußte, daß die bloße Behauptung an sich schon unglaubwürdig genug klang, auch ohne daß er die Stimme hob.

Der Agent mit dem fleischigen Gesicht starrte ihn an. Seine angewiderte Miene verriet deutlich, was er von Mulders Anschuldigung hielt. »Warum sind Sie nur so verdammt paranoid, Agent Mulder?« platzte es aus ihm heraus.

»Ich weiß es nicht«, erwiderte Mulder bissig. »Ich schätze, es fällt mir einfach nur schwer, irgend jemandem zu vertrauen.«

Damit drehte er sich auf dem Absatz um und verließ das Büro, ohne sich noch einmal umzusehen. Sein plötzlicher Abgang ließ die Agenten schweigend und verblüfft zurück, alle außer Skinner, der sich dem Cigarette Smoking Man zuwandte und ihn scharf musterte.

Der Mann mit dem zerfurchten Gesicht erwiderte den Blick ungerührt, während er eine scheinbar endlose Rauchwolke ausatmete, aber keiner von beiden sagte ein Wort.

# 7

*FBI-Zentrale*

*Büro der Untersuchungskommission für interne Angelegenheiten*

Mulders Wut und Hilflosigkeit zeigten sich in der Art, wie er die Schultern hängen ließ und den Kopf vorstreckte, als er sich der Tür zum Büro der Untersuchungskommission näherte. Er blieb davor stehen, zögerte kurz und ging dann weiter. Am Ende des Flurs entdeckte er Krycek, der ihm entgegenkam. Er beschleunigte seine Schritte.

»Ich brauche Ihre Autoschlüssel«, erklärte er, als er Krycek erreicht hatte.

Krycek wich einen Schritt zurück. »Wozu? Wo wollen Sie hin?«

»Ich muß jemanden aufsuchen«, erwiderte Mulder einsilbig.

Krycek warf einen prüfenden Blick über Mulders Schulter hinweg in den Korridor. »Aber wir haben einen Termin bei der Untersuchungskommission um ...«

»Geben Sie mir einfach die Schlüssel«, unterbrach ihn Mulder unfreundlich und hielt die Hand auf.

Einen Moment lang schien Krycek protestieren zu wollen, doch dann sah er Mulders vor Müdigkeit rotgeäderte Augen. Er zuckte die Achseln, zog den Wagenschlüssel aus der Jackentasche und ließ ihn in Mulders geöffnete Hand fallen.

Mulder bedankte sich nicht einmal. Er schob sich an Krycek vorbei und ließ ihn ohne ein weiteres Wort einfach stehen. Krycek drehte sich langsam um und schaute ihm nach.

## 8

*Russel Senate Office Building*
*Washington, D.C.*
*11:45 Uhr*

Das Treppenhaus war alt und dunkel. Mulder stieg langsam die Stufen empor, tief in seine düsteren Gedanken versunken. Er registrierte ein verblaßtes Schild, auf dem die Büros in der Etage aufgeführt waren, die er gerade betrat. Eins dieser Büros gehörte Senator Richard Matheson. Mulder blieb vor der Tür stehen und streckte die Hand nach der Klinke aus.

»Der Senator kann jetzt nichts für Sie tun«, ertönte eine Stimme von oberhalb der Treppe.

Mulder hob den Kopf und starrte zum nächsten Treppenabsatz empor, der im Dunklen lag. Zuerst tauchte ein

Paar auf Hochglanz polierter Schuhe aus der Dunkelheit auf, dann eine teure Wollhose. Die Gestalt stieg Stufe um Stufe hinab, bis Mulder das dunkle bärtige Gesicht des Mannes erkannte, den er nur X nannte. X blieb einige Stufen über ihm stehen und sah schweigend auf ihn herab.

»Was soll das heißen?« fragte Mulder.

»Jedenfalls nicht, ohne politischen Selbstmord zu begehen.«

»Warum? Haben die irgend etwas gegen ihn in der Hand?«

»Die haben gegen *jeden* irgend etwas in der Hand, Mr. Mulder«, erwiderte X. Seine Stimme klang distanziert, mitfühlend und resigniert. »Die Frage ist nur, wann sie dieses Wissen nutzen.«

Mulder schob einen Fuß auf die nächste Stufe. »Ich brauche Hilfe ...«

X hob eine Hand. »Niemand kann Ihnen jetzt helfen. Ihre Kanäle für Hilfeersuche und Beschwerden sind geschlossen.«

Mulder spürte, wie sich seine Kiefermuskeln verhärteten. Er steckte in einer Sackgasse. »Ihr Vorgänger hätte mir helfen können.«

X starrte ihn nur an.

»Sie wissen Bescheid, nicht wahr?« fragte Mulder plötzlich, und die Hilflosigkeit ließ seine Stimme scharf klingen. »Sie wissen, was mit Scully geschehen ist.«

»Diese Sache übersteigt unser aller Möglichkeiten, Mr. Mulder. Selbst die meines Vorgängers.«

Seine Worte schienen noch eine Weile in der Luft zu schweben. Schließlich drehte sich X um und stieg wieder die Treppe hinauf. Mulder eilte ihm hinterher, packte ihn an der Schulter und wirbelte ihn herum.

»Ich verlange eine *Antwort*, verdammt!«

Widersprüchliche Gefühle zeichneten sich auf dem Gesicht von X ab, Traurigkeit und Mitleid, Ärger und Bedauern. Er schien einen Moment lang mit sich zu ringen und dann zu einer Entscheidung zu kommen. »Warum hätte Duane Barry getötet werden müssen, wenn es nichts zu verbergen gäbe?«

»Sie meinen, die Regierung?«

»Es gibt keine Antworten für Sie, Mr. Mulder. Diese Leute kennen nur eine Politik. Alles abstreiten.«

X löste sich aus Mulders Griff, machte kehrt, stieg die Treppe hinauf und verschwand in der Dunkelheit. Mulder starrte ihm fassungslos hinterher. Er hatte das Gefühl, gerade einen wichtigen Hinweis bekommen zu haben, aber er war nicht in der Lage, ihn zu entschlüsseln, selbst dann nicht, wenn sein Leben davon abgehangen hätte.

Der Gedanke beschäftigte ihn immer noch, als er das Gebäude verließ und ins helle Tageslicht hinaustrat. Er wanderte langsam den Bürgersteig entlang und spielte das Gespräch in Gedanken noch einmal durch. Ein Mann in einem dunklen Anzug kam ihm entgegen. Wieder stieg eine eigenartige Ahnung in Mulders erschöpftem Geist auf. Er faßte den Mann scharf ins Auge, richtete sich auf, als dieser ihn erreichte ... und weiterging, ohne ihn zu beachten.

Mulder schüttelte den Kopf. Zu wenig Schlaf. Kryceks Wagen stand ein Stückchen weiter am Straßenrand. Kein Strafzettel unter den Scheibenwischern. Das war wenigstens etwas.

Er entriegelte die Tür, glitt auf den Fahrersitz und schob den Schlüssel ins Zündschloß, drehte ihn aber nicht um. Wieder störte ihn irgend etwas, das nicht ins Bild paßte. Er rümpfte die Nase und überlegte. Der abgestandene Geruch kalter Zigarettenkippen ...

Der Gestank ...

Sein Blick fiel auf den Aschenbecher, der einen Spalt weit geöffnet war. Er konnte schwarze Aschespuren auf der Metallhalterung sehen. Und ...

Er beugte sich vor, zog den Aschenbecher bis zum Anschlag auf und entdeckte drei Zigarettenstummel. Einer davon war wesentlich länger als die anderen. Der Markenname auf dem Papier über dem Filter war deutlich zu lesen. Mulder fischte die Kippe aus dem Aschenbecher und starrte den Schriftzug an.

## 9

*FBI-Zentrale*

*Büro von Assistant Director Skinner*

Der lange Konferenztisch, auf dem noch immer ein paar Bögen Papier lagen, stand unbenutzt und verlassen in Skinners Büro. Skinner saß hinter seinem Schreibtisch und betrachtete Mulder mit ernster Miene. Lichtreflexe spiegelten sich in seinen Brillengläsern und ließen seinen Blick wachsam und verschlossen erscheinen. Er wedelte mit einigen Blättern Papier.

»Das ist eine ernste Anschuldigung, Agent Mulder.«

»Ernst insofern, als daß sie wahr ist.«

Skinner starrte ihn eine Weile schweigend an und wandte sich dann wieder dem Bericht zu. Er begann zu lesen. »Agent Krycek wurde von einer externen Behörde beauftragt oder angestiftet, Ermittlungen des FBI zu sabotieren, und ist möglicherweise für den vorsätzlichen Mord an einem Verdächtigen verantwortlich ...«

Wieder zögerte Skinner eine Weile, als fiele es ihm

schwer, die Bedeutung seiner eigenen Worte zu erfassen. Er musterte Mulder mit erhobenen Brauen. Mulder erwiderte den Blick ruhig.

»Es geht noch weiter«, bemerkte Mulder.

Skinner wandte sich wieder dem Bericht zu. »... und möglicherweise für die Ermordung des Seilbahntechnikers am Skyland Mountain.«

Er ließ die Papiere auf seinen Schreibtisch sinken. »Es findet sich jede Menge Blut in diesem Bericht, Agent Mulder. Stehen Sie zu Ihren Behauptungen? Wollen Sie, daß das in die Akten kommt?«

»Ja, Sir.«

Die Antwort war nicht gerade dazu angetan, Skinners bereits arg strapazierte Nerven zu besänftigen. Er traf seine Entscheidung plötzlich und unwiderruflich.

»Dann sollten Sie lieber Fakten vorweisen können, die Ihre Behauptungen untermauern«, erklärte er, während er zum Telefon griff. Er tippte eine Nummer ein, wartete einen Augenblick und sagte: »Ich möchte Agent Krycek sehen. Sofort.«

Er legte den Hörer auf die Gabel zurück und drehte sich wieder zu Mulder um. Als er sprach, klang seine Stimme sanfter als zuvor, aber immer noch voll verhaltener Anspannung. »Ich kann Sie in dieser Sache nicht schützen, Agent Mulder. Ab einem bestimmten Punkt wird dies zu einer internen Angelegenheit von großer Tragweite.«

Mulder nickte langsam.

Skinner akzeptierte die Entscheidung. »Also gut. Was haben Sie vorzuweisen?«

Mulder griff in die Jackentasche und zog einen kleinen Plastikbeutel hervor. Er legte ihn auf Skinners Schreibtisch neben den Aschenbecher, der an diesem Morgen auf der Armlehne des Ledersessels am anderen

Ende des Büros gestanden hatte. Der Beutel enthielt drei Zigarettenstummel. Sie stammten von derselben Marke wie die, die noch im Aschenbecher lagen.

Morley.

»Ich habe sie in Agent Kryceks Wagen gefunden. Krycek ist Nichtraucher.«

Skinner betrachtete wortlos den Inhalt des Plastikbeutels.

»Agent Krycek war als letzter bei Duane Barry, bevor der starb«, fuhr Mulder fort. »Er war auch der letzte, der den Seilbahntechniker vor dessen Verschwinden gesehen hat. Als ich den Gipfel des Skyland Mountain erreicht habe, sah ich einen nicht gekennzeichneten Hubschrauber, der die Gegend abgesucht hat. Ich glaube, daß Agent Krycek seinen Auftraggebern Duane Barrys – und Agent Scullys – Aufenthaltsort mitgeteilt hat.«

»Und wer sind diese Auftraggeber?« wollte Skinner wissen.

Mulder dachte kurz nach. »Das Militär. Irgendeine verdeckt arbeitende Regierungsorganisation. Für wen der Mann, der diese Zigaretten raucht, auch immer arbeiten mag.«

Skinner warf einen kurzen Blick auf den Beutel und seinen Inhalt. »Warum?«

»Weil Scully zu nahe an das herangekommen ist, was diese Leute vertuschen wollen«, erklärte Mulder. »Weil sie einen verdammt handfesten Beweis – das metallene Implantat aus Duane Barrys Körper – in ihrem Besitz hatte.«

*Den ich ihr selbst besorgt habe*, schoß es ihm plötzlich durch den Kopf. Er verdrängte den Gedanken. »Oder weil ihre Beseitigung weitere Kontakte zu mir und meiner Arbeit verhindern soll.«

Mulders schuldbewußtes Zusammenzucken war Skinner nicht entgangen. »Glauben Sie, daß Scully tot ist?« fragte er sanft.

»Ich weiß es nicht. Wie weit würden die gehen?«

Skinner hatte Mulders Frage gehört, aber er beantwortete sie nicht. Seine Miene wurde abwesend und nachdenklich. Als würde er sich dieselbe Frage stellen und vielleicht über ein paar zusätzliche Informationen verfügen, die ihn einer möglichen Antwort näher brachten.

»Was wissen Sie über Krycek?« fragte Mulder.

»Ich habe ihn nicht angefordert. Ich habe nur ...«

Das Klingeln des Telefons unterbrach Skinner. Er nahm den Hörer ab. »Ja?« Seine Augen wurden schmal, und sein Gesicht verdunkelte sich, während er zuhörte. »Danke«, sagte er schließlich und legte den Hörer auf.

Als er Mulder ansah, schien er innerlich vor Wut zu kochen. Vielleicht darüber, von anderen getäuscht worden zu sein, vielleicht aber auch darüber, sich selbst getäuscht zu haben.

»Agent Krycek ist heute morgen nicht zum Dienst erschienen. Sein Telefon wurde abgemeldet.« Damit wandte er sich ab, als hätte er plötzlich das Interesse an dem Thema verloren.

Mulder beugte sich vor, und jetzt loderte in ihm wilder Zorn auf. »Was soll das heißen? Daß er einfach irgendwo spurlos untergetaucht ist?«

Skinner wich seinem Blick aus. »Es scheint so.«

»Diese Kerle können einfach ungestraft Menschen ermorden? Und wir können nichts dagegen tun?«

Diesmal sah Skinner an ihm vorbei auf irgendeinen imaginären Punkt in weiter Ferne, ohne zu antworten.

Mulder stieß ein angeekeltes tiefes Stöhnen aus, wirbelte herum und eilte zur Tür.

»Lassen Sie es, Mulder.«

Mulder verharrte, drehte sich um und starrte Skinner finster an. »Den Teufel werde ich tun!«

»Es gibt nichts, was Sie tun könnten.«

»Und wie ist es mit Ihnen?« Mulder reckte herausfordernd den Kopf. »Was können Sie tun?«

Skinners Augenlider flatterten. Seine Glatze glänzte im Licht, während er reglos Mulders Wut und Verbitterung über sich ergehen ließ. Schließlich stand er langsam auf und sah Mulder direkt in die Augen. »Es gibt nur eins, das ich tun kann, Agent Mulder. Mit dem heutigen Tag öffne ich die X-Akten wieder.«

Er wandte sich ab, und seine nächsten Worte waren leiser und mehr an sich selbst gerichtet, aber noch laut genug, daß Mulder sie deutlich verstehen konnte. »Das ist es, was die am meisten fürchten ...«

Diesmal war es Mulder, der vor Überraschung stumm und reglos blieb. Er starrte Skinner an, der seinen Blick jedoch nicht erwiderte. Nach einer Weile drehte sich Mulder langsam um und verließ das Büro. Skinner hob nur den Kopf und blickte ihm mit undurchdringlicher Miene hinterher, schweigend und rätselhaft.

# 10

*Paul Brown Plaza Washington, D.C.*

Für eine Stadt, die für ihr furchtbares Wetter so berüchtigt ist wie Washington, war es ein herrlicher Tag. Weiße flauschige Wolken zogen über einen blauen Himmel, und die Sonne schien strahlend auf die geschäftigen Menschenmassen herab.

Hohe Ahornbäume in Betonkästen raschelten leise in einem frischen Wind, der die silbriggrünen Unterseiten ihrer Blätter aufblitzen ließ. Der geräumige Platz war in mehreren Ebenen und Terrassen gestaltet und wurde auf der Rückseite von einem langgezogenen künstlichen Wasserfall begrenzt. Das Rauschen des Wassers dämpfte den fernen Verkehrslärm.

Mulder schleppte sich müde durch die Menschenmenge, die Hände tief in den Taschen vergraben. Der Wind zerzauste sein Haar, aber er bemerkte es nicht.

Er stieg eine Reihe weit ausladender Stufen hinauf und setzte sich auf eine Betonbank neben einem schwarzen schmiedeeisernen Geländer. Obwohl er abseits des allgemeinen Trubels saß, strahlte seine ganze Haltung eine so tiefe Mutlosigkeit aus, daß einige der Passanten ihm mitleidige Blicke zuwarfen. Er beugte sich vor, stützte die Ellbogen auf die Knie und vergrub das Gesicht in den Händen, ohne die Menschen um sich herum wahrzunehmen.

Nach einer Weile griff er in die Jackentasche und zog das kleine Kreuz an der goldenen Kette hervor. Er ließ es von seinen Fingern herabbaumeln. Die Sonne zauberte winzige goldene Lichtblitze auf dem glänzenden Metall hervor, die über Mulders erschöpftes Gesicht tanzten. Er starrte das Kreuz lange an, während er vor sich hingrübelte.

»Agent Mulder?«

Er fuhr erschrocken zusammen. Wieder überkam ihn das unheimliche Gefühl, Scullys Stimme gehört zu haben, aber als er den Kopf hob, sah er, daß es Scullys Mutter Margaret war, die sich ihm näherte.

Mulder stand langsam auf. Margaret blieb ein paar Schritte vor ihm stehen und musterte ihn. »Danke, daß Sie mich angerufen haben«, sagte sie.

»Ich hatte gehofft, Ihnen bessere Nachrichten bringen zu können«, erwiderte er, machte eine unbestimmte Geste und schloß die Hand um das Kreuz und die Kette.

Margaret Scullys Gesicht veränderte sich. Es fiel übergangslos in sich zusammen, und plötzlich enthüllte das erbarmungslose Sonnenlicht alle Fältchen und Linien, die das Make-up bis jetzt so sorgfältig verborgen hatte. Für Mulder bot sich der Anblick einer Frau, die innerhalb von zehn Sekunden um zehn Jahre alterte. Margarets Stimme verlor ihren sanften Tonfall und wurde rauh und brüchig.

»Haben Sie noch irgend etwas von Dana gehört? Geht es ihr gut?«

Mulder ballte die Faust, in der er das Kreuz hielt, fest zusammen. »Wir haben keine neuen Informationen.« Er wußte, daß das keine guten Nachrichten waren, aber als er sah, wie sich Scullys Mutter langsam wieder entspannte, wurde ihm klar, daß es für sie wenigstens keine schlechten waren. Es hatte sich nichts geändert, und deshalb bestand noch Hoffnung, wie schwach sie auch sein mochte.

Er deutete auf die Bank. Sie setzten sich. Margaret betrachtete sein Gesicht, und er konnte seine eigene Erschöpfung und Kraftlosigkeit in ihren Augen wiederfinden.

»Ich weiß, daß Sie Ihr Möglichstes versucht haben«, flüsterte sie.

Ihre Worte versetzten seinem Herzen einen Stich und taten ihm gleichzeitig gut. Sie war Scullys Mutter, wie sehr mußte sie unter dem Verlust und der Angst um ihre

Tochter leiden? Und trotzdem versuchte sie, ihn zu trösten. Mulder verspürte den Wunsch, ihr etwas von diesem Trost zurückzugeben, aber er wußte nicht, wie. Er konnte sich nicht einmal selbst trösten.

Margarets Blick wanderte zu dem Wasserfall hinüber. »Ich hatte letzte Nacht wieder diesen Traum ... in dem Dana entführt wird. Ich kann Ihnen gar nicht sagen, wie sehr mich das erschreckt hat.«

Mulder schloß kurz die Augen und öffnete sie dann wieder. »Es wäre wahrscheinlich noch beängstigender, wenn Sie den Traum nicht mehr hätten.«

Sie wechselten einen Blick, mit dem sie dieses Wissen teilten, und Mulder verspürte das gleiche Gefühl der Verbundenheit mit ihr, das er schon einmal in Scullys Schlafzimmer empfunden hatte.

»Es gibt da eine Seite an ihr, über die ich nie nachgedacht habe«, begann er.

»Ja?«

»Wenn sie eine solche Skeptikerin ist, warum hat sie dann das hier getragen?«

Er zog die Hand aus der Tasche, öffnete sie und reichte Margaret das Kreuz. Sie nahm es ihm aus der Hand, starrte es an, und plötzlich glitzerten ihre Augen feucht.

»Ich habe es Dana zu ihrem fünfzehnten Geburtstag geschenkt.«

Mulder nickte. Eine vernünftige Erklärung, vielleicht die erste, die er seit Tagen gehört hatte. Er hob den Kopf, als Margaret etwas Überraschendes tat. Sie hielt ihm das Kreuz hin, und nach kurzen Zögern nahm er es zurück.

»Möchten Sie es denn nicht behalten?«

Margaret Scully lächelte. »Geben Sie es ihr zurück. Wenn sie wiederkommt.«

Sie sahen einander an und spürten wieder diese Verbundenheit zwischen sich, teilten miteinander das Geheimnis, das Hoffnung heißt.

## 11

*Skyland Mountain*
*Mitternacht*

Mulder schlug die Wagentür hinter sich zu und lief in den Wald hinein. Er wußte nicht, warum er hierher zurückgekehrt war. Was immer hier auch passiert sein mochte – und es war eine Menge passiert, davon war er überzeugt –, es war vorbei. Duane Barry war tot, Scully war verschwunden.

Er fand die Lichtung auf dem Berggipfel und ging langsam weiter, blickte zu den Sternen auf und verspürte das altvertraute Gefühl von Ehrfurcht.

Der Himmel, die einzige Unendlichkeit, die die Menschheit kennt. Irgendwo dort draußen war …

*Meine Schwester?* dachte Mulder. *Scully?*

Er erhielt keine Antwort. Nach einer Weile drehte er sich um, kehrte zu seinem Wagen zurück und fuhr davon.

# Teil Drei

## *An der Grenze*

# Neuntes Kapitel

X

## 1

*Morgan & Wong Grabsteine und Gedenktafeln*
*Washington D.C.*

Mulder saß Margaret Scully im staubigen Kundenraum von Morgan & Wong gegenüber. Gedämpftes Licht fiel durch die verzogenen Blätter der Jalousien. Die Sitzgelegenheiten bestanden aus zerkratzten Chromgestellsesseln mit rissigen braunen Lederpolstern, auf denen getrockneter Schweiß vieler Jahre dunkle Flecken hinterlassen hatte. Irgendwo hinter der Ladentheke am anderen Ende des Raumes dröhnten schwere Maschinen. Das Blatt einer Kreissäge fräste sich durch irgendein hartes Material, das schrille Heulen steigerte sich zu einem durchdringenden Kreischen, bevor es unvermittelt verstummte.

»Einmal, als sie noch ein Mädchen war, ein kleines Mädchen...«, sprach Margaret in die plötzliche Stille hinein. Mulder hörte ihr gebannt zu.

»Dana spielte in den Wäldern«, fuhr Margaret fort. »Es war Herbst.«

Ihre Stimme klang sanft und verträumt. Sie schaute Mulder an, während sie sprach, aber gleichzeitig wurde auch die Erinnerung in ihr wach, nahm Gestalt an. Die

Frau sah diesen Tag, der schon so lange zurücklag, vor sich, als sei es gestern gewesen.

Damals war Dana zehn Jahre alt. Margaret erkannte die steilen, mit Kiefern bewachsenen Berghänge, den makellos blauen Himmel. Dort war ihre gesamte Familie, die beiden Mädchen, die Jungen und ihr Mann Bill, der mittlerweile gestorben war.

Dana, Bill, Bill junior, Charlie und Melissa mit dem für sie so typischen verträumten Gesichtsausdruck. Melissa, die ein bestimmtes Buch, dessen Seiten bereits so abgegriffen waren, daß sie sich wie Seidenpapier anfühlten, wie einen Talisman überall mit sich herumtrug: *Die Möwe Jonathan.*

Dana tollte mit den Jungen herum, sie war schon immer ein wildes Kind gewesen. Sie hielt ein Luftgewehr in den Händen, was bei einem zehnjährigen Mädchen normalerweise irgendwie unpassend wirkte, doch für Dana schien es wie gemacht zu sein.

Ihre Brüder hatten ihr das Gewehr zum Geburtstag geschenkt und zeigten ihr, wie man damit umgehen mußte. Dana hüpfte übermütig herum, lachte fröhlich, hob das Gewehr an und drückte ab. Die Kugel verließ den Lauf mit einem scharfen Zischen.

Bill senior hatte seinen Kindern eingeschärft, immer nur auf alte Dosen zu schießen, doch dann hatte Bill junior eine Natter im Gras entdeckt.

Margaret sah es wieder vor sich: Bill junior packte die harmlose Schlange, schleuderte sie auf eine Stelle, wo das Tier von keinem Grashalm mehr geschützt wurde. Es wand sich hilflos und versuchte zu entkommen. Die Kinder lachten ...

Und dann fingen die Jungen an, auf die Schlange zu schießen. Dana wollte mit ihren Brüdern mithalten, und so schoß sie ebenfalls. Am Anfang war die Entfernung zu groß, aber die Kinder gingen näher an die Schlange heran und schossen immer weiter...

Margaret konnte sich noch genau erinnern, wie Dana plötzlich das Gewehr sinken ließ und sich ihr kindliches Gesicht vor Entsetzen verzerrte. Ihr war klargeworden, was sie getan hatte, daß sie nichts mehr tun konnte, um es ungeschehen zu machen. Da begann sie zu weinen und ließ sich neben der sterbenden Schlange auf die Knie fallen.

Margaret blinzelte. »Sie sagte unter Tränen, daß sie... der Schlange etwas angetan habe, wozu sie kein Recht hatte. Und obwohl sie sich eigentlich vor Schlangen fürchtete, hielt sie das Tier in den Händen, als könne sie dessen Leben durch reine Willenskraft bewahren...«

Margaret seufzte.

Mulder nickte langsam. Ja, er konnte es sich vorstellen, das zehnjährige Mädchen, das zum ersten Mal den Tod hautnah miterlebt hatte. Wie sehr dieses Erlebnis sie beeinflußt haben mußte... Das Mädchen war schließlich erwachsen geworden und hatte den Beruf der Ärztin gewählt.

Er strich sanft mit den Fingern über Margarets Handrücken. »Mrs. Scully«, sagte er beschwichtigend, »Wir dürfen noch nicht aufgeben.«

Sie schien ihn nicht zu hören.

»An diesem Tag in den Wäldern... hatte ich Mitleid mit meiner Tochter.« Ihr Augenlider flatterten. Sie blickte Mulder hilfesuchend an. »Aber in diesem Moment... ich wußte, was meine Tochter empfunden hat.«

Ein Anflug von Resignation huschte über ihr Gesicht.

Plötzlich klatschte irgend etwas mit einem dumpfen Aufprall auf die Theke. Mulder und Margaret zuckten zusammen. Das Geräusch wischte die Erinnerungen fort und riß sie in die Gegenwart zurück, auf die abgewetzten Sessel in einem schäbigen Raum, in dem es nach Granitstaub und Maschinenöl roch.

Hinter der Theke stand ein junger Mann und nickte ihnen zu. Seine Hände waren voller Schwielen, die Hände eines Mannes, der körperliche Arbeit gewohnt war, rissig und kräftig.

Mulder stand auf, nahm Margarets Hand und half ihr hoch. Sie traten an die Theke heran. Der junge Mann deutete wortlos auf einen großen rechteckigen Gegenstand, einen Stein, der mit einer Lage Wachspapier bedeckt war. Er zog das Papier schwungvoll beiseite.

Margaret Scully und Mulder starrten die Steintafel schweigend an, wie gebannt durch die unwiderrufliche Bedeutung, die sie vermittelte.

Auf die Vorderseite waren in kunstvoller Schrift ein paar schlichte Worte eingemeißelt:

DANA KATHERINE SCULLY
1964 – 1994
Geliebte Tochter und Freundin

Mulder betrachtete die Inschrift, bis er es nicht länger ertrug. Er mußte den Blick abwenden. Ganz unten auf der Tafel war noch eine weitere Zeile eingemeißelt:

Der Geist ist die Wahrheit. 1 Johannes, 5.06

Margaret Scully nickte und akzeptierte damit sehr viel mehr als nur die Gestaltung des Grabsteins. Sie hatte ein Kapitel abgeschlossen.

*Nein*, dachte Mulder. *Es ist noch nicht abgeschlossen. Für mich ist dieses Kapitel noch nicht beendet.*

# 2

*Fox Mulders Apartment*
*Washington D.C.*

Mulder lag schweißgebadet auf seinem Sofa. Mattes bläuliches Licht fiel von dem eingeschalteten Fernseher auf sein Gesicht.

Alle paar Minuten griff er zur Fernbedienung und wechselte das Programm. Mulders Augen waren glasig. Durch das Fenster hinter seinem Schreibtisch fiel Tageslicht in den stickigen Raum. Auf dem Tisch lag das Bild, das Scullys Gesicht zeigte, ihre angstvoll aufgerissenen Augen, die aus dem Kofferraum eines Wagens herausstarrten. Der Mann, der ihn gefahren hatte, war mittlerweile tot. Auf dem Tisch stand auch ein eingeschalteter Computer. Auf dem leuchtenden Monitor war eine mitten im Spiel unterbrochene Partie Solitär zu sehen. Neben dem Monitor stand eine halb geleerte Flasche Wodka.

Mulder sah sich bereits zum tausendsten Mal das Videoband von Scullys Entführung an, spulte es unablässig vor und zurück, obwohl sich die Bilder so tief in sein Gehirn eingebrannt hatten, daß er sie auch mit geschlossenen Augen noch vor sich sah.

Er sehnte sich nach Schlaf, aber auch die halbe Flasche Wodka, die ihm im Magen brannte, und der beginnende Kater konnten die fast zwanghafte Besessenheit, mit der er immer und immer wieder von vorne anfing, nicht vertreiben. Der Gedanke, versagt zu haben, kehrte immer wieder und quälte ihn.

Das Telefon klingelte.

Mulder wartete, bis der Anrufbeantworter ansprang, bevor er die Hand ausstreckte und den Telefonhörer abnahm. Er sah die rote Digitalanzeige des Weckers auf seinem Schreibtisch.

3:14 Uhr.

»Ja?« fragte er.

# 3

*Northeast Georgetown Medical Center*
*Washington D.C.*
*Intensivstation*

Mulder eilte durch den Korridor des Krankenhauses und begann zu rennen, als vor ihm die Doppeltür mit der Aufschrift »Intensivstation« auftauchte.

Er bot alles andere als einen angenehmen Anblick: Das Haar stand ihm wirr zu Berge, seine Augen waren gerötet, die eingefallenen Wangen stoppelbärtig.

Die Tür am Ende des Korridors wurde geöffnet. Eine schlanke dunkelhäutige Frau in gestärkter Schwesterntracht betrat den Flur. Sie hielt ein Klemmbrett in der Hand und machte ein nachdenkliches Gesicht. An ihrem Kittel trug sie ein Namensschild, auf dem stand: Schwester Wilkins.

Mulders Schritte wurden langsamer, als der Flur in einen Vorraum überging, in dem ein paar billige Stühle und Sitzbänke standen. Er sah kurz zu Schwester Wilkins hinüber und ging dann auf die Flügeltür zu.

Es gab nichts, was Schwester Wilkins in diesem Raum nicht schon einmal erlebt hätte. Sie eilte Mulder hinterher, fing ihn dicht vor der Tür ab und ergriff ihn am Arm.

»Sir«, sagte sie scharf, »Sie können da nicht ...«

Mulder schenkte ihr keinerlei Beachtung. Er entwand

sich ihrem Griff, ohne es überhaupt bewußt zu registrieren.

Er ging durch die Schwingtür, die hinter ihm und Schwester Wilkins wieder zufiel, lief noch ein paar Schritte weiter, bevor er plötzlich stehenblieb, wie gelähmt durch den Anblick, der sich ihm hier bot.

Es war eine verwirrende Szene. Die Beleuchtung war gedämpft und spärlich. Er blickte sich um und versuchte, sich zu orientieren.

Mulder sah weiße Vorhänge, die um einige Betten herumgezogen worden waren, und das Grün der Laken, der Pflegeruniformen und der Krankenhauskleidung, in denen die reglosen Körper der Patienten steckten.

Von überall her drangen leise geheimnisvolle Geräusche an Mulders Ohren. Die Mechanik von Beatmungsgeräten klickte, die Zylinder der künstlichen Lungen drückten zischend Luft durch Atemschläuche, die Kolben hoben und senkten sich in endlosen Zyklen. Leises Piepen von elektronischen Überwachungsgeräten, das Quietschen von Gummisohlen auf geschrubbtem Linoleumfußboden. Mulder roch Ammoniak, scharfe Desinfektionsmittel und den schwachen süßlichen Gestank von entzündetem Fleisch.

Gerade, als Schwester Wilkins an seinem Ärmel zupfte, entdeckte er Margaret Scully, die am anderen Ende des Raumes neben einem Bett saß. Die Vorhänge waren zurückgezogen. Margarets Blick war auf die reglose Gestalt unter dem Laken gerichtet, der Ausdruck auf ihrem Gesicht war rätselhaft.

Mulder ging weiter, eilte auf das Bett zu, blieb an dessen Fußende stehen und starrte auf Dana Scullys leblosen Körper hinab. Einen Moment lang ließ der Anblick seinen Verstand aussetzen.

Neben Scullys Kopf blähte sich ein dicker schwarzer Ballon auf, zog sich zusammen, schwoll an, zog sich zusammen... Ihr Kopf war etwas vorgeneigt, durch ein Kissen unter ihrem Nacken abgestützt, so daß das Licht der Bettlampe die Konturen des alptraumhaften Gewirrs um ihren Kopf scharf hervortreten ließen.

Elektroden waren mit hautfarbenen Klebestreifen auf ihrer blassen Stirn befestigt. Ihre Augenlider, dünn wie Papier, wurden von weiteren Klebestreifen zugehalten und zitterten kaum wahrnehmbar. Auf ihren Wimpern schimmerte eine feine Schicht Augensalbe.

Aus ihren bläulichen Lippen ragte das Mundstück eines Luftröhrenschlauchs aus Kunststoff hervor. Schweiß glitzerte auf ihren Wangen, durchtränkte ihr Haar und ließ es dunkler erscheinen, als es wirklich war. Einmal lief ein kurzes Rucken durch ihren Kopf, aber die Bewegung wirkte nicht so, als würde sie durch menschliches Bewußtsein gesteuert. Sie erinnerte Mulder vage an das Zucken der Schenkel toter Frösche.

Ein Koma hat nichts mit Frieden zu tun. Koma ist ein Kampf auf einer derart tiefen und allumfassenden Ebene des Lebens, daß es alle ängstigt und verstört, die diesen Kampf verfolgen. Koma ist ein Krieg, den der Körper mit sich selbst führt.

Margaret Scully hob langsam den Kopf und starrte Mulder an, ohne ihn wirklich wahrzunehmen. Sie wirkte völlig erschöpft und innerlich ausgelaugt.

Mulder fühlte eine entsetzliche Angst in sich aufsteigen. Dies war ein Leben im äußersten Grenzbereich der Existenz, dem das furchtbarste Grauen entspringt, das der Mensch zu empfinden vermag.

Was auch immer Scully zugestoßen war, es hatte auch ihre Mutter besiegt. Mulder spürte, wie es ihn ebenfalls zu überwältigen drohte, als sich die Krankenschwester am anderen Ende des Bettes, die Scullys Stirn abgetupft hatte, aufrichtete und ihn anlächelte. Es war ein warmes Lächeln voller Mitgefühl, das Mulder wieder zu sich kommen ließ.

Olivia Owens, stand auf ihrem Namensschild. Sie war eine kräftige, untersetzte Frau mit einem großen Busen, über dem sich die gestärkte weiße Schwesternuniform spannte. Ihr braunes, glattes Haar verdeckte ihre Ohren. Mulder registrierte diese Einzelheiten nur am Rande. Was er wirklich wahrnahm, war ihr Lächeln, denn im Gegensatz zu allem anderen in dieser stillen Kathedrale des Todes verhieß es Leben.

Schwester Wilkins umklammerte seinen Arm.

»Sir, bitte gehen Sie ...«

Mulder wirbelte herum. Er konnte den Anblick des leblosen Körpers im Bett vor sich nicht länger ertragen. Scully wiederzusehen hatte ihn mit Hoffnung und Entsetzen zugleich erfüllt. Jetzt verlor er die Beherrschung.

»Wer hat sie hierhergebracht? Wie ist sie hierhergekommen? *Wer hat sie hierhergebracht?*«

Schwester Wilkins wich zurück. »Sir, Sie werden ...«

»Wie ist sie hierhergekommen?«

Die Krankenschwester atmete tief durch und riß sich zusammen.

»Ms. Scully befand sich schon in diesem Zustand, als meine Nachtschicht begonnen hat. Wenn Sie jetzt bitte diesen Raum verlassen möchten, dann kann Doctor Daly vielleicht ...«

Mulder blickte ziellos um sich und entdeckte einen Mann, der sich umdrehte, als Schwester Wilkins den Namen des Arztes nannte. Er ließ die wütende Frau stehen und eilte auf ihn zu.

»Sind Sie Daly? Sind Sie Dr. Daly?«

Daly war ein großer, stämmiger Mann mit einem silbernen Haarkranz, einem borstigen Bart und einem mächtigen Bauch. Das gedämpfte Licht ließ die Stahlfassung seiner Brille und seinen kahlen Kopf glänzen. In der Brusttasche seines weißen Kittels steckten mehrere Stifte und kleinere medizinische Instrumente. Er hob beschwichtigend die Hände, als Mulder sich ihm näherte. Mulder kochte innerlich vor hilflosem Zorn.

»*Was, zum Teufel, geht hier vor? Wer hat sie hierhergebracht? Wie ist sie hierhergekommen?*«

»Beruhigen Sie sich ...«

Aus den Augenwinkeln heraus sah Daly, wie Schwester Wilkins zur Tür eilte, sie aufstieß und im hell erleuchteten Flur dahinter verschwand.

Mulder war ausschließlich auf Daly konzentriert und bemerkte nicht, was hinter ihm passierte. Er trat so dicht an den Arzt heran, daß sich ihre Gesichter beinahe berührten. Daly wich erschrocken zurück, aber Mulder folgte ihm unbeirrt. »Antworten Sie mir! Sofort!«

Daly schüttelte den Kopf. »Das kann ich Ihnen nicht sagen ... Die Patientin ist mir gerade erst zugewiesen worden.«

»War es die Polizei?«

Es gelang Daly, eine fleischige, sorgfältig manikürte Hand zwischen sich und Mulder zu schieben. Er warf einen kurzen Blick zu den Krankenschwestern und Pflegern hinüber, die Mulders Wutausbruch verunsichert mitverfolgten. Einer der Pfleger hob ratlos die Schultern.

»War es das FBI? Rettungssanitäter? Das Militär?«

Daly fühlte sich durch Mulders Zorn in die Enge

getrieben und war gleichzeitig verärgert. Ein derartiges Benehmen war er nicht gewohnt. Normalerweise verschaffte ihm sein weißer Arztkittel Respekt.

Er schüttelte erneut den Kopf und fragte sich, wo Schwester Wilkins so lange blieb.

»Wollen Sie mir erzählen, daß sie auf einmal einfach hier war?«

»Sir ... draußen ... das ist ...«

»Wer hat ihr das angetan? Ich möchte sofort die Einweisungsformulare sehen! Ich will wissen, welche Tests an ihr vorgenommen worden sind!«

Margaret Scully betrachtete immer noch unverwandt ihre Tochter, die nicht die geringste Reaktion auf das Geschehen um sie herum zeigte. Scullys Gesicht strahlte eine unnatürliche Ruhe aus. Sie schenkte Mulder keinerlei Beachtung, ebensowenig wie Schwester Owens, die Scully ein letztes Mal anlächelte, ihr zunickte und sich dann zurückzog.

Mulder wußte, daß er im Moment nichts tun konnte. »Wenn Sie zu denen gehören ... wenn Sie irgend etwas verheimlichen, irgend etwas ... dann schwöre ich Ihnen ...«

Plötzlich wurde er von hinten gepackt, die Arme wurden ihm auf den Rücken gedreht und man zog ihn gegen seinen Willen fort.

»Ich werde alles tun ... was immer nötig ist ...!«

Schwester Wilkins forderte die beiden kräftigen Wachposten mit einer stummen Geste auf, Mulder aus der Intensivstation zu entfernen.

»Ich werde herausfinden, was die ihr angetan haben!« tobte Mulder weiter.

Die Wachen verstärkten ihren Griff um seine Arme und schleiften ihn zum Ausgang. Sie verstanden ihr

Handwerk. Zehn Sekunden später befand sich Mulder bereits auf der anderen Seite der Tür.

Niemand bemerkte, daß die Anzeige des EEGs über dem Kopfende von Scullys Bett bei Mulders letzten Worten ausschlug. Margaret Scully sah es mit Sicherheit nicht. Sie starrte reglos auf die Hände ihrer Tochter.

# 4

*Northeast Georgetown Medical Center*
*Washington D.C.*
*Warteraum der Intensivstation*

Margaret Scully und Mulder saßen auf den Vinylstühlen im Warteraum Dr. Daly gegenüber. Der Arzt hielt ein Klemmbrett in der Hand und warf hin und wieder einen kurzen Blick auf seine Aufzeichnungen, während er sprach.

Mulder hörte nur mit halbem Ohr zu. Er zog langsam die Finger unter der Sitzfläche seines Stuhls hervor, wo er geistesabwesend an einer Ansammlung eingetrockneter Kaugummis herumgetastet hatte. Daly beachtete ihn kaum und konzentrierte sich statt dessen auf Margaret Scully, aber gelegentlich sah er flüchtig zu ihm hinüber.

Margaret Scully nippte an einer Tasse Kaffee, die leicht zitterte, als sie sie an die Lippen führte.

»Zur Zeit bezeichnen wir Danas Zustand als kritisch«, erklärte Daly in einem Tonfall professioneller Fürsorglichkeit. Mulder nahm an, daß Daly bei Visiten am Krankenbett eine hervorragende Figur machte. Allerdings befanden sich die meisten seiner Patienten auf der Intensivstation in einem Zustand, in dem sie die Besuche nicht würden würdigen können.

»Sie liegt im Koma«, fuhr Daly fort. »Sie ist sich weder ihrer selbst noch ihrer Umwelt bewußt. Es gibt keinerlei Hinweise darauf, daß sie irgend etwas hört oder versteht oder bewußt auf äußere Reize reagiert.«

Margaret ließ die Kaffeetasse sinken und umfaßte sie mit beiden Händen. Ihr Gesicht war ausdruckslos.

Der starre Blick der Frau schien Daly zunehmend Unbehagen zu bereiten. »Ich muß mich entschuldigen«, sagte er, wobei er gegen seinen Willen kurz zu Mulder hinüberschielte, »aber niemand hier weiß, wie Dana in dieses Krankenhaus gelangt ist, wer sie aufgenommen hat und wie sie zuvor in diesem kritischen Zustand versorgt worden ist.«

Die Einzelheiten interessierten Margaret nicht. Sie wartete darauf, daß Daly irgend etwas sagen würde, was für sie von Bedeutung war. Wieder warf der Arzt Mulder einen kurzen Blick zu, aber Mulder zeigte keine Reaktion.

»Also, da ich mit Danas bisheriger Krankengeschichte nicht vertraut bin, ist es mir unmöglich, eine Prognose abzugeben. Ich kann nicht mit Sicherheit sagen, wie lange sie sich schon in diesem Zustand befindet ...«

Das war ein Satz, der Margarets Interesse erregte. Sie hob den Kopf und blickte Daly an. »Sie haben uns noch nicht gesagt, wieso sie in diesem Zustand ist.«

Dr. Daly räusperte sich, schaute hilfesuchend in seine Unterlagen, konnte dort aber keine weiteren Informationen finden. Er seufzte. »Wir wissen es einfach nicht, Mrs. Scully. Es gibt keinerlei Anzeichen für akute Verletzungen, weder traumatischer noch anderer Natur. Ich kann keine Hinweise auf degenerative oder metabolische Störungen finden. Wir haben alle erdenklichen Untersuchungen durchgeführt.«

*O nein, das habt ihr nicht*, dachte Mulder. »Ich möchte, daß eine Spurensicherung an ihr vorgenommen wird«, sagte er.

Daly zuckte zusammen. Er wußte, daß er es hier mit FBI-Agenten zu tun hatte, sowohl bei seiner Patientin, als auch bei diesem Verrückten, der ihm gegenübersaß. Polizisten hatten eine ganz bestimmte Art zu denken. Seiner persönlichen Meinung nach war diese Denkweise paranoid und ungesund.

Er seufzte erneut. »Sie wurde nach ihrer Einlieferung gebadet und gesäubert.«

Mulder stieß einen verärgerten, enttäuschten Laut aus. Eine weitere Sackgasse. Aber er spürte, daß Dalys Unbehagen weiter wuchs. Ein Blick auf Margaret verriet ihm, daß sie es ebenfalls bemerkte. Ihr Körper spannte sich an.

»Außerdem ... äh ... gibt es da noch etwas«, fuhr Daly leise fort. Er starrte auf sein Klemmbrett, obwohl Mulder wußte, daß er es nicht wirklich ansah. »Ich weiß nicht, ob Sie sich bewußt sind ...«

Margaret hob den Kopf und blickte ihn mit festem Blick an. Mulder wandte den Blick ab. Er wußte, was jetzt kommen würde.

»Das FBI hat uns über Danas letzten Willen informiert.« Daly überprüfte wieder seine Unterlagen. Vielleicht hoffte er, der letzte Wille habe sich in Luft aufgelöst und er müßte die Verfügung nicht laut aussprechen. Aber natürlich hatte sich nichts geändert.

»Was steht dort ... was hat Dana gesagt?« wollte Margaret wissen.

Daly zögerte und suchte nach den richtigen Worten.

»Dana ... ist ... Medizinerin. Ihre Kriterien für die Beendigung lebenserhaltender Maßnahmen sind ziemlich klar definiert.« Er haßte das.

Nur ein anderer Arzt konnte sich in seine Situation hineinversetzen. Und Dana Scully war Ärztin. Sie hatte sich in ihrem letzten Willen klar geäußert. Und sie hatte sich der Sprache bedient, hatte die Wörter benutzt, die sie alle verstanden. Die kalten, klinischen Begriffe der Wissenschaft. Es war unmöglich, Dana Scullys Wünsche mißzuverstehen, und zumindest dafür war Daly dankbar.

»Sie hat verfügt, daß, wenn sie nach der Glasgow-Ergebnisskala ...«

Mulder vergrub das Gesicht in den Händen. Er wußte über diese Skalen Bescheid. Es gab zwei, und Scully hatte auf beide zurückgegriffen. Die erste war die Glasgow-Komaskala, mit der die Tiefe eines komatösen Zustands festgelegt wurde. Sie war in drei Abschnitte unterteilt und beruhte auf solchen Klassifizierungen wie »keine Reaktion auf nervliche Stimuli; keine Fähigkeit, sich verbal zu äußern; kein Öffnen der Augen«.

Die Glasgow-Ergebnisskala war noch trostloser. Sie wurde benutzt, um Prognosen abzugeben und die bestmöglichen Voraussagen zu erstellen. Das zweitschlimmste Ergebnis wurde »dauerhafter vegetativer Zustand« genannt, das schlimmste trug die schlichte Bezeichnung »Tod«.

Scully hatte bestimmte Zustände beider Skalen als den Punkt definiert, an dem alle lebenserhaltenden Maßnahmen beendet werden sollten. Mulder wußte, daß Scully keine Anhängerin der Euthanasie war, aber sie verfügte über die nüchterne medizinische Fähigkeit, für sich selbst eine Entscheidung über die Grenzen des Lebens zu treffen. Und diese Entscheidung hatte sie bereits vor langer Zeit gefällt.

Mulder dachte darüber nach, welche Rolle er bei dieser Entscheidung gespielt hatte. Er ließ die Hände sinken und sah Margaret an. Schluß mit den Fachtermini. Die Wahrheit war schlimm genug.

»Sie möchte in diesem Zustand nicht weiterleben«, erklärte er.

Margaret zuckte zusammen. Es war der Wille ihrer Tochter. Aber es war so nüchtern und kalt, so... endgültig.

Daly beobachtete Mulders Augen. Schließlich nickte er und sagte leise: »Sie haben diese Verfügung als Zeuge unterschrieben.«

*Ja*, dachte Mulder. *Aber ich habe nie geglaubt, daß es einmal dazu kommen würde, sie anzuwenden.*

# 5

*Northeast Georgetown Medical Center*
*Washington D.C.*
*Intensivstation*

Als Mulder die Zimmernische betrat, in der Scully lag, bemerkte er ein funkelndes Licht. Es war ein fröhliches Aufblitzen, strahlend und klar, irgendwie unpassend für einen Ort wie diesen.

Sein Blick blieb zuerst an einem Kristall hängen, der sich langsam an einer Kette über Scullys Brust drehte, und wanderte dann weiter zu der Hand, die das andere Ende der Kette hielt.

Sie gehörte zu einer Frau, die auf den ersten Blick jugendlich wirkte, bis man sie genauer betrachtete. Dann entdeckte man kleine Fältchen um die Augenwinkel und ein paar silbrige Strähnen in den rotgoldenen langen Locken. Sie trug die Art von Kleidung, die Mulder immer mit Hippies assoziierte, ohne daß er genau hätte sagen können, was ihn auf diesen Gedanken brachte.

Er ging langsam zu der Frau hinüber. Sie hatte die Augen geschlossen, und ihre Hand, die den Kristall über Scullys Brust baumeln ließ, zeigte nicht das leiseste Zittern. Die Frau strahlte eine tiefe innere Ruhe aus, gepaart mit einer undefinierbaren Traurigkeit, die, wie Mulder zu spüren glaubte, jedoch nur wenig mit Scully zu tun hatte.

Als er neben ihr stehenblieb, ließ sie den Kristall langsam in seine Richtung wandern. Er betrachtete ihn, ohne sich zu bewegen. Sie öffnete die Augen und sah ihn an.

»Mir wurde nahegelegt, Sie nicht Fox zu nennen«, sagte sie.

Mulder befiel das beinahe übermächtige Gefühl, sie irgendwoher zu kennen. Waren sie sich früher schon einmal begegnet? Er konnte sich nicht daran erinnern, aber offensichtlich wußte sie, wer er war. Und sie wußte, daß er seinen Vornamen nicht gerne benutzte.

»Von wem?« fragte er.

Der Ausdruck ihrer Augen veränderte sich. Sie bedachte Scully mit einem flüchtigen Blick. »Von Dana … gerade eben.«

Mulder betrachtete Scullys Gesicht, das noch immer von einem Durcheinander aus Klebepflastern, Schläuchen und Kabeln verunstaltet war. Dann blickte er mit plötzlich aufkeimender Hoffnung zu der Maschine über ihr auf, aber seine Hoffnung erlosch ebenso schnell wieder, wie sie gekommen war. »Wenn sie gesprochen hätte, hätte das EEG dies angezeigt.«

Die Frau starrte ihn an. Mulder hatte das äußerst irritierende Gefühl, daß er ihr aus irgendeinem Grund leid tat. Die Vorstellung ärgerte ihn. Er erwiderte ihren Blick und wartete.

»Ihre Seele ist hier«, erklärte die Frau. Margaret Scully hatte sich leise zu ihnen gesellt.

»Hi, Mom.«

Margaret nickte der Frau zu, den Blick auf Scully gerichtet. »Ich bin froh, daß du kommen konntest, Melissa.«

Mulder musterte zuerst das Gesicht von Melissa, dann das von Scully. »Sie sind ihre Schwester?«

Melissa nickte. Dann konzentrierte sie sich wieder auf den Kristall, den sie noch immer über die Brust ihrer Schwester hielt. »Dana entscheidet sich, ob sie bleiben ... oder weiterziehen soll.«

Margaret Scully stieß ein leises, resigniert klingendes Seufzen aus, drehte sich um und entfernte sich. Melissa schaute ihr besorgt hinterher, dann wandte sie sich wieder Mulder zu.

»Sie können sie spüren. Hier.« Sie ergriff Mulders rechte Hand und führte sie auf Scullys Körper. Ihre Finger fühlten sich weich und kühl auf seiner Haut an. Sie ließ seine Hand los und schloß die Augen. Mulder folgte ihrem Beispiel.

Um ihn herum herrschte völlige Dunkelheit. Dann bemerkte Mulder ein sehr seltsames Licht. Dies war eine ähnliche Vision wie die im Restaurant auf dem Skyland Mountain, als ihn die Lampe geblendet hatte.

Er sah Scully vor sich. Sie saß stumm und reglos in einem kleinen, rot und weiß gestrichenen Ruderboot, das auf einem riesigen See dahindümpelte. Der See schien sich bis in die Unendlichkeit zu erstrecken. Scullys starrer Blick war unverwandt auf das Ufer gerichtet.

Ein langes Seil führte vom Bug des Bootes zu einem Steg, auf dem Mulder zu stehen glaubte. Es war sehr still, bis auf das leise Säuseln des Windes in uralten Kiefern, die das felsige Ufer säumten, und das träge glucksende Klatschen kleiner Wellen gegen die Pfosten des Bootsteges, war nichts zu hören.

Mulder blinzelte, und sofort war das Bild wieder verschwunden. Er schüttelte ratlos den Kopf. Was hatte er da gerade erlebt? Eine Halluzination? Eine Vision?

Was es auch immer gewesen sein mochte, er fand es äußerst beunruhigend. Die Scully, die er gesehen hatte, war mit einem langen, schwarzen Mantel bekleidet gewesen und hatte ihn überhaupt nicht wahrgenommen. Und doch war er plötzlich von dem überwältigenden Gefühl übermannt worden, daß sie etwas von ihm *wollte*. Oder vielleicht erwartete. Aber er hatte nicht die leiseste Ahnung, was das sein konnte.

Schwester Owens tauchte hinter ihnen auf. Ihr großes rundes Gesicht wirkte fröhlich.

»Sie ist nicht hier«, stieß Mulder hervor.

Und das war die Wahrheit. Scullys Körper war hier, aber sie selbst befand sich irgendwo anders.

Melissa starrte ihn böse an. »Ihre Wut ... Ihre Angst ... Sie blockieren alle positiven Gefühle, die Dana jetzt so dringend braucht.«

Schlagartig erwachte Mulder aus seiner merkwürdigen Lähmung. Er betrachtete seine Hand, die noch immer über Scullys Brust schwebte, und zog sie zurück.

»Ich muß mehr tun, als nur in der Luft herumwedeln«, zischte er unwirsch. Er ignorierte den halb verärgerten, halb verletzten Ausdruck, der auf Melissas Gesicht erschien, und drehte sich um. Aber er konnte ihren Blick deutlich auf seinem Rücken spüren, als er zur Tür ging.

# 6

*Fox Mulders Apartment*
*Washington D.C.*

Als Mulder zu Hause ankam, ging er sofort ins Wohnzimmer, nahm die halbvolle Flasche Wodka und trug sie in die kleine Küche. Er vergewisserte sich, daß der Deckel fest verschlossen war, bevor er sie in den Kühlschrank stellte. Dann kehrte er ins Wohnzimmer zurück, ordnete das Durcheinander auf seinem Schreibtisch und stand eine Weile einfach nur da, ohne irgend etwas von seiner Umgebung wahrzunehmen.

In einer Schublade mit allerlei Kleinkram fand er eine Rolle Klebeband. Er zog die Jalousie vor dem Fenster hinter seinem Schreibtisch hoch und spähte hinaus. Am Straßenrand brannte eine einzelne Laterne. Mulder rieb sich die Augen, fingerte an der Klebebandrolle herum und riß einen etwa zwanzig Zentimeter langen Streifen ab, den er in einem Winkel von fünfundvierzig Grad auf die Fensterscheibe klebte. Ein zweiter Streifen vervollständigte das X. Dann verdrehte er den schwenkbaren Hals der Schreibtischlampe so, daß der längliche Lichtkegel genau auf das X fiel.

Der Rest des Raumes lag nun in völliger Dunkelheit. Mulder wußte, daß das beleuchtete X von draußen auch noch aus großer Entfernung deutlich sichtbar war. Man mußte nur wissen, worauf man zu achten hatte. Selbst wenn man in einem Auto vorbeifuhr, konnte man es nicht übersehen.

Er spielte mit dem Gedanken, sich zu duschen, spürte die juckenden Bartstoppeln auf seinen Wangen und den schmierigen, getrockneten Schweißfilm unangenehm auf der Haut. Aber was war, wenn jemand anrief, während er unter der Dusche stand? Was war, wenn jemand leise an seine Tür klopfte? Was war, wenn ...?

Seit der Anruf aus dem Krankenhaus ihn aus seinen wodkageschwängerten trübseligen Grübeleien gerissen hatte, waren fast vierundzwanzig Stunden vergangen. Seine Muskeln schmerzten vor Müdigkeit, aber sein Gehirn summte vor fieberhafter Energie. Unruhig stand er wieder auf, lief hin und her, setzte sich, stand auf ...

Jedes Mal, wenn er die Augen schloß, sah er Scullys Gesicht vor sich, die Pflaster, Schläuche und Kabel, das matte Flattern ihrer bläulichen Augenlider, während sie gegen irgend etwas ankämpfte, das sie von innen heraus zu verschlingen drohte.

Er wußte nicht, was er tun sollte. Er wußte es einfach nicht. Aber irgendwo mußte es doch Leute geben, die die Antwort kannten. Wenn es ihm nur gelingen würde, sie zu finden und mit ihnen zu sprechen. Wenn er ihnen dann klarmachen könnte, wie wichtig ...

Sein Kopf sackte langsam vornüber, das Kinn fiel ihm auf die Brust. Mulder schnarchte leise.

Die Lampe auf seinem Schreibtisch warf die Silhouette des X von der Fensterscheibe in die Dunkelheit.

# Zehntes Kapitel

X

## 1

*Fox Mulders Apartment*
*Washington D.C.*

Die Wärme der Sonnenstrahlen ließ Mulder erwachen. Er blinzelte mit verquollenen Augen. Einen Moment lang starrte er orientierungslos die Wand an. Dann drehte er sich zu dem improvisierten Kreuz auf der Glasscheibe um.

Er sprang auf. Seine Muskeln waren verkrampft. X! Hatte er ihn verpaßt?

Mulder hechtete über den Sofatisch und eilte zur Wohnungstür. Sein Blick fiel auf den schmalen Spalt zwischen Tür und Boden, durch den Tageslicht hereinschien. Keine Nachricht, kein Zettel. Er riß die Tür auf. Auf der Fußmatte lag die Morgenzeitung. Er hob sie hoch und schlug sie auf. Doch keine geheime Nachricht lag zwischen den Seiten. Mulder schüttelte die Zeitung. Nichts fiel daraus hervor. Er blätterte sie hastig durch. Noch immer nichts.

Dann warf er sie achtlos beiseite und lief zum Telefon. An dem Anrufbeantworter leuchtete das grüne Lämpchen. Keine Nachricht. Nichts.

Seine Hektik wich in dem Maß, in dem seine Hoffnung

schwand. Draußen hatte ein schöner sonniger Tag begonnen. Auf seinem Fenster prangte ein X aus Klebeband.

Mulder riß die Streifen ab und knüllte sie zu einer klebrigen Kugel zusammen. Dann ballte er die Hand zur Faust und ließ sie donnernd auf die harte Tischplatte krachen.

Wieder und immer wieder.

# 2

*Northeast Georgetown Medical Center*
*Washington D.C.*
*Intensivstation*

Mulder stand vor dem Münztelefon und rief zum vierten Mal an diesem Morgen die Telefonauskunft an, als er hinter sich Schwester Wilkins Stimme hörte. »Kann ich Ihnen irgendwie helfen?«

Er drehte sich um und entdeckte etwas außerordentlich Erstaunliches. Einige Meter von ihm entfernt stand ein magerer Mann, der einen Blumenstrauß in den Händen hielt. Er trug einen billigen Anzug, der aber dennoch gemessene Feierlichkeit ausstrahlte, ebenso wie die große, schlecht gebundene blaue Fliege und das sorgfältig zurückgekämmte Haar.

»Frohike?« fragte Mulder ungläubig.

Er führte ihn zu Scullys Bett. Schwester Wilkins fing die beiden Männer ab und nahm Frohike resolut den Blumenstrauß aus den Händen. Mulder trat an das Kopfende des Bettes und betrachtete Scullys Gesicht. Ihre Haut hatte einen eigenartig bleichen Farbton angenommen und war mit einem Schweißfilm bedeckt. Ihr Anblick ließ ihn an Verfall und Auflösung denken ... an beginnende Verwesung.

Frohike umkreiste ratlos das Bett, ergriff dann das Klemmbrett mit Scullys Krankenbericht und las.

Mulder beobachtete ihn. Frohike war, wie auch der Rest der Lone Gunmen, eine merkwürdige Erscheinung.

Der Mann runzelte die Stirn. Er starrte auf die erste Seite, blätterte sie um und starrte die nächste an, jedoch ohne ein Wort zu sagen. Mulders Aufmerksamkeit kehrte wieder zu Scully zurück. Sein Blick wanderte wie von selbst zu der Stelle über ihrer Brust, wo sich laut Melissa ihre Seele befand. Wie sehr er sich auch bemühte, er konnte dort nichts entdecken, aber trotzdem wurde er das Gefühl nicht los, daß da tatsächlich etwas war.

»Mulder?« fragte Frohike.

Mulder schrak aus seinen Gedanken auf und sah Frohike auf sich zukommen. Der kleine Mann wedelte mit dem Krankenbericht und wirkte verblüfft.

»Das ist unheimlich ...«, flüsterte er.

# 3

*Büro der Lone Gunmen*
*Washington D.C.*

In dem Büro herrschte wie immer ein heilloses Chaos.

Computer standen überall herum, einige schienen ausgeschlachtet worden zu sein, um andere mit neuen Kabelinnereien zu füttern. Auf dem Boden lagen Berge von Hamburgertüten und fettigen Pizzakartons, hier und da warteten ein paar verstaubte Pflanzen auf ihr Ende.

Bürostühle, deren Rollen bei der kleinsten Bewegung protestierend quietschten, versperrten den Weg.

Offenbar hatten Frohike, Byers und Langley noch niemals einen Besen gesehen – oder gar benutzt.

Byers hockte vor einem 21-Zoll-Monitor. Mit seiner Pagenfrisur, dem braunen Schnurr- und dem spitzen Kinnbart erinnerte er ein wenig an ein in die Jahre gekommenes Musketier.

Er warf Frohike einen Blick über die Schulter zu. »Gut, daß du die Krankenblätter da rausgeschmuggelt hast.«

»Ich hab' sie mir einfach in die Hose gestopft«, erwiderte Frohike.

Mulder, der es sich am anderen Ende des Raumes in einem Sessel bequem gemacht hatte, hob den Kopf. »Da ist ja auch jede Menge Platz drin.«

Frohike schaute ihn böse an. Langley ging zu Mulder hinüber. Er war groß und hager und besaß das, was man im allgemeinen eine Hühnerbrust nennt. Mulder bemerkte, daß sich die lange blonde Mähne des Mannes deutlich gelichtet hatte. Auf der Nase trug er ein riesiges Brillengestell aus Kunststoff. Mulder wußte, daß Langley zu erstaunlichen und manchmal geradezu beängstigenden Geistesleistungen fähig war.

Das traf auf jeden dieser skurrilen Einzelgänger zu. Aus diesem Grund hatte Mulder sie aufgesucht. An wen hätte er sich sonst auch wenden können?

»Mister, du siehst ziemlich fertig aus«, bemerkte Langley. »Hör zu, du bist eingeladen, Samstagabend rüberzukommen. Wir klinken uns alle ins Internet ein und suchen die wissenschaftlichen Fehler der neuesten Folge von *Earth 2* raus.«

Mulder warf ihm einen kurzen Blick zu. »Tut mir leid, da habe ich Waschtag.«

Langley zuckte die Achseln.

Byers räusperte sich. »Diese Unterlagen zeigen abnorme Proteinketten im Blut. Die Aminosäuresequenz weist eine Kombination auf, wie ich sie noch nie gesehen habe.«

Mulder sprang von seinem Stuhl auf und gesellte sich zu Byers. Er blickte gebannt über dessen Schulter hinweg auf den großen Monitor. Was er dort sah, leuchtete in verschiedenen Farbtönen und veränderte ständig seine Form. Wie bei den meisten organischen Gebilden war kaum eine gerade Linie auszumachen. Das sah äußerst beunruhigend aus.

Byers blickte kurz auf. »Ich habe Scullys Daten dem neuesten Lone Gunman überspielt.« Er tätschelte den Computer.

»Er nennt sich ›Der Denker‹«, warf Frohike ein.

Byers nickte. »Der Typ ist ein Hackergenie. Wir haben ihn allerdings noch nie gesehen. Er leidet unter Agoraphobie und kommuniziert nur per Modem.«

Frohike und Byers musterten das sich drehende und windende Gebilde auf dem Monitor. Mulders Blick wanderte von dem Bildschirm zu den beiden Gunmen hinüber. »Was gibt es?« fragte er.

»Der Denker sagt, daß das Protein ein Nebenprodukt verzweigter DNS ist.« Byers tippte kurz etwas auf der Tastatur und beugte sich näher an den Monitor heran.

Langley kam jetzt ebenfalls herüber, starrte auf den Bildschirm, schürzte die Lippen und nickte vor sich hin.

»Verzweigte DNS?« fragte Mulder.

»Das neueste Forschungsziel der Gentechniker«, erklärte Langley.

Jetzt starrten alle drei Gunmen gebannt auf den Bildschirm. Nach einer Weile wechselten sie einen Blick.

»Das geht ... weit über den derzeitigen Forschungsstand hinaus«, stellte Langley schließlich fest.

Mulder fühlte sich hoffnungslos überfordert. »Wozu ist das gut?« wollte er wissen.

»Es könnte als Peilsender benutzt werden«, meinte Frohike nachdenklich.

Byers sah ihn an. »Die Entwicklung einer biologischen Kennung?«

»Meint ihr so eine Art Ausweis?« Mulder erinnerte sich an Scullys letzte Botschaft auf seinem Anrufbeantworter. Die Nachricht, die er immer wieder abgespielt hatte.

»Oder so etwas Heimtückisches wie der Versuch, einen Menschen in etwas ... Nichtmenschliches zu verwandeln«, sagte Langley langsam.

Die drei Gunmen wechselten einen weiteren Blick. Als sich Byers wieder dem Monitor zuwandte, entdeckte er dort eine neue Information. Seine Finger huschten über die Tastatur. »Gute Theorien, Gentlemen, aber sie sind alle hinfällig. Diese verzweigte DNS ist inaktiv.«

Eine Reihe molekularer Ausschnittsgrafiken wanderte über den unteren Bildschirmrand. »Es ist ein Abfallprodukt«, erklärte Byers. »Wer auch immer mit Scully experimentiert hat, ist damit fertig. Jetzt ist diese DNS nur noch ein biologisches Gift.«

Mulders Blick wanderte vom Bildschirm zu Byers' Gesicht und wieder zurück. »Wird sie überleben?«

Byers vermied es, ihn anzusehen. »Ihr Immunsystem ist bereits stark geschwächt. Und ich bezweifle, daß selbst ein gesunder Mensch gegen das hier ankämpfen könnte.« Schließlich schaute er dem Agenten doch in die Augen. »Mulder«, sagte er behutsam und mitfühlend. »Es gibt nichts, was du für sie tun könntest.«

Mulder starrte das unförmige Gebilde auf dem Monitor an. Eine DNS-Kette. Aber verändert und bösartig. Sollte sie zu Scullys Killer werden?

# 4

*Northeast Georgetown Medical Center*
*Washington D.C.*
*Intensivstation*

Dana Scully saß reglos in ihren langen schwarzen Mantel gehüllt in einem kleinen Ruderboot. Ihr Gesicht war maskenhaft starr, ihre Augen leer. Ein Seil führte vom Bug des Bootes zum Steg. Nur das leise Rauschen des Windes und das Glucksen der Wellen war zu hören.

Auf dem Steg stand eine stämmige, untersetzte Gestalt, von der irgend etwas sehr Tröstliches ausging. Es war Schwester Owens. Ihr Stimme, die mühelos die Entfernung zum Boot überbrückte, hallte leise nach. Selbst die Wellen schienen unter ihrem Klang zu verstummen.

»Dana... Dana, Liebes, ich weiß, daß Sie mich hören können. Ich bin Schwester Owens. Ich bin hier, um auf Sie aufzupassen, Schatz. Um Sie zu beschützen und Ihnen zu helfen, den Weg zurück zu finden.«

Obwohl Scully so reglos und stumm wie zuvor blieb, schien sie doch zuzuhören.

Dann verblaßte das Bild. Schwester Owens beugte sich über Scullys Gesicht. Sie strich eins der Klebepflaster glatt, die Scullys bleiches Gesicht verunzierten, und berührte ihre Stirn.

»Ich weiß, daß Sie heute abend weit weg von zu Hause

sind. Und daß es dort, wo Sie jetzt sind, sehr friedlich ist. Es wäre so schön, dort zu bleiben ...«

Ihre Finger streichelten sanft über Scullys Schläfe.

Mulder näherte sich dem Fußende des Bettes mit ernstem Gesicht. Schwester Owens sah zu ihm hinüber und lächelte. Dann beugte sie sich noch einmal über Scully und küßte sie auf die Stirn.

»Ich werde hier sein, wenn Sie mich brauchen«, flüsterte sie. Sie lächelte ein letztes Mal und zog sich zurück, als Schwester Wilkins erschien.

Schwester Wilkins schob sich an Mulder vorbei und schreckte ihn aus seinen trostlosen Gedanken auf.

»Entschuldigen Sie, Sir. Ich muß der Patientin Blut abnehmen.«

Mulder sah ihr zu, wie sie mit routinierten Griffen eine dicke Kanüle aus einer Medizintasche nahm, ein Ende in einen Blutprobenzylinder schob und das andere Ende in das Ventil an einem der Schläuche einführte, die Scully am Leben erhielten. Der Glaszylinder füllte sich schnell mit Blut. Mulder verfolgte den Vorgang voller Beunruhigung.

Schwester Wilkins zog die Kanüle wieder aus dem Ventil. Mulder drehte sich um, als eine Bewegung zu seiner Linken seine Aufmerksamkeit erregte. Er sah einen etwa vierzigjährigen Mann, der einen dunklen Mantel trug.

Es mußte der Mantel sein, der Mulder merkwürdig erschienen war und in dieser Umgebung fehl am Platz wirkte. Der Mann begegnete seinem Blick und wich ihm schnell aus. Mulder wandte sich wieder Scully zu. Schwester Wilkins beschriftete gerade den kleinen Glaszylinder mit einem Filzstift, als ein hohes durchdringendes Pfeifen die Intensivstation erfüllte. Ihr Kopf schnellte hoch, und ihre Augen weiteten sich.

Mulders Blick fiel sofort auf die Anzeigen von Scullys

Lebenserhaltungssystemen, aber er konnte dort nichts entdecken, was das Warnsignal ausgelöst haben könnte. Wilkins legte das Glasröhrchen mit Scullys Blut hastig auf einen der Nachttische und eilte davon. Sie griff nach einem der Notfalltelefone.

»Reanimationsteam!« rief sie mit klarer drängender Stimme.

Sie war bereits am anderen Ende des Ganges. Mulder beobachtete bestürzt, wie sich der Mann in dem Krankenbett rechts neben Scully aufbäumte und rhythmische Krämpfe seinen Körper schüttelten.

Ein Pfleger hastete herbei, gefolgt von weiterem Personal in weißen Kitteln. Wilkins warf Mulder einen flüchtigen Blick zu. Ihr Gesicht war ausdruckslos.

Der Aufruhr um sie herum schien sie nicht im mindesten zu berühren. *Bemerkt sie überhaupt irgend etwas davon?* fragte sich Mulder.

Er setzte sich auf einen der Stühle, und dabei fiel sein Blick auf den Nachttisch. Es dauerte eine Weile, bis er begriff, was dort nicht stimmte. Scullys Blutprobe war verschwunden.

Er stutzte kurz, dann wirbelte er herum. Seine Augen wurden schmal. Am gegenüberliegenden Ende des Ganges herrschte noch immer hektische Betriebsamkeit, aber irgend etwas hatte sich verändert. Was ...?

Der Mann! Der Mann mit dem dunklen Mantel. Wo war er?

Verschwunden.

Mulder sprang auf und lief zum Ausgang. Auch dort konnte er den Fremden nicht entdecken. Aber die Flügel der Doppeltür schwangen noch leicht nach, als habe sie gerade jemand durchquert, der es sehr eilig gehabt hatte.

Mulder stieß die Tür auf und entdeckte eine Bewegung am Ende des Flurs, einen dunklen, huschenden Schemen.

»Hey!« rief er.

Keine Antwort. Er rannte den Korridor entlang und erreichte die Biegung gerade noch rechtzeitig, um zu sehen, wie sich die Metalltür des Fahrstuhls schloß und eine dunkelgekleidete Gestalt dahinter verschwand. Die Etagenanzeige über dem Fahrstuhl begann zu blinken und verriet ihm, daß die Kabine abwärts fuhr. Sein Kopf zuckte in die Höhe. Direkt neben dem Fahrstuhl war eine Tür, über der ein grünes Schild mit der Aufschrift NOTAUSGANG hing.

Mulder stürzte darauf zu und riß sie auf. Das Treppenhaus war nur notdürftig beleuchtet. Seine Absätze klapperten laut auf den Metallstufen, seine Schritte hallten von den Wänden wider, als er die Treppe hinabhastete.

Er erreichte das nächste Stockwerk, stieß die Tür auf und spähte den langen menschenleeren Korridor hinunter. Nichts.

Die nächsten beiden Stockwerke jagte Mulder in halsbrecherischem Tempo hinab. Als er erneut eine Tür aufriß, starrte ihn ein verblüffter Hausmeister an, der über einen Wischeimer gebeugt dastand. Aber von einem dunkelgekleideten Mann war nirgendwo etwas zu sehen.

Das Treppenhaus endete an einer Tür mit der Aufschrift GARAGE, EBENE EINS. Mulder zog die Tür auf und betrat eine typische Tiefgarage. Er zögerte und ließ den Blick hin- und herschweifen. Nichts.

Langsam schob er sich in das Zwielicht hinein, versuchte, seinen keuchenden Atem zu beruhigen und keine Geräusche zu verursachen. Wieder verharrte er einen Moment lang.

Die geparkten Autos schimmerten matt.

Plötzlich glaubte Mulder, eine Bewegung wahrzunehmen, vielleicht das Flattern eines dunklen Mantels in einem der unzähligen Schatten.

Er konzentrierte sich auf den Schemen und schlich, dicht an die Wand gepreßt, auf ihn zu. Als er das Ende der Wand erreicht hatte und sich um die Ecke schob, krallte sich eine schwere Hand in seine Schulter, riß ihn herum und stieß ihn brutal gegen die Betonwand.

Mulder starrte in das Gesicht von X. Und in die gähnende Mündung einer großen automatischen Pistole, die nur Zentimeter von seiner Nase entfernt war. Automatisch versuchte er, vor der Waffe zurückzuweichen, und erstarrte gleich wieder, als sich X' Finger schmerzhaft in seine Schultermuskeln bohrten.

»Ich hätte Sie eigentlich erst nach der Besuchszeit hier erwartet«, stieß X zischend hervor. Schweiß glänzte auf seinen Wangen und seiner Stirn und ließ sein Gesicht, in dem sich zugleich Wut und verborgene Furcht widerspiegelte, herrisch, aber auch geheimnisvoll aussehen.

*Er ist verrückt*, schoß es Mulder plötzlich durch den Kopf, aber er hatte keine Zeit, sich damit länger auseinanderzusetzen, selbst dann nicht, wenn es sich um X handelte.

»Da ist ein Mann ... er hat Scullys ... Blut gestohlen«, stieß Mulder hervor.

X drückte ihn noch fester gegen die Wand und schob sich näher an ihn heran. Mulder konnte seine Ausdünstungen riechen, einen dunklen bitteren Geruch unter einem teuren Rasierwasser.

»Vergessen Sie ihn!« fauchte X ungehalten.

Mulder schluckte. »Nehmen Sie die Waffe weg.«

X grinste ohne eine Spur von Belustigung. »Diese Sig-

Sauer zielt auf Ihr Gesicht, um Ihnen unmißverständlich nahezulegen, sofort Ihre Suche nach den Leuten einzustellen, die Ihre Partnerin auf die Intensivstation befördert haben!«

Mulder unterdrückte mühsam das Verlangen, X ins Gesicht zu spucken. »Sie ignorieren meinen Hilferuf, und jetzt erwarten Sie von mir, daß ich mich Ihren Befehlen füge?«

»Sie haben es erfaßt«, erwiderte X etwas ruhiger.

»Gehen Sie zum ...«, begann Mulder, und X stieß ihn erneut gegen die Wand. Mulder versuchte, sich zu wehren, aber das war nicht so einfach, denn X lastete mit seinem ganzen Körpergewicht auf ihm. X war ein kräftiger Mann, zu allem entschlossen, und er besaß eine Waffe.

Sein Atem schlug Mulder heiß und unangenehm ins Gesicht. »Sie sind für Scullys Tod verantwortlich. Mir wird es nicht so ergehen. Sie sind mein *Werkzeug*. Haben Sie das verstanden? Ich suche Sie auf, wenn *ich* Sie brauche, und nicht umgekehrt. Und im Augenblick haben Sie eine Richtung eingeschlagen, die *die* direkt hierherführen kann.«

»Wovon, zum Teufel, sprechen Sie?«

X knirschte mit den Zähnen über Mulders Begriffsstutzigkeit, über seine vorsätzliche Weigerung zu verstehen. »Das sollen Sie gar nicht wissen! Das ist ja gerade der Punkt!«

Mulder schüttelte störrisch den Kopf. »Ich schulde Scully mehr, als nur tatenlos herumzusitzen.«

X' Augen blitzten auf. »Sie war eine gute Agentin. Aber es gibt nichts, was Sie tun können, um sie ins Leben zurückzuholen.«

»Sie ist noch nicht tot!«

X lachte, ein gepreßtes, gefährliches Lachen voller Bitterkeit und Hohn. Und voller Verachtung für Mulder und sich selbst. »Sie sollten sich selbst hören können, Mulder! Sie hören sich wie ein verdammter dummer Schuljunge an. Sie haben ja keine Ahnung ... nicht die leiseste Ahnung!«

»Schön, dann sagen Sie mir was los ist!« fauchte Mulder. »Sagen Sie es mir!«

Einen Moment lang standen sie sich reglos gegenüber. Schließlich ließ X' Anspannung ein wenig nach. Er trat einen Schritt zurück und ließ die Pistole sinken, ohne daß sein Gesicht jedoch den wütenden und höhnischen Ausdruck verloren hätte.

»Ich war einmal wie Sie«, begann er. »Ich stand an genau demselben Punkt, an dem Sie jetzt angelangt sind. Aber... Sie sind nicht ich, Mulder.« Er starrte ihn zornig und angriffslustig an. »Ich denke nicht, daß Sie den nötigen *Mut* hätten ... Verschwinden Sie, trauern Sie um Scully und sehen Sie niemals zurück.« Er verstummte und atmete tief durch. »Sie werden sich damit abfinden, Mulder ... spätestens an dem Tag, an dem Sie sterben.«

Irgendwo fiel eine Tür scheppernd ins Schloß. X' Kopf flog in die Richtung, aus der das Geräusch gekommen war. Sofort schlug Mulder ihm die Hand mit der Waffe zur Seite, stieß ihn von sich und rannte los. X wirbelte herum, trat aus dem Schatten ins Licht und blieb stehen. Er fühlte sich nicht wohl im Licht, er verabscheute es geradezu, und so begnügte er sich damit, Mulder mit Blicken zu verfolgen.

Mulder entdeckte in der Ferne einen Mann, der mit wehendem dunklem Mantel zwischen zwei Reihen geparkter Autos entlangeilte.

»Halt! FBI!« schrie er.

Der Mann duckte sich und fuhr herum, seine Hand

verschwand unter seinem Mantel. Mulder ging hinter einem Betonpfeiler in Deckung, und im gleichen Moment peitschte ein Schuß durch die Luft. Er zog seine eigene Waffe, hob sie, spähte hinter dem Pfeiler hervor und rannte los.

Der Unbekannte war verschwunden. Mulder verharrte, sah sich suchend um und entdeckte eine schwere Stahltür. Es war der einzige Ausgang, den der Mann genommen haben konnte.

Langsam näherte sich Mulder der Tür, den Lauf der Waffe nach oben gerichtet. Er blieb kurz stehen und atmete einmal tief durch. Dann stieß er die Tür auf, sprang geduckt hindurch und drehte sich einmal um die eigene Achse.

Er befand sich in einem hohen, breiten Korridor. Hier und da fiel etwas Licht herein. Mulder verhielt sich so, wie er es in der Ausbildung gelernt hatte, ohne bewußt darüber nachzudenken. Er hielt die Waffe in beiden Händen, die Beine waren leicht gespreizt, um einen sicheren Stand zu haben, und er ließ den Lauf der Pistole stets seinen Blicken folgen, während er nach einer Spur suchte. Dann drückte er sich mit der Schulter gegen die Wand und schob sich langsam vor. Seine Augen glitzerten schwach im Zwielicht.

Am Ende des Korridors warf eine Glühbirne einen düsteren roten Schein auf einen breiten Durchgang. Als er sich ihm näherte, wurde die Luft wärmer und feuchter. Es roch stark nach Waschpulver und Desinfektionsflüssigkeiten.

Zweifellos die Krankenhauswäscherei. Mulder schlich langsam und vorsichtig auf die Tür zu und glitt hindurch.

Die Feuchtigkeit, die aus den Waschmaschinen aufstieg, kondensierte dicht über dem Boden, erzeugte einen dünnen Nebel, der Mulders Sicht behinderte. Ein paar der riesigen Trockentrommeln waren noch in Betrieb und dröhnten in der Dunkelheit. Vereinzelte Lampen warfen dünne Lichtstreifen in den wabernden Dunst. Mulder arbeitete sich vorsichtig zwischen den Maschinen weiter vor.

Allmählich paßten sich seine Augen der dürftigen Beleuchtung an, und er konnte mehr Einzelheiten erkennen. Hinter den Reihen gewaltiger verchromter Maschinen erhoben sich zahlreiche Regale, auf denen sich frisch gewaschenes, säuberlich zusammengefaltetes Bettzeug stapelte. Auf dem Boden lagen verschmutzte Laken, Kopfkissenbezüge und Krankenhauskleidung, die den muffigen, ekelhaft süßlichen Gestank von Exkrementen und Verfall ausströmten. Am Ende des Ganges türmte sich ein regelrechter Berg aus weißem Stoff auf, neben dem gerade irgend etwas mit zeitlupenhafter Langsamkeit herabfiel.

Mulder lief sofort weiter vor, immer darauf bedacht, sich hinter den Maschinen zu verbergen. Vorsichtig spähte er nach vorne.

Dort stand der Mann mit dem dunklen Mantel, das Gesicht von Mulder abgewandt. Mulder konnte die Pistole sehen, die der Fremde schußbereit in der rechten Hand hielt.

Er zog sich kurz zurück, blinzelte einmal, holte tief Luft und sprang dann vor.

»FBI!« stieß er gepreßt hervor. »Ich bin bewaffnet! Drehen Sie sich nicht um!«

Die Schultern des Mannes zuckten, dann erstarrte er.

Mulder trat etwas näher. »Legen Sie Ihre Waffe ganz langsam auf den Boden.«

Der Mann zögerte einen Moment, bevor er sich gehorsam bückte. Die Pistole landete mit einem gedämpften Klappern auf dem Betonfußboden. Vorsichtig stand der Mann wieder auf. Mulder hatte sein Gesicht noch immer nicht gesehen.

»Legen Sie die Hände in den Nacken und verschränken Sie die Finger«, befahl Mulder.

Der Fremde befolgte auch diese Anweisung widerspruchslos.

»Und jetzt drehen Sie sich mit dem Gesicht zu der Maschine hinter ihnen und lehnen sich mit der Stirn dagegen.« Dann näherte sich Mulder dem Mann vorsichtig. Er klopfte ihn ab und fand die Ampulle mit Scullys Blut in der vorderen Manteltasche, zog sie mit der linken Hand hervor und starrte sie an. Im gedämpften Licht schimmerte das dunkle Blut in dem Glasröhrchen wie ein rubinroter Edelstein.

Er zog sich ein paar Schritte zurück. »Drehen Sie sich zu mir um«, verlangte er, die Pistole auf den Oberkörper des Mannes gerichtet.

Als der andere sich umdrehte, erkannte Mulder, daß es tatsächlich der Mann aus der Intensivstation war. Er hatte ihn noch nie zuvor gesehen.

Er hielt die Ampulle hoch. »Wer will das haben?«

Der Mann starrte ihn reglos an, als habe er die Frage nicht gehört. Mulder wartete einen Moment, dann ließ er das Glasröhrchen sinken. Der Mann folgte der Bewegung mit den Augen.

Mulder machte eine auffordernde Geste mit der Pistole. »Okay. Gehen wir.«

Der Fremde drehte sich um und ging los. Gerade, als Mulder ihm folgen wollte, erklang von irgendwoher das metallische Scheppern einer Tür, die ins Schloß fiel. Fast gleichzeitig stürzte der gigantische Wäscheberg hinter den beiden Männern in sich zusammen. Mulder sah aus den Augenwinkeln eine Unzahl Stoffstücke auf sich zukommen. Für einen Moment lang war er unachtsam. Der Fremde nutzte seine Chance geistesgegenwärtig, sprang vor und packte ein großes Holzbrett, das an einer der Waschmaschinen lehnte. Er wirbelte es mit einer solchen Gewandtheit hoch, daß Mulder daraus schloß, daß dieser Mann diverse Kampfsportarten beherrschte. Der Fremde griff Mulder ohne zu zögern an.

Der erste Schlag traf Mulder mit einem vernehmlichen Knirschen in die Rippen. Er stieß einen grunzenden Laut aus und krümmte sich zusammen. Der Mann stürzte sich auf ihn und griff nach Mulders Waffe.

Sein Gewicht ließ Mulder rücklings gegen die Maschine prallen. Er wand sich unter ihm, suchte nach einem Halt und konnte sich gerade noch auf den Beinen halten.

Der Angreifer nutzte seinen Vorteil und warf sich auf Mulder. Der strauchelte, riß aber gerade noch rechtzeitig den rechten Arm hoch, um einen weiteren Schlag mit dem Holzbrett abzuwehren. Dabei wurde ihm die Pistole aus der Hand geschleudert. Der Mann wirbelte herum und schmetterte Mulder das Brett gegen die rechte Schläfe.

Mulder spürte, wie seine Beine unter ihm nachzugeben drohten. Noch bevor er richtig begriffen hatte, was passiert war, fiel er auf die Knie. Er schüttelte benommen den Kopf und kämpfte gegen die drohende Bewußtlosigkeit an.

Der Mann versetzte ihm einen letzten Tritt und hechtete mit einem triumphierenden Knurren auf Mulders Waffe zu, die nur wenig Schritte entfernt auf dem Boden lag.

*Das ist das Ende*, dachte Mulder. Er schloß die Augen, aber nichts geschah. Als er sie wieder öffnete, bemerkte er verblüfft, wie der Mann verzweifelt versuchte, sich aus X' Griff zu befreien, jedoch vergeblich.

Mit der kalten Präzision einer Maschine riß X den rechten Arm des Mannes hinter dessen Rücken in die Höhe. Ein kurzes, trockenes Knirschen ertönte, als der Knochen brach. Der Mann keuchte und sackte halb bewußtlos in sich zusammen.

X hielt ihn fest, während er Mulder anstarrte. Mulder stand langsam und unsicher auf. Ihm war schwindlig, und sein Körper schmerzte an zahllosen Stellen. Schwankend stand er vor X und dem Fremden. X' Gesicht lag im Schatten, aber das des Mannes, den er umklammert hielt, war bleich und völlig verängstigt.

Als Mulder auf ihn zugehen wollte, zog X den Mann von dem Agenten fort. »Bleiben Sie, wo Sie sind«, befahl er eindringlich.

Er zerrte den Fremden, dessen Füße mit einem schabenden Geräusch über den Boden schleiften, mit sich. Mulder blieb stehen und beobachtete hilflos das Geschehen, während er versuchte, seine Benommenheit abzuschütteln. Eine furchtbare Ahnung stieg in ihm auf.

X schob seinen Gefangenen hinter eine der Maschinen, und alles, was Mulder von den beiden Männern jetzt noch sehen konnte, waren ihre Schatten.

Das dumpfe dröhnende Bellen der Sig-Sauer hallte von den Wänden wider. Der Einschlag der Kugel schleuderte den Mann mit dem Mantel zu Boden. Er stöhnte und versuchte mühsam, sich wieder aufzurichten.

»Nein ...«, krächzte Mulder.

»Sie wollen sehen, was nötig ist, um die Wahrheit zu finden?« fragte X mit bebender Stimme. »Sie möchten die Dinge erfahren, die ich weiß?«

Mulder zuckte zusammen. Der Hohn in X' Stimme traf

ihn wie ein Peitschenhieb. Als er auf ihn zuwankte, hob X warnend eine Hand. »Ich erledige das.«

Mulder konnte erkennen, wie sich die Silhouette des Pistolenlaufs hob und auf den Kopf des Fremden richtete. Die Szene erinnerte an eine Exekution. Es *war* eine Exekution.

»Verschwinden Sie!« zischte X kalt, als sich Mulder langsam bewegte.

Er spürte, wie ihn eine plötzliche Welle von Übelkeit und Schwindelgefühl durchlief. Dann entdeckte er auf dem Boden seine Pistole neben der Ampulle mit Scullys Blut. Die Hand auf die schmerzenden Rippen gepreßt, stolperte er darauf zu, bückte sich und hob beides auf.

Irgend etwas rann feucht und klebrig über seine Finger. Er starrte das Glasröhrchen an und erkannte, daß es zerbrochen war. Und jetzt lief ihm Scullys Blut über die Hände.

Scullys Blut klebte an seinen Fingern.

## 5

*Northeast Georgetown Medical Center*
*Washington D.C.*
*Intensivstation*

Hinter Scullys Bett herrschte die verhaltene Betriebsamkeit der Nachtschicht, um sie herum war alles still und ruhig. Alles, was sich bewegte, war der schwarze Gummiballon der Beatmungsanlage, der sich unermüdlich aufblähte und wieder erschlaffte, seufzte und zischte und sie am Leben erhielt. An der Grenze zwischen Leben und Tod.

Schwester Owens stand am Kopfende des Bettes und tupfte Scullys Stirn in unregelmäßigen Abständen mit einem kleinen weißen Tuch ab. Aber etwas hatte sich verändert. Bisher hatte Schwester Owens immer gelächelt, zumindest ein wenig. Jetzt aber war ihr Gesicht ernst und sorgenvoll.

# Elftes Kapitel

## 1

*Northeast Georgetown Medical Center*
*Washington D.C.*
*Warteraum der Intensivstation*

Schon vier Personen ließen den Raum vor der Intensivstation fast überfüllt erscheinen. Margaret Scully saß auf einem Sofa, Dr. Daly zu ihrer Rechten, Melissa zu ihrer Linken. Mulder stand vor ihnen, die Hände in den Taschen seines grauen Anzugs vergraben. Er wirkte mürrisch.

Daly beugte sich in seinem Sessel vor. Er richtete sich mit seinen Worten in erster Linie an Margaret, als er sagte: »Das Beatmungsgerät abzuschalten, bedeutet nicht unbedingt, den Stecker zu ziehen und ihr Leben zu beenden.«

Mulder schüttelte angewidert den Kopf und wandte sich ab. Er ging ein paar Schritte auf die Tür zur Intensivstation zu und blieb dann abrupt stehen. Margaret Scully schien davon nichts zu bemerken. Sie hatte die Hände gefaltet und den Blick starr auf den kleinen Tisch vor sich gerichtet.

»Karen Ann Quinlan lebte noch neun Jahre nach der Beendigung mechanischer Atemhilfe«, fuhr Daly fort.

»Ich glaube allerdings nicht ... daß das auch bei Ihrer Tochter der Fall sein wird, Mrs. Scully. Ich vermute, daß sie sich seit ihrem Verschwinden in diesem Zustand befindet und... keine Besserung eintreten wird.«

Melissa hörte ihm aufmerksam zu. Auf ihren Wangen zeichneten sich helle Flecken ab. Sie sah Daly ruhig und konzentriert an. »Hat sie die in ihrem Testament festgelegten Kriterien bereits unterschritten?«

Daly schüttelte den Kopf. »Nein.«

Margaret seufzte. Melissa saß steif und kerzengerade da, als habe sie ihre Entscheidung bereits getroffen. Mulder starrte sie an und erkannte, daß sie sich mit Scullys Ende bereits abgefunden hatte. Alles in ihm sträubte sich gegen diese Entscheidung. Er wandte sich wieder den anderen zu.

»Vielleicht ist es möglich, die DNS mit Designerantibiotika zu behandeln«, warf er ein.

Dr. Daly schaute ihn verärgert an. Das Licht spiegelte sich in seinen Brillengläsern. »Agent Mulder, ich habe keine Ahnung, wo Sie diesen abenteuerlichen Vorschlag aufgeschnappt haben. Aber ich glaube kaum, daß Sie in der Lage sind...«

»Sie haben uns bisher keine Antwort geliefert, wie sie hierhergekommen ist... oder was ihr fehlt«, unterbrach ihn Mulder nicht minder gereizt. »Wir müssen sie beobachten...«

Melissa hatte den Wortwechsel der beiden Männer verfolgt, und ihre Wangen röteten sich. »Dana ist kein Beweismittel«, fiel sie Mulder ins Wort.

Mulder schwieg einen Moment lang. Er spürte, wie ihm alles entglitt. Margaret, Melissa und Daly hatten aufgegeben, aber das würde er nicht tun. Das war ihm einfach nicht möglich. Warum konnte er ihnen nicht begreiflich machen, worum es hier ging? Er beugte sich zu Melissa hinab. »Sie ist hier auf Grund unnatürlicher Umstände.«

Melissa begegnete seiner Verbissenheit mit ihrer eigenen festen Überzeugung. »Sie liegt im Sterben. Das ist ein ganz natürlicher Vorgang. Wir verstecken die Menschen in Räumen wie diesem, um den Tod nicht miterleben zu müssen. Wir benutzen Maschinen, um Leben zu verlängern, das dem Tod geweiht ist. *Das* sind sehr viel unnatürlichere Umstände, als es alle Ursachen, die zu ihrem Tod führen, sein könnten.«

Während sie sprach, ließ Mulder den Kopf sinken. Er wollte ihre Argumente nicht hören.

Melissas Augen blitzten. »Das ist sehr *menschlich*. Ich liebe sie ... und es ist trotzdem richtig.«

Sie suchte seinen Blick, aber Mulder wich ihm aus, als fürchte er, ihre Argumente anerkennen zu müssen, wenn er ihr in die Augen sah.

Margaret Scully, die ein so dunkles Kleid trug, als sei sie bereits in Trauer, seufzte. Es war nur ein leises Seufzen, aber trotzdem richtete sich die Aufmerksamkeit der anderen sofort wieder auf sie. »Dana hat ... uns die Entscheidung abgenommen«, flüsterte sie mit gesenktem Kopf.

Ihre Stimme war ruhig und beherrscht. Als sie schließlich den Kopf hob und Mulder ansah, waren ihre Augen klar. Mulder wartete auf ihre nächsten Worte. Er wußte, was kommen würde, und fühlte eine leichte Übelkeit in sich aufsteigen.

Margaret schien es ebenfalls zu spüren. Ihre erschöpften, aber entschlossenen Züge entspannten sich ein wenig und wurden weich. »Fox ... die Freundschaft zwischen Ihnen und Dana war auf Respekt gegründet.« Sie stand langsam auf. »Erst letztes Jahr habe ich meinen

Mann verloren. Und Gott weiß, daß ich nicht auch noch mein kleines Mädchen verlieren möchte.«

Mulder hörte ihr gebannt zu. Ihm war klar, daß jedes ihrer Worte ein Abschied von der Hoffnung war, das Eingeständnis der Niederlage, mit der sie sich abgefunden hatte. Er konnte sich nicht dazu durchringen, sich ihr anzuschließen, und doch fühlte er sich von ihrem Mut und ihrer Entschlossenheit, zu tun, was getan werden mußte, zutiefst berührt.

Sie nickte ihm zu, als wisse sie, was in ihm vorging. »Aber wie Sie«, fuhr sie fort, »habe auch ich meine Tochter stets respektiert.«

Margaret verstummte. Dann schaute sie Dr. Daly zum ersten Mal direkt an. Ohne daß ein Wort fiel, wußte der Arzt, was ihr Blick bedeutete. Er erhob sich. Melissa schloß sich ihm an.

Alle standen wie erstarrt um den Tisch herum und warteten, bis Margaret langsam zur Tür der Intensivstation ging. Mulder trat einen Schritt zurück, um ihr den Weg freizumachen. Margaret legte die kurze Strecke mit großer Gefaßtheit zurück. Vor der Tür blieb sie noch einmal stehen, drehte sich um und schaute Mulder an.

»Fox? Dies ist ein Moment für die Familie ... aber ... wenn Sie möchten, können Sie sich uns anschließen.«

Mulder betrachtete sie voller Ernst. Er verstand nur zu gut, was sie ihm damit anbot, aber er konnte es nicht akzeptieren, trotz des Respekts, den er für sie und die Art empfand, wie sie ihren Kummer ertrug. Langsam schüttelte er den Kopf. Margaret nickte schweigend, drehte sich wieder um und durchquerte die Tür. Daly folgte ihr kurz darauf, nur Melissa blieb einen Augenblick lang zurück. Sie und Mulder starrten einander an, aber es gab nichts mehr zu sagen. Nach einer Weile verschwand sie ebenfalls hinter der Tür, und Mulder stand allein in dem kleinen Vorraum, den Blick auf einen Punkt irgendwo in der Ferne gerichtet.

Er wußte nicht, wie oder warum er die Vision erlebte, er versuchte nicht einmal, es zu verstehen. Es war die gleiche Szenerie wie zuvor. Der See, das kleine auf den Wellen dümpelnde Boot, Schwester Owens, die schweigend auf dem hölzernen Steg am Ufer stand. Das Seil, das vom Bug des Bootes zum Steg führte. Scully.

Ein unsichtbarer Wind erfaßte das Boot und trieb es vom Ufer fort, ließ es weiter auf die unendlich scheinende Fläche des Wassers hinausgleiten. Das durchhängende Seil hob sich, spannte sich und riß. Scully und das Boot trieben auf den See hinaus. Immer weiter.

Mulder schloß die Augen.

## 2

*FBI-Zentrale*
*Washington D.C.*
*Assistant Director Skinners Büro*

Walter Skinner starrte den Bericht an, der gerade auf seinem Schreibtisch gelandet war. Nach einer Weile blickte er zu dem Cigarette Smoking Man auf, der vor seinem Tisch stand.

»Lesen Sie es«, forderte ihn der Cigarette Smoking Man auf. Er deutete auf den Stapel Papier. »Es steht alles da drin.«

Skinner bewegte sich nicht. Er hielt den Blick weiter auf den Mann vor seinem Schreibtisch gerichtet und wartete darauf, was er sonst noch sagen würde.

Die Stimme des Cigarette Smoking Man war voller Spott. »Wenn Sie Probleme mit Mulder haben... Assistant Director Skinner ...« Er beugte sich vor und ergriff die Schachtel Morleys, die an der Kante der Schreibtischplatte lag, riß sie auf, entnahm ihr eine Zigarette und klopfte den Filter gegen die Seite der Schachtel. »Ich bin davon überzeugt, daß Sie verstehen ...«, fuhr er fort. »Für *uns* wäre es kein Problem.«

Er steckte sich die Zigarette zwischen die Lippen und hob das Feuerzeug.

»Äh ... hmm«, machte Skinner und deutete mit einem vorwurfsvollen Nicken auf das kleine Schild mit der Aufschrift: »Danke, daß Sie nicht rauchen.«

Der Cigarette Smoking Man zögerte einen Moment lang. Sein Gesichtsausdruck veränderte sich nicht. Er führte die Flamme des Feuerzeugs an die Morley, zündete sie an, inhalierte tief und blies eine dichte Qualmwolke über den Schreibtisch genau in Skinners Richtung. Dann lächelte er, drehte sich um und ging zur Tür. Einen Moment lang verharrte er noch neben dem Konferenztisch. Dort stand ein großer Kristallaschenbecher. Der Mann warf Skinner einen Blick zu, zögerte und drückte schließlich die kaum angerauchte Zigarette mit einer aufreizenden Bewegung im Aschenbecher aus. Eine seiner buschigen Augenbrauen schnellte in die Höhe, als wolle er die unausgesprochene Botschaft noch unterstreichen. *Ich hätte die Zigarette nicht anzünden müssen, aber ich habe es trotzdem getan. Sie haben mir nichts zu sagen, ich Ihnen dagegen schon.*

Dann setzte er sich wieder in Bewegung und verließ das Büro, ohne sich noch einmal umzusehen. Skinner beobachtete ihn aus schmalen Augen, die Lippen zu einem dünnen Strich zusammengepreßt.

Die Falten um seine Mundwinkel wurden tiefer, als er den Bericht zu lesen begann. Er hatte gerade die erste Seite umgedreht, als es klopfte. Skinner hob den Kopf.

»Ja, kommen Sie rein.«

Die Tür öffnete sich. Mulder steckte den Kopf herein. Skinner forderte ihn mit einer ungeduldigen Geste auf einzutreten. Mulder schloß die Tür hinter sich und ging zum Schreibtisch. Skinner deutete auf den Sessel zu seiner Rechten. »Setzen Sie sich«, befahl er schroff.

Mulder warf, als er Platz nahm, einen schnellen Blick in Richtung des Konferenztischs. Er bemerkte die zerdrückte Zigarette im Aschenbecher, von der noch immer ein dünner Rauchfaden aufstieg.

Skinner hielt den Bericht mit beiden Händen hoch. »Ich habe Sie auf Grund einiger... Gerüchte kommen lassen.« Er wedelte mit dem Papierstoß vor Mulders Nase herum. Mulder verzog keine Miene. Gereizt ließ Skinner den Bericht wieder auf den Schreibtisch fallen. »Gerüchte über einen Vorfall, der sich gestern abend im Krankenhaus ereignet hat.«

Mulder lehnte sich in dem schwarzen Ledersessel zurück.

Skinner warf ihm einen finsteren Blick zu. »Laut diesem Gerücht waren Sie in den Vorfall verwickelt. Haben Sie sich in der Wäscherei aufgehalten?«

»Nein, Sir«, antwortete Mulder, ohne zu zögern.

»Ein Mann wurde dort *exekutiert*, Agent Mulder.«

Mulder starrte ihn an, zuckte die Achseln und schüttelte den Kopf. »Ich war bei Scully.«

»Am Tatort wurden Spuren ihres Blutes gefunden.« Es war unverkennbar, daß Skinner mit jedem Wort wütender wurde, aber Mulder schien völlig ungerührt.

»Dürfte ich den Polizeibericht sehen?«

»Es existiert kein Polizeibericht über den Vorfall, Agent Mulder. Und es gibt auch keine Leiche. Das wissen Sie ganz genau.«

»Woher sollte ich das wissen, Sir, wenn ich keine Kenntnis von einem derartigen Vorfall habe?« erkundigte sich Mulder spöttisch.

Skinner sprang so unvermittelt aus seinem Sessel auf, daß dieser beinahe umgefallen wäre, umrundete den Schreibtisch, baute sich vor Mulder auf und fauchte: »*Hören Sie mit diesem Blödsinn auf!*«

Mulders gespielte Gelassenheit verflog. Er beugte sich vor, nicht minder aufgebracht, und die Worte sprudelten nur so aus ihm heraus. »Wie gefällt Ihnen das, wenn ständig alles abgestritten wird? Wenn Fragen nur mit Gegenfragen beantwortet werden?«

Skinner ballte frustriert die Hände zu Fäusten. »Ich will wissen, was dort passiert ist, verdammt noch mal!« Er verpaßte dem Schreibtisch einen Tritt, um seinen Worten Nachdruck zu verleihen.

Mulder starrte ihn eine Weile an, bevor er ebenfalls aufsprang. Er ging zu dem Konferenztisch, ergriff den Aschenbecher mit der ausgedrückten Morley, kehrte damit zu seinem Platz zurück und klatschte ihn auf Skinners Schreibtisch.

»*Er* steckt dahinter! *Das* ist passiert!«

Der Anblick des Aschenbechers schien Skinners Wut noch zu steigern.

»Der Krebskandidat!« stieß Mulder hervor. »*Er* ist für Scullys Zustand verantwortlich!«

»Woher wissen Sie das?«

»Es gibt da so ein Gerücht…«, erwiderte Mulder in abfälligem Tonfall.

Skinner schaute ihn drohend an, aber Mulder ließ sich nicht einschüchtern.

»Das ist nicht Ihr...«, begann Skinner.

»Sie können alles von mir haben«, fauchte Mulder angespannt, und seine Stimme wurde wieder lauter. »Meine Dienstmarke, die X-Akten. Sagen Sie mir nur, wo ich ihn finden kann.«

Skinner wich einen Schritt zurück. »Und was dann?« fragte er etwas ruhiger, aber noch immer aufgebracht. »Schläft er dann bei den Fischen? Wir sind nicht die Mafia, Agent Mulder. Ich weiß, es fällt manchmal leicht, das zu vergessen, aber wir arbeiten für das Justizministerium.«

Bei dem Wort Justizministerium blitzten Mulders Augen auf. »Alles, was ich will, ist Gerechtigkeit.«

»Agent Scully war eine gute Mitarbeiterin, und ich hatte sie wirklich gern«, fuhr Skinner fort. »Ich habe sie respektiert. Aber wir alle kennen unser Risiko, und wissen, was alles passieren kann. Wer nicht auf alle Eventualitäten vorbereitet ist, der sollte besser gar nicht erst anfangen.«

Mehr als alles andere war es Skinners Gebrauch der Vergangenheitsform, der Mulders Zorn schlagartig erlöschen ließ. Skinner sprach über Scully, als sei sie bereits tot. Auf einmal fühlte er sich innerlich leer und ausgehöhlt. Warum war Scully das nur zugestoßen?

Mulders Frage klang beinahe wie ein Flehen. »Was, wenn ich... die möglichen Konsequenzen gekannt und sie nicht gewarnt hätte?«

Skinner seufzte. »Dann wären Sie an ihrem Zustand genauso schuld wie...«, er warf einen kurzen Blick auf den Kristallaschenbecher und verzog angewidert die Lippen, »... wie der Krebskandidat.«

Skinner schien noch etwas sagen zu wollen, aber dann sah er nur stumm zu, wie Mulder das Büro verließ.

# 3

*Irgendwo ...*

Ein weißer Raum mit einem langen Tisch, auf dem Dana Scully lag. Sie trug ein hübsches weißes Kleid, das sie vom Hals bis zu den Fußknöcheln verhüllte, hatte die Augen geschlossen, und das bronzefarbene Haar umrahmte ihren Kopf wie ein ausgebreiteter Fächer. Ihre Arme lagen seitlich an ihrem Körper, die Handflächen nach unten gedreht. Ein weißes Licht ohne erkennbaren Ursprung fiel auf die Adern auf ihren Handrücken, ließ sie wie die leblose Maserung von Marmor aussehen. Kein Atemzug hob ihre Brust.

Die polierte Tischplatte unter ihr glänzte matt im unirdischen Licht. Es war völlig still, doch dann erklangen irgendwo wie aus unermeßlicher Ferne Schritte.

Nun wurde eine Wand am anderen Ende des Raumes sichtbar, doch es war nicht wirklich eine Wand, sondern eine Öffnung, die in eine andere Welt zu führen schien, eine Welt, unerreichbar fern. Die Schritte wurden lauter. Schwarze, auf Hochglanz polierte Schuhe tauchten aus der milchigen Dunkelheit auf, dann rasiermesserscharfe Bügelfalten von Hosenbeinen, eine weiße Uniformjacke voller militärischer Orden, und schließlich das lächelnde Gesicht von William Scully, der die Mütze seiner Ausgehuniform unter den Arm geklemmt hatte.

Er ging bis zum äußersten Rand des Raumes und blieb dann stehen, als gäbe es dort eine unsichtbare Grenze, die er nicht überqueren könne. Ein trauriges Lächeln umspielte seine vollen Lippen, als er die reglose Gestalt seiner Tochter betrachtete, und in seinen Augen glitzerten Tränen. Dann begann er mit leiser und zärtlicher Stimme zu sprechen:

»Hallo, Steuermann ... hier ist Ahab.«

Er zögerte, als fiele es ihm schwer, die richtigen Worte zu finden.

»Die Leute haben mir immer wieder gesagt, daß das Leben sehr kurz ist. Die Kinder werden viel zu schnell erwachsen, und bevor es einem richtig bewußt wird, ist alles vorbei.«

Seine Augen flackerten, aber sein Körper behielt die militärisch korrekte Haltung bei.

»Ich habe nie auf sie gehört.«

Er schien zu seufzen.

»Bis zu dem Moment ... als ich begriff ... daß ich dich nie wiedersehen würde. Mein kleines Mädchen. Da kam es mir so vor, als habe mein Leben nur einen Atemzug lang gewährt, nur ... einen Herzschlag lang. Ich habe nie gewußt, wie sehr ich meine Tochter liebe ... bis ich keine Möglichkeit mehr hatte, es ihr zu sagen.«

Er schwieg, als gingen ihm Erinnerungen durch den Kopf, die schon zu weit in der Vergangenheit lagen, um sie noch in Worte fassen zu können.

»In diesem Moment hätte ich jeden Orden, jede Auszeichnung und Beförderung dafür hergegeben ... nur eine Sekunde länger mit dir verbringen zu dürfen.«

Wieder verstummte er. Er sah seine Tochter zärtlich an. »Wir werden wieder vereint sein, Steuermann ... aber noch nicht jetzt.«

Er atmete tief durch. »Bald ...«

Sein Blick verharrte ein letztes Mal voller Liebe auf

Scully, dann drehte er sich um und kehrte in die Unendlichkeit zurück, aus der er gekommen war.

## 4

*Northeast Georgetown Medical Center*
*Washington D.C.*
*Intensivstation*

Der Beatmungsschlauch in Scullys Mund war ebenso verschwunden wie die meisten anderen Schläuche auch. Nur ein intravenöser Tropf und die Kabel, die von ihren Schläfen zum EEG-Gerät führten, waren zurückgeblieben. Die Linie auf dem Monitor schlug plötzlich aus, als sich Schwester Owens über Scullys lebloses Gesicht beugte.

»Dana, ich weiß, daß der Tod heute nacht sehr nahe ist. Aber Ihre Zeit ist noch nicht gekommen, Dana ...«

Sie verstummte, als habe sie eine wichtige Botschaft überbracht. Dann beugte sie sich noch weiter hinab und küßte Scully auf die Stirn. Wieder zeigte die Linie auf dem EEG-Monitor einen schwachen Ausschlag an. Nur einen kleinen, aber unmißverständlichen Ausschlag.

## 5

*Northeast Georgetown Medical Center*
*Washington D.C.*
*Cafeteria*

Diesen Raum als Cafeteria zu bezeichnen, war Mulders Meinung nach ziemlich übertrieben. Man konnte kein warmes Essen bekommen und die wenigen Tische waren unbesetzt. An den Wänden hingen ein paar Automaten, an denen man Limonade, Süßigkeiten und Sandwiches ziehen konnte. Außerdem gab es noch einen Zigarettenautomaten.

Mulder saß Melissa gegenüber, die Hände auf einen leeren Styroporbecher gelegt, die Stirn auf die Handrükken gestützt. Ein unbeteiligter Zuschauer hätte glauben können, daß er bete, aber das war nicht Fall. Mulder war lediglich so erschöpft, daß er Mühe hatte, sich noch aufrecht zu halten.

Melissa betrachtete ihn einen Moment lang und ließ dann das Sandwich sinken, an dem sie herumgeknabbert hatte. Sie ergriff eine Papierserviette und sagte: »Wissen Sie, Fox ... Entschuldigung, Mulder ...«

Mulder schaute aus blutunterlaufenen Augen auf. Seine Krawatte war gelockert und saß schief.

»Auch wenn Sie den Rest Ihres Lebens damit zubringen würden, alle Personen ausfindig zu machen, die dafür verantwortlich sind«, fuhr sie fort, »würde das Dana doch nicht zurückbringen.«

Er suchte nach einer passenden Erwiderung, aber ihm fiel keine ein. Melissa ertrug seinen starren Blick, ohne ihm auszuweichen. Ihre innere Überzeugung gab ihr die Kraft und die nötige Sicherheit.

»Wer auch immer ihr das angetan hat, wird eines Tages das gleiche schreckliche Schicksal erleiden.«

Mulder öffnete den Mund, schloß ihn wieder und nickte. Melissa hätte nicht sagen können, ob er ihr zustimmte oder ihre Worte einfach nur zur Kenntnis nahm.

»Gilt das auch für mich?« fragte er.

Darauf wußte nun Melissa keine Antwort. Sie blickte

ihn abwartend an, aber bevor er weitersprechen konnte, trat einen dunkelhaarige, junge Frau an ihren Tisch.

»Entschuldigen Sie, Sir. Haben Sie etwas Kleingeld für den Zigarettenautomaten?«

Mulder ließ sich in seinen Sessel zurücksinken und überprüfte seine Taschen. Er schüttelte den Kopf. »Nein, tut mir leid.«

Die Frau musterte ihn noch einen Moment lang, dann nickte sie und drehte sich um. Mulder schaute ihr nach.

»Was meinen Sie damit?« wollte Melissa wissen.

Die dunkelhaarige Frau blieb vor dem Zigarettenautomaten stehen, bückte sich und fuhr mit der Hand durch den Ausgabeschacht. Sie fand irgend etwas, betrachtete es und drehte sich zu Mulder um. Wieder schien ihr Blick eine Weile auf ihm zu verharren.

»Hier liegt schon eine Schachtel«, rief sie. »Morleys ... nicht meine Marke.« Sie zuckte die Achseln und verließ die Cafeteria.

Mulder ignorierte Melissas Frage, stand auf, trat an den Zigarettenautomaten heran und fingerte das Päckchen Morleys heraus. Es sah ganz gewöhnlich aus, rot und weiß und mit Zellophanfolie umhüllt. Er riß die Hülle auf, öffnete die Schachtel und entdeckte etwas zwischen der Silberfolie und der Innenwand der Schachtel. Ein Stück Papier. Er zog es hervor und entfaltete es vorsichtig.

Irgend jemand hatte in ordentlichen Buchstaben mit dunkler Tinte eine Adresse auf den Papierfetzen geschrieben. 900 West Georgia Street.

Mulder warf die Zigarettenschachtel achtlos in den Papierkorb neben dem Automaten und stopfte sich den Zettel in die Tasche. Er kehrte zu Melissa zurück und griff nach seiner Anzugjacke, die auf einem Stuhl lag.

Melissa starrte ihn neugierig an. »Was ist los?«

»Ich muß gehen«, erklärte Mulder knapp. Er streifte sein Jacket über.

»Mulder...«

Er schüttelte nur den Kopf, drehte ihr den Rücken zu und ging. Nach einer Weile nahm Melissa ihr Sandwich und biß hinein.

# 6

*Apartment 900 West Georgia Street*
*Wohnzimmer*

Der Raum war so unpersönlich eingerichtet wie ein beliebiges Motelzimmer an irgendeiner Interstate. Das Licht einer Lampe, die auf einem zerkratzten Holztisch stand, fiel auf ein Fernsehgerät. Ein alter Schwarzweißfilm flimmerte über den Bildschirm. Der knisternde Ton überlagerte alle anderen Geräusche.

Neben einem abgewetzten Armsessel stand ein weiterer Tisch, darauf zwei Bierflaschen – eine leer, die andere noch halbvoll mit schalem lauwarmen Bier – ein rechteckiger Glasaschenbecher, der fast von vorzeitig ausgedrückten Zigarettenstummeln überquoll, eine fast leere Schachtel Morleys und eine Beretta Modell 92F Kaliber 9 Millimeter, die den alten 45er Colt Automatik als Standardfaustfeuerwaffe der U.S. Army abgelöst hatte.

Der Cigarette Smoking Man schnippte die Asche von seiner Zigarette und führte sie an den Mund. Er saß schlaff in seinem Sessel und verfolgte den Film ohne große Aufmerksamkeit und mit absolut ausdrucksloser Miene. Als er die Hand nach der Bierflasche ausstreckte, hörte er irgendwo im Haus ein Geräusch. Vielleicht aus dem Nachbarapartment, vielleicht vom Ende des Flurs her.

Er beugte sich vor und wollte nach seiner Pistole greifen, doch als seine Finger den Kolben gerade berührten, erklang direkt hinter seinem Schädel das unverkennbare Schnappen und Einrasten einer durchladenden Automatik. Er erstarrte, doch nur für einen kurzen Augenblick. Dann hatte sich schon Mulders Hand in seine Schulter gekrallt und ihn gegen die Sessellehne zurückgestoßen.

Der Oberkörper des Mannes erschlaffte. Mulder schob sich um den Sessel herum und richtete seine Waffe auf die Stirn seines Gegenübers. Der Cigarette Smoking Man starrte genau in die Mündung. Aus dieser Entfernung konnte er sehen, daß die Pistole, die Mulder mit beiden Händen festhielt, leicht zitterte.

»Wie haben Sie mich gefunden ...?« begann der Cigarette Smoking Man, aber Mulder schnitt ihm mit wütender Stimme das Wort ab.

»Halten Sie den Mund!« herrschte er ihn an. »Heute abend stelle ich hier die Fragen, und Sie ... Sie Hurensohn werden sie mir beantworten!«

Der Cigarette Smoking Man blickte in Mulders lodernde Augen, aber weder die unbeherrschte Wut, die er darin sehen konnte, noch die auf ihn gerichtete Waffe schienen ihn sonderlich zu beeindrucken. Seine Augen wurden schmal. »Versuchen Sie nicht, mich einzuschüchtern, Mulder.«

Mulder wußte, daß er am Rande eines Abgrunds stand. Ein kurzes Krümmen seines Zeigefingers, und dieser Mann wäre nichts weiter mehr als die tote, blutige Hülle eines Menschen. Nur ein einziger Schuß, und all die Intrigen und finsteren Pläne dieses Mannes wären ein für allemal zunichte gemacht. Und wer würde Mulder deshalb schon Vorwürfe machen? Wer sollte ihn dafür schuldig sprechen? Wer sollte überhaupt davon erfahren?

Der Cigarette Smoking Man schien Mulders innere Zerrissenheit zu spüren, denn seine Lippen verzogen sich zu der Andeutung eines Lächelns, während er eine Morley aus der Schachtel fischte und sie an seinen Mund führte.

Mulder holte kräftig aus und schlug die Hand des Mannes zur Seite. Die Zigarette flog quer durch das Zimmer, und zum ersten Mal schien der Cigarette Smoking Man Mulder richtig wahrzunehmen und zu begreifen, wie ernst es dem Agenten war. Er hob fragend die Augenbrauen und wartete.

»Warum sie?« Mulders Stimme bebte vor kaum noch kontrollierten Zorn.

Der Cigarette Smoking Man starrte ihn abschätzend an, ohne etwas zu erwidern.

»Warum sie und nicht ich?«

Schweigen.

»Antworten Sie!« brüllte Mulder.

»Weil ich Sie mag«, erwiderte der Mann mit dem faltigen Gesicht schlicht. Er zögerte einen Moment lang, schien nachzudenken und fuhr dann fort: »Ich mag Scully ebenfalls. Aus diesem Grund haben Sie sie zurückbekommen.«

»Sie sollten derjenige sein, der sterben muß!« Mulders Stimme drohte sich zu überschlagen. Er entsicherte seine Pistole. Das Klicken der einrastenden Mechanik klang scharf und tödlich. Trotzdem zeigte der Cigarette Smoking Man keinerlei Regung.

»Warum?« fragte er ungerührt. »Sehen Sie mich an:

Keine Frau, keine Familie.« Er schwieg einen Moment lang. »Nur ein bißchen Macht. Ich bin gut in diesem Spiel, weil ich glaube, daß das, was ich tue, richtig ist.«

»Richtig?« Die kühle Selbstzufriedenheit des Cigarette Smoking Man reizte Mulder bis aufs Blut. »Richtig? Wer sind Sie, daß Sie glauben, entscheiden zu können, was richtig ist?«

»Und wer sind Sie?«

Der Cigarette Smoking Man schien zu spüren, daß etwas zwischen ihnen geschah, daß sich etwas veränderte. Er starrte Mulder in die Augen. »Wenn die Menschen die Dinge wüßten, die ich weiß... dann würde alles auseinanderbrechen.«

Aber Mulder wollte ihm nicht zuhören. Er war nur aus einem Grund gekommen...

Sein Griff um die Pistole wurde fester. Schweiß glänzte auf seiner Stirn.

»Ich habe Skinner erzählt, Sie seien es gewesen, der den Mann im Krankenhaus erschossen hat, aber eigentlich habe ich es nicht wirklich geglaubt«, sprach der Cigarette Smoking Man weiter. »Und jetzt sind Sie hier und zielen mit Ihrer Kanone auf meinen Kopf, Mulder. Sie sind zu einem ebenbürtigen Gegner geworden.«

Mulder atmete tief durch und hob den Lauf seiner Waffe ein wenig. Seine Schultern verkrampften sich vor Anspannung.

Diesmal war das Achselzucken seines Gegenübers unübersehbar spöttisch. »Sie könnten mich jetzt natürlich töten, aber dann würden Sie die Wahrheit nie erfahren.«

Der Augenblick schien sich endlos zu dehnen. Mulders Pistole begann zu zittern. Der Cigarette Smoking Man nickte. Übergangslos wurden seine Augen kalt.

»Das ist der Grund, weshalb ich gewinnen werde«, sagte er.

Mulder senkte resigniert den Blick. Er brachte es einfach nicht fertig, kaltblütig einen Menschen zu ermorden, nicht einmal diesen Mann, den er mehr als alles andere auf der Welt haßte.

»Seien Sie unbesorgt«, fuhr der Cigarette Smoking Man fort, und sein Tonfall verriet deutlich die Geringschätzung, die er für Mulder empfand. »Das hier wird unser Geheimnis bleiben. Wir wollen doch nicht, daß die anderen … Gerüchte in die Welt setzen.«

Mulder konnte es nicht mehr ertragen. Er steckte die Pistole weg. Der Cigarette Smoking Man griff nach der Zigarettenschachtel, zog eine Morley hervor und zündete sie an. Er sah ruhig zu, wie sich Mulder umdrehte und das Apartment verließ, ohne die Tür hinter sich zu schließen.

Der Cigarette Smoking Man lächelte, doch als er die Zigarette aus seinem Mund nahm, zitterten seine Finger. Er wußte, wie knapp es gewesen war. Wären die Rollen vertauscht gewesen, wäre er jetzt tot. Aber er hatte überlebt.

Weil Mulder schwach war.

Der Cigarette Smoking Man ergriff die halbvolle Flasche Bier und leerte sie in wenigen Zügen.

# 7

*FBI-Zentrale*
*Washington D.C.*
*Fox Mulders Büro*

Das Licht im Büro war dämmrig. An den Wände klebten Fotos, forensische Bilder, ausgeschnittene Zeitungsberichte und ein großes Plakat. Überall herrschte ein wirres Durcheinander. Mulder saß an seinem Schreibtisch vor dem Computer, seine Finger huschten über die Tastatur.

Er beendete seine Arbeit und beugte sich vor, um das Geschriebene zu lesen. Der Text schien in Ordnung zu sein. Er schaltete den Drucker an und lauschte dem leisen Brummen, bis das Schriftstück in den Auffangkorb fiel. Er hob es hoch und hielt es gegen das Licht. Das Schriftbild war sauber. Seine Lippen bewegten sich lautlos, während er den kurzen Text noch einmal las.

»An Assistant Director Walter Skinner. Bitte nehmen Sie meine Kündigung beim Federal Bureau of Investigation mit sofortiger Wirkung zur Kenntnis.«

Er seufzte, legte den Brief auf den Schreibtisch und unterzeichnete ihn. »Hochachtungsvoll, Fox Mulder.«

Dann starrte er lange Zeit auf seinen Namen. Seine Schultern sanken kraftlos herab. Er hörte immer noch die spöttische Stimme des Cigarette Smoking Man. Seine Gedanken überschlugen sich, Gedanken an Duane Barry, Scully ...

Er konnte die Vorstellung, versagt zu haben, nicht länger ertragen. Es wurde Zeit, Konsequenzen zu ziehen.

Zeit zu gehen.

# 8

Obwohl draußen die Sonne schien, war es in Mulders Büro dämmrig. Das Halbdunkel erschien ihm der Situation angemessen. Es paßte zu seiner düsteren Stimmung.

Mulder stand in einer Ecke seines Büros und betrachtete nachdenklich ein altmodisches Messingmikroskop. Neben dem Mikroskop war ein Poster an die Wand geheftet. Es zeigte ein UFO, das inmitten eines strahlenden Lichts über einer bewaldeten Berglandschaft schwebte. Am unteren Rand des Posters standen vier Worte in großen, weißen Blockbuchstaben: I WANT TO BELIEVE.

Der vertraute Anblick spendete ihm ebensowenig Trost wie die Nacht zuvor das Schreiben seiner Kündigung.

Er ergriff das Mikroskop, drehte sich um und trug es zu einem großen Karton, der auf seinem Arbeitstisch stand. Der Karton war noch nicht voll, aber das würde sich schon bald ändern. Vorsichtig verstaute er das Mikroskop und blickte auf, als er wahrnahm, daß sich der Knauf der geschlossenen Bürotür drehte, ohne daß jemand angeklopft hätte.

Die Tür öffnete sich, und das Licht aus dem Korridor beleuchtete Assistant Director Skinners breite Schultern. Skinner blieb einen Moment lang in der Tür stehen, bevor er das Büro betrat. Er trug keine Jacke, sein Hemd war makellos weiß, der Krawattenknoten mit penibler Sorgfalt gebunden. Die Art, wie er sich umsah, ließ vermuten, daß er eigene Erinnerungen mit diesem kleinen, abgelegenen Büroraum verband.

Er nickte Mulder zu. »Als ich damals beim FBI angefangen habe, stand hier noch der Kopierer.«

»Dann ist der Raum wenigstens damals sinnvoll

genutzt worden«, erwiderte Mulder. Er wandte Skinner den Rücken zu, ergriff einen Stapel Bücher und ging damit zu dem Karton hinüber. Seine Haltung verriet unmißverständlich, daß er in Ruhe gelassen werden wollte.

Skinner baute sich Mulder gegenüber auf. Er zog ein Blatt Papier hervor, riß es in der Mitte durch, legte die Hälften zusammen und zerriß sie noch zweimal, als sei der Inhalt des Schreibens eine persönliche Beleidigung. Dann hob er die Fetzen hoch und sah Mulder an. »Ihre Kündigung ist inakzeptabel«, erklärte er und ließ die Papierfetzen auf den Tisch fallen.

Mulder verharrte reglos. Skinner schüttelte den Kopf.

»Ich weiß, daß Sie sich die Schuld für Agent Scullys Lage geben, aber ich werde nicht akzeptieren, daß Sie sich durch Ihre Kündigung dafür selbst bestrafen.«

Mulder betrachtete ihn mit ausdrucksloser Miene und fuhr dann fort, die Bücher in dem Karton zu verstauen. »All die forensischen Untersuchungen, die Zeugenbefragungen und Ermittlungen vor Ort«, begann er nach einer Weile, »und ich weiß immer noch nicht, was passiert ist. Scully zu verlieren... meine Selbstachtung... ich verabscheue das, was aus mir geworden ist.«

Er starrte Skinner an, dann drehte er sich um. Er wollte es endlich hinter sich bringen.

Skinner ging langsam in Mulders Büro hin und her. Er begutachtete Plakate und Papiere, aber es war unverkennbar, daß er mit den Gedanken woanders war. Nach einer Weile wandte er sich wieder Mulder zu. »Als ich achtzehn Jahre alt war, bin ich nach Vietnam gegangen. Ich wurde nicht eingezogen, Agent Mulder. Ich habe mich an meinem achtzehnten Geburtstag freiwillig zu den Marines gemeldet.«

Auf den ersten Blick schienen seine Worte nichts mit dieser Situation zu tun zu haben, aber Mulder spürte, daß in ihnen eine Bedeutung verborgen lag, die er noch nicht erfassen konnte. Er hörte auf zu packen und wartete.

»Ich habe... es aus Überzeugung getan.« Skinner sprach langsam, stockend und zögernd, als erforsche er zum ersten Mal seit vielen Jahren wieder seine eigenen Gefühle. »Ich habe es getan... weil ich glaubte, daß es richtig sei. Vielleicht glaube ich das sogar immer noch... ich weiß es nicht genau.«

Mulder fühlte sich gegen seinen Willen seltsam berührt von Skinners Worten. Er versuchte, seine Gefühle zu verbergen, indem er ein Buch aufschlug und es durchblätterte, ohne die Seiten wirklich zu sehen. Aber er hörte weiter zu.

Skinners Augen schienen in weite Ferne zu blicken.

»Ich war drei Monate in Vietnam«, fuhr Skinner fort, »als ein etwa zehn Jahre alter Junge in unser Lager kam, der am ganzen Körper Granaten trug. Und ich... habe ihm aus kaum zehn Metern Entfernung den Kopf weggepustet.«

Er zögerte und seufzte. »Ich verlor meinen Glauben. Nicht an mein Land oder mich selbst... einfach an alles. Es ergab einfach alles keinen Sinn mehr.«

Obwohl Mulder ihm mittlerweile gebannt lauschte, vermied es Skinner, ihn anzusehen. Er hatte den Blick auf den Boden gerichtet, als schäme er sich seiner Worte. »Eines nachts gerieten wir auf einer Patrouille in einen Hinterhalt. Es erwischte uns... *alle*. Jeden einzelnen von uns.«

Nach einer Weile hob er wieder den Kopf, als hoffte er auf Verständnis. »Ich blickte... auf meinen eigenen Körper hinab. Zuerst begriff ich nicht, daß ich es war, bis ich sah, wie die Vietcong mir die Uniform auszogen und mir die Waffen abnahmen. Ich blieb im dichten Dschungel zurück. Alles war friedlich, ich hatte keine Angst. Ich hielt Wache über meine toten Kameraden und ... über mich selbst.«

Er sprach jetzt schneller, als habe er den schlimmsten Teil bereits hinter sich gebracht. Vielleicht war es tatsächlich so, denn jetzt schaute er Mulder wieder direkt an. »Am Morgen fanden uns die Sanitäter. Sie wollten mich gerade in einen Leichensack stecken, doch dann ... ich schätze, sie fühlten einen schwachen Puls. Ich weiß es nicht. Zwei Wochen später bin ich in einem Krankenhaus in Saigon wieder aufgewacht.«

Skinner musterte Mulder nachdenklich. »Ich habe Angst, mich tiefer mit diesem Erlebnis zu befassen, Agent Mulder. Sie ... Sie kennen diese Angst nicht.« Er schwieg einen Moment lang. »Ihre Kündigung ist inakzeptabel.«

Er warf einen flüchtigen Blick auf das zerrissene Kündigungsschreiben und starrte Mulder lange in die Augen, bevor er sich umdrehte und energisch zur Tür ging. Jetzt war er wieder Assistant Director Walter Skinner. Der verängstigte junge Marine, der etwas erlebt hatte, was er nicht verstehen konnte, nicht verstehen *wollte*, war wieder im Dunkel seiner verdrängten Erinnerungen verschwunden.

Kurz bevor Skinner die Tür erreichte, fand Mulder die Sprache wieder. »Sie ... Sie haben mir die Adresse des Krebskandidaten gegeben.«

Skinner blieb stehen, vergrub die Hände in den Hosentaschen, drehte sich halb herum und starrte an die Decke.

»Sie haben Ihr Leben riskiert«, sagte Mulder.

»Agent Mulder, jedes Leben ist in Gefahr... jeden Tag«, erwiderte Skinner. »Das liegt nun mal in der Natur der Sache.«

Er zögerte noch einen Augenblick lang, dann machte er endgültig kehrt, verließ das Büro, ohne sich noch einmal umzudrehen, und schloß leise die Tür hinter sich.

Mulder blieb reglos stehen und lauschte Skinners Schritten, die langsam im Korridor hinter der Tür verklangen. Irgendwann wurde ihm bewußt, daß er immer noch das Buch in den Händen hielt. Er legte es zu den anderen in den Karton.

## 9

*FBI-Zentrale*
*Washington D.C.*
*Tiefgarage*

Es war Nacht geworden, und das Treppenhaus, das zur Tiefgarage hinunterführte, wurde nur von ein paar vereinzelten schwachen Lichtern notdürftig erleuchtet. Mulder schleppte sich müde die Stufen hinunter, den Karton mit seinen Sachen in beiden Händen. Er hatte gerade die Tiefebene erreicht, als er im Schatten eine Bewegung bemerkte. Mulder zuckte zurück, ließ den Karton fallen, erkannte dann das angespannte Gesicht von X und entspannte sich wieder.

X trat auf ihn zu und hob die rechte Hand, in der er einen blauweißen Umschlag hielt. »Hier ist Ihr Flugtikket«, sagte er.

»Aber wir haben uns doch gerade erst kennengelernt.«

X ignorierte Mulders Anflug von Humor. »Ich kann

Ihnen nicht sagen, warum sie entführt wurde... Das würde zu sehr in meine Nähe führen.«

Mulder warf einen Blick auf den Karton zu seinen Füßen und seufzte.

X rückte noch näher an ihn heran. »Ich liefere Ihnen die Männer, die Ihre Partnerin entführt haben.«

»Wie?«

»Sie glauben, daß Sie die Stadt verlassen haben.« X hielt ihm das Flugticket hin. »Sie glauben, daß Sie Informationen über Scully zu Hause in Ihrem Schreibtisch aufbewahren.«

Mulder starrte das Ticket an. Er erinnerte sich an die kalte Brutalität, mit der X den namenlosen Mann in der Krankenhauswäscherei hingerichtet hatte, und jetzt spürte er erneut die völlige Mißachtung menschlichen Lebens, die von diesem Mann ausging.

»Heute abend um 20:17 Uhr werden sie Ihr Apartment durchsuchen. Die Männer sind bewaffnet, aber Sie werden sie bereits erwarten.«

»Erwarten?«

X nickte. »Um sich zu verteidigen... mit äußersten Mitteln und auf eine endgültige Art und Weise.« Er machte eine eindeutige Geste mit dem Umschlag. »Das ist Ihre einzige Möglichkeit, Mulder. Das Gesetz wird diese Leute nicht zur Rechenschaft ziehen.«

*Nein*, dachte Mulder, *das glaube ich auch nicht. Weil die Leute, die Scully das angetan haben, das Gesetz* sind. *Zumindest ein Teil davon.*

Also ignorierte er seine Zweifel. Vielleicht hatte der Cigarette Smoking Man nur die Befehle gegeben. Andere hatten sie ausgeführt, hatten Scully von Duane Barry übernommen, sie festgehalten, ihr unsägliche Dinge angetan und sie dann mehr tot als lebendig zurückgebracht.

Und das hatte auch ihn selbst zerstört. Und dieser... diese Unbekannten würden dafür zahlen müssen.

X hielt Mulder das Ticket hin. Der nickte und nahm es an.

»Nach dem heutigen Abend werden wir mehrere Wochen lang keinen Kontakt mehr aufnehmen können«, fügte X hinzu. Er schwieg, dann drehte er sich um und tauchte in der Dunkelheit unter. Mulder blieb allein zurück und starrte das Ticket in seiner Hand an.

# Zwölftes Kapitel

## 1

*Fox Mulders Apartment*
*Washington D.C.*

Das einzige Licht in Mulders Apartment stammte von den Straßenlaternen und dem Nachthimmel. Er saß auf einem Stuhl an seinem kleinen runden Eßtisch und starrte ins Nichts. Schweiß glitzerte in der Dunkelheit auf seiner Stirn, doch das war der einzige Hinweis auf seine innere Anspannung. Sein Gesicht war ausdruckslos und starr.

Seine Automatik Kaliber 9 Millimeter lag auf dem Tisch neben seiner rechten Hand und schimmerte matt im spärlichen Licht.

Mulders Gesicht war der Eingangstür zugewandt, durch die um 20:17 Uhr...

Voller Unbehagen veränderte er seine Haltung. Er wollte nicht weiter darüber nachdenken, wer durch diese Tür treten würde. Und was er tun würde, wenn es soweit war.

Ein dünner Lichtstreifen schimmerte unter dem Türspalt hindurch. Auf einmal vernahm er leise Schritte. Vor der Tür bewegte sich etwas. Mulder hob die linke Hand und warf einen Blick auf seine Armbanduhr. 19:30 Uhr.

Zu früh. Aber vielleicht hatte X einen Fehler gemacht,

oder die Männer hatten ihren Plan geändert. Vielleicht war es auch ein Falle.

Schlagartig war er hellwach. An der Tür ertönte ein leises Klopfen. Mulders Finger schlossen sich fest um den Griff seiner Pistole. Das Klopfen wiederholte sich, diesmal lauter und fordernder. Er beugte sich in seinem Stuhl vor, spannte sich an …

»Mulder?«

… und entspannte sich sofort wieder. Melissa! Was, zum Teufel, hatte Melissa hier zu suchen? Er legte die Pistole auf die Sitzfläche eines anderen Stuhls, so daß sie unter der Tischplatte verborgen war. Dann stand er auf, ging zur Tür und öffnete sie. Mulder wurde schwindlig vor Augen, und offenbar war ihm das anzusehen. Melissa starrte ihn an, als habe sein Anblick ihr einen Schock versetzt. Er versperrte ihr den Eingang.

»Es tut mir leid …«, begann sie, ohne die Augen von ihm abzuwenden.

Er bewegte sich ein wenig, trat jedoch nicht zur Seite. Melissa konnte sehen, daß die Wohnung hinter ihm im Dunkeln lag. »Ich bin nur vorbeigekommen … weil Sie nicht ans Telefon gegangen sind, und Ihr Anrufbeantworter nicht eingeschaltet ist.«

Mulder betrachtete sie ohne erkennbare Regung. Er nickte. Seine Ungeduld war unübersehbar. Auch Melissa entging sie nicht. Trotzdem blieb sie beharrlich.

»Darf ich reinkommen?«

Er antwortete nicht, und sie deutete sein Schweigen als das, was es war: eine Ablehnung.

»Nur für eine Sekunde?«

Wieder schwieg er, doch dann öffnete er die Tür etwas weiter, trat einen Schritt zurück und nickte ihr zu. Melissa blieb unmittelbar hinter der Türschwelle stehen und sah sich um, als fürchte sie sich, weiterzugehen. Doch sie hatte eine Botschaft zu überbringen.

»Warum ist es hier so dunkel?«

Mulder starrte sie an. »Weil das Licht aus ist.« Er hatte die Tür nicht losgelassen, eine stumme Aufforderung, es kurz zu machen. Sie verstand die Geste sehr genau.

»In ... Ordnung. Ich komme gerade aus dem Krankenhaus. Doktor Daly sagt, daß Dana ... schwächer wird. Sie könnte jeden Moment ... Deshalb dachte ich, daß Sie vielleicht mitkommen wollen.«

»Nein, ich kann nicht.« Die schroffe Art, mit der er ihr ins Wort fiel, verschlug ihr die Sprache und machte sie gleichzeitig wütend. »Ich habe geglaubt, daß Sie kommen würden«, stieß sie mit mühsamer Beherrschung hervor.

»Ja. Das würde ich auch gern. Aber ich kann nicht. Nicht jetzt.« Mulder wußte, daß sie ihn nicht verstehen konnte, aber wie sollte er ihr das jetzt erklären? Wie sollte er Melissa klarmachen, daß er nicht bei Scully sein konnte, wenn sie starb, weil er hier in der Dunkelheit wartete, um die Männer zu töten, die sie umgebracht hatten?

Melissa spürte das Gewicht des Kristalls, den sie an einem schwarzen Band um den Hals trug. Als sie die gequälten, versteinerten Züge Mulders betrachtete, glaubte sie, noch etwas anderes fühlen zu können.

Sie hielt sich nicht für übersinnlich begabt, doch sie vertraute ihrer Intuition, die sie in die Lage versetzte, die Dinge in ihrer Umgebung wahrzunehmen und zu begreifen, wie seltsam sie auch sein mochten. Und jetzt kam es ihr so vor, als sei Mulder von einem schwachen, pulsierenden roten Glühen umgeben. Die Erscheinung bewegte sich mit ihm mit, als er jetzt die Tür ein Stückchen weiter aufzog, offensichtlich um sie aufzufordern, seine Wohnung zu verlassen. Doch bevor sie gehen konnte, mußte sie ihm noch sagen, was sie zu wissen glaubte: »Es bedarf keiner besonderen Fähigkeiten, um zu erkennen, daß Sie sich heute abend an einem sehr dunklen Ort befinden.«

Mulder starrte sie an und nickte kaum merklich. Es war eine Geste der Zustimmung, keine Aufforderung fortzufahren, wie Melissa wußte.

»Viel dunkler als der Ort, an dem meine Schwester jetzt ist...«

Mulder zuckte leicht zusammen und vermied es, ihr ins Gesicht zu sehen.

»Und freiwillig tiefer in diese Dunkelheit einzutauchen, wird ihr erst recht nicht helfen. Nur das Licht...«

Er stöhnte leise auf. Seine nächsten Worte klangen, als müsse er sie aus seinem tiefsten Inneren hervorwürgen. »Genug von diesem esoterischen Geschwafel. Mit dem, was Sie da erzählen, kann ich überhaupt nichts anfangen.«

Zwar hatte sie ihm eine schreckliche Botschaft überbracht, doch mit diesem blinden, zerstörerischen Zorn hatte sie nicht gerechnet. »Warum können Sie nicht *einmal* Ihren Zynismus vergessen?« fragte sie scharf. »Nur weil etwas positiv und gut ist, muß es noch lange nicht albern und trivial sein!«

Mulders Gesicht sah furchtbar aus. Und Melissa glaubte zu verstehen, woran das lag.

»Warum fällt es Ihnen so viel leichter, in der Gegend herumzurennen und Rache zu üben, als Dana zu zeigen, was Sie empfinden? Ich erwarte mehr von Ihnen. Und Dana erwartet ebenfalls mehr...«

Als sie den Namen ihrer Schwester aussprach, verzog

Mulder das Gesicht, als habe sie ihn geschlagen. Seine Hand krallte sich um den Türgriff. Diese Genugtuung würde sie ihm nicht geben. Sie würde sich nicht von ihm aus der Wohnung werfen lassen. Melissa schob sich an Mulder vorbei und trat auf den Flur hinaus, doch dann blieb sie noch einmal stehen. »Auch wenn Dana das nicht zurückbringt, wird sie es vielleicht spüren. Und Sie auch.«

Dann war sie verschwunden. Mulder schlug die Tür hinter ihr zu. Er konnte das leiser werdende Klappern ihrer Absätze im Flur hören. Einen Moment lang stand er einfach nur da, so aufgewühlt, daß er am ganzen Körper zitterte. Dann seufzte er. Er kehrte an den Eßtisch zurück und setzte sich. Nach einer Weile zog er die Pistole hervor und legte sie so auf den Tisch, daß er sie jederzeit problemlos erreichen konnte.

Er warf einen Blick auf seine Uhr. Es war 19:47 Uhr.

Langsam wandte er das Gesicht wieder der Tür zu. Die Nacht war dunkel. Seine Wohnung war dunkel. Alles war dunkel.

## 2

*Northeast Georgetown Medical Center*
*Washington D.C.*
*Intensivstation*

Als Mulder an diesem Abend die Station durchquerte, erinnerte sie ihn an eine Kirche. Alles war still, nur wenige Lampen spendeten ein schwaches Licht.

Selbst von Schwester Wilkins war nichts zu sehen. Mulder ging an den anderen Patienten vorbei und erreichte Scullys Bett. Er konnte an ihr kein Anzeichen von Schmerzen oder Krämpfen entdecken. Wenn der Tod tatsächlich zu ihr gekommen war, dann war das lautlos und unauffällig geschehen.

Mulder zog einen Stuhl näher an das Bett heran und setzte sich. Scully lag auf dem Rücken. Ihre Haut war bleich, ihre Brust hob und senkte sich kaum merklich. Mulder warf einen Blick auf die EEG-Anzeige. Die Linie ihrer Lebensfunktionen war regelmäßig, aber die Ausschläge waren schwach, furchtbar schwach.

Langsam streckte er eine Hand aus und verflocht seine Finger mit den ihren. Sie reagierte nicht. Ihre Haut war kühl und etwas feucht. In der Berührung ihrer Finger erkannte er ihre und seine Sterblichkeit. Es war diese Sterblichkeit, gegen die er bisher angekämpft hatte.

Das war es, wovor er geflohen war, vor der Wahrheit, die am Ende aller Dinge wartet, vor der Wahrheit, der man nicht entkommen kann. Und jetzt lag sie deutlich vor ihm. Man konnte sich ihr nicht widersetzen. Die einzige Möglichkeit, sie zu besiegen, bestand darin, sie zu akzeptieren.

Mulder atmete stockend. Als er zu sprechen begann, schienen die Worte aus einer Quelle tief in seinem Inneren zu kommen, die er selbst nicht genau fassen konnte.

»Ich spüre, Scully... daß Sie nicht glauben, daß die Zeit zu gehen für Sie schon gekommen ist, und Ihr Glaube war immer sehr stark.«

Er schwieg einen Augenblick. »Ich... weiß nicht, ob meine Anwesenheit Ihnen irgendwie helfen kann, den Weg zurückzufinden.« Wieder schwieg er eine Weile, dann sprach er weiter: »Aber... ich bin hier.«

Sie reagierte nicht. Es gab nichts mehr, was er sagen konnte. Und doch blieb er, betrachtete ihr Gesicht, gestattete sich zum ersten Mal, sich der reinigenden Kraft des Kummers hinzugeben.

Er hielt Scullys Hand und wartete. Es war ein Moment, der so alt war wie die Menschheit selbst. Es war die Bereitschaft, das Unausweichliche zu akzeptieren. Die Totenwache.

Er ließ ihre Hand los und lehnte sich zurück. Der schwarze Minutenzeiger der runden Uhr über Scullys Bett sprang einen Schritt weiter.

20:17 Uhr.

Mulder wartete.

## 3

*Fox Mulders Apartment*
*Washington D.C.*

Mulder zögerte kurz vor seiner Wohnungstür und lauschte, konnte aber nichts hören. Die Automatik hielt er in der rechten Hand, dicht an seinen Oberschenkel gedrückt. Nach einer Weile schob er den Schlüssel so leise wie möglich ins Schloß und drehte ihn herum. Die Tür öffnete sich einen Spalt breit, und noch immer sah und hörte er nichts.

Er drückte die Tür vollends auf und trat ein. Das Apartment lag in tiefer Dunkelheit. Es war die finsterste Stunde der Nacht. Auch ohne sich umzusehen, wußte er, daß die Wohnung leer war. Mulder schob seine Pistole in das Holster zurück und durchquerte den kleinen Flur zwischen der Eingangstür und dem Wohnzimmer. Dann blieb er stehen und betrachtete wie gelähmt die Verwüstungen, die sich ihm trotz des Halbdunkels offenbarten.

Die Einbrecher hatten die gesamte Wohnung auf den Kopf gestellt. Und sie waren wieder verschwunden.

Mulder lehnte sich mit dem Rücken gegen das dunkle Holz des Türrahmens und legte den Kopf in den Nacken. Seine Knie gaben langsam nach. Er rutschte am Türrahmen nach unten, bis er auf den Fersen kauerte, ließ den Kopf sinken, hob die Hände und starrte sie hilflos an.

Er weinte.

# 4

*Northeast Georgetown Medical Center*
*Washington D.C.*
*Intensivstation*

Es war ein schöner Traum. Scully lag unter einer strahlenden Sonne auf einer Waldlichtung im Gras. Goldenes Licht fiel durch die Zweige alter Bäume und ließ die Gipfel ferner Berge leuchten. Vögel zwitscherten leise, Grillen zirpten fröhlich vor sich hin. Dunkelgrünes Laub raschelte in einer sanften Brise, die den Geruch des Meeres mit sich trug, aber das Meer reichte nicht bis an diesen Ort. Sein langsames unablässiges Rauschen war Teil eines anderen Traums.

Auf einmal begann alles um sie herum zu schimmern, als hebe sich ein Vorhang. Dinge, die nicht in den Traum gehörten, nahmen langsam Gestalt an. Das Ende eines Bettes mit zwei vertraut aussehenden Füßen, ein Stuhl ... Vorhänge ... ein Raum.

Die Vision verblaßte endgültig, als Scully die Augen öffnete und sich benommen und verwundert in ihrer neuen Umgebung umblickte.

Sie war Ärztin und begriff sofort, wo sie sich befand, obwohl sie keine Ahnung hatte, wie sie hierhergekommen war. Sie konnte sich fast an nichts mehr erinnern, außer ...

Eine Krankenschwester näherte sich ihrem Bett, eine Frau mit einem Klemmbrett in der Hand und einem strengen Gesichtsausdruck. Sie warf einen flüchtigen Blick in Scullys Richtung, stutzte und sah dann genauer hin.

Schwester Wilkins kam ein paar Schritte auf ihr Bett zu. Scully erschien alles immer noch wie ein Traum. Zwar wie ein anderer Traum, aber trotzdem nicht real. Sie fühlte sich schwindlig und schwach, als wäre sie von einem fernen Ort zurückgekehrt, an den sie sich nicht mehr erinnern konnte.

Schwester Wilkins kam noch näher, öffnete den Mund, schloß ihn und öffnete ihn dann erneut.

»Rufen Sie Dr. Daly. Sofort!«

Scullys Augenlider flatterten. Dieser Ort kam ihr fremd vor.

Aber irgendwie auch wieder nicht.

## 5

*Fox Mulders Apartment*
*Washington D.C.*

Draußen vor den Fenstern hatte die Morgendämmerung den Himmel silbern gefärbt. Das Apartment lag immer noch in Trümmern. Mulder hatte nichts angerührt. Er saß unrasiert und mit leeren Augen auf seinem Sofa.

Seine Gedanken waren langsam, träge und beinahe entspannt. Er hatte Scully in der dunkelsten Stunde der

Nacht verlassen. Sie hatte immer noch still und reglos dagelegen, als er es schließlich über sich gebracht hatte zu gehen. In diesem Moment war es ihm so vorgekommen, als sei dies die letzte Nacht, in der er sie lebend sehen würde.

Und so war er in seine verwüstete Wohnung zurückgekehrt, die symbolisch auch die Verwüstungen in seinem Leben widerspiegelte, und hatte lange nachgedacht. Endlich hatte er die Kraft in sich gefunden, Scullys Tod zu akzeptieren, hatte seine Wut und seine Rachegelüste aufgegeben.

Er wußte nicht, wie es weitergehen würde. Es war noch zu früh, sich darüber Gedanken zu machen.

Er wußte nur, daß sich seine Situation verändert hatte, aber die Welt war dieselbe geblieben. Sie war noch immer voller Verrat und verborgener Geheimnisse, und er hatte sein Leben der Aufgabe geweiht, dagegen zu kämpfen.

Der Mann, der irgendwann dieses Apartment wieder verlassen würde, war nicht mehr ganz derselbe, der es betreten hatte.

Das Telefon klingelte. Mulder drehte sich langsam um und starrte es an. Nach dem zweiten Klingeln schaltete sich der Anrufbeantworter ein. Er lauschte seiner eigenen Ansage mit ausdruckslosem Gesicht.

»Hallo, hier ist Fox Mulder. Bitte hinterlassen Sie eine Nachricht...«

Plötzlich beugte er sich vor und nahm den Hörer ab. »Ich bin hier«, sagte er.

Sein Gesichtsausdruck veränderte sich nicht, während er der Stimme am anderen Ende der Leitung lauschte, doch dann begannen seine Augenlider zu zucken.

Er lächelte.

# 6

*Northeast Georgetown Medical Center*
*Washington D.C.*
*Dana Scullys Krankenzimmer*

Helles Sonnenlicht ergoß sich durch das Fenster, fiel auf die zahlreichen Blumensträuße an Scullys Bett und ließ die Blütenblätter in leuchtenden Farben erstrahlen.

Margaret saß neben Scullys Bett. Ihre Tochter kam ihr furchtbar schwach und blaß vor, aber das spielte keine Rolle, denn sie lebte. Es war ein Geschenk, auf das Margaret nicht mehr gehofft hatte, und sie war unendlich glücklich darüber.

Melissa saß am anderen Ende des Zimmers neben der Tür. Sie blickte auf, als Mulder klopfte und das Zimmer betrat, lächelte ihm zu. Scully war so schwach, daß sie nur mühsam den Kopf heben konnte, als er zögernd auf sie zu ging.

Er lächelte, und diesmal war es ein Lächeln ohne jegliche Ironie.

Vor Scullys Bett blieb er stehen.

»Hallo, Fox«, begrüßte Margaret ihn.

Scully bewegte den Kopf. »Nicht Fox«, korrigierte sie ihre Mutter. »Mulder.« Ihre Stimme war schwach, aber klar verständlich, und für Mulder hatte sie den für Scully so typischen Tonfall. Sie war zurückgekehrt, sie waren wieder vereint. Er grinste.

»Wie geht es Ihnen?« erkundigte er sich.

Ein merkwürdiger Ausdruck huschte über Scullys Gesicht. »Mulder, ich kann mich an nichts mehr erinnern, nachdem Duane Barry ...«

Es war der etwas veränderte Fox Mulder, der Mann, der in der Nacht allein an ihrem Bett gewacht hatte, der sie sanft unterbrach. »Denken Sie nicht mehr daran«, sagte er. »Es spielt keine Rolle.«

Sie blinzelte. Er legte ein Päckchen auf den Nachttisch neben ihrem Bett. »Ich habe Ihnen ein Geschenk mitgebracht. Die Stars der Super Bowls.«

Scullys Augen bewegten sich leicht. »Ich wußte doch, daß es einen Grund gab, am Leben zu bleiben.«

Sie schauten einander in die Augen. Plötzlich fehlten Mulder die Worte. Er konnte ihr nicht sagen, was er wirklich sagen wollte. Aber vielleicht war es auch gut so.

»Ich weiß, daß Sie Ihre Ruhe brauchen«, begann er wieder. »Ich bin nur vorbeigekommen, um Sie zu sehen ... und hallo zu sagen.«

Scully musterte ihn aufmerksam, dann nickte sie und schloß die Augen. Mulder betrachtete sie noch eine Weile. Einen Moment lang spielte ein Lächeln um seine Lippen. Er hob die Hand, als wollte er ihr zum Abschied zuwinken, ließ sie wieder sinken, drehte sich um und ging zur Tür.

Als er sie gerade öffnen wollte, erklang Scullys Stimme hinter ihm. »Mulder?«

Er blieb stehen und wandte sich ihr wieder zu.

»Mulder, ich hatte die Kraft *Ihrer* Überzeugungen.«

Ihre Worte erschütterten ihn im Innersten. Er wußte nicht, was er darauf erwidern sollte, und deshalb war es besser, überhaupt nichts zu sagen. Doch dann fiel ihm etwas anderes ein.

Er griff in die Tasche, zog etwas daraus hervor und kehrte damit an ihr Bett zurück. »Das habe ich für Sie aufbewahrt.«

Er legte ihr das Goldkettchen mit dem kleinen Kreuz in die Hand. Sie schloß die Finger um das Schmuckstück.

Mulder lächelte ihr ein letztes Mal zu und verließ das Krankenzimmer.

Scully blickte ihm hinterher. Als er verschwunden war, hob sie das Kreuz vor ihre Augen und betrachtete es lange.

# 7

Das Goldkreuz schimmerte auf Scullys Brust, als Schwester Wilkins geschäftig das Krankenzimmer betrat, um den Blutdruck zu messen. Während sie noch mit dem Meßgerät beschäftigt war, hob Scully unbewußt die Hand und berührte das Kreuz.

Sie konnte sich fast an nichts mehr erinnern. Für sie waren die letzten Tage wie eine große Dunkelheit, die sie weder betreten noch durchqueren konnte. Sie fühlte sich so schwach, als sei sie gerade neu geboren worden.

Scully sah die Welt mit anderen Augen. Alles um sie herum schien zu leuchten, zu strahlen und zu funkeln. Es hatte all ihrer Kraft bedurft, von dem Ort zurückzukehren, an dem sie gewesen war. Ihrer Kraft und auch der von anderen.

Mit Mulder hatte sie bereits gesprochen, aber da gab es noch jemanden.

Sie wollte etwas sagen und bemerkte, daß ihre Kehle zu trocken zum Sprechen war. Mit einiger Mühe streckte sie die Hand nach dem Nachttisch aus, ergriff einen kleinen blauen Plastikbecher mit Wasser und nippte daran.

Schwester Wilkins trat an ihr Bett.

»Könnte ich mit Schwester Owens sprechen?« fragte Scully. »Ich habe etwas, das ich ihr gern geben würde.«

Schwester Wilkins beugte sich über sie und sah sie verwirrt an. »Schwester wer?«

»Owens. Eine kleine Frau mit glattem braunen Haar. Sie hat sich auf der Intensivstation um mich gekümmert, und ich würde mich gern bei ihr bedanken.«

Die Schwester legte Scully die Druckmanschette um den Arm und zurrte sie fest. »Dana, ich arbeite schon seit zehn Jahren hier«, sagte sie. »Es gibt keine Schwester Owens in diesem Krankenhaus.«

Routiniert und schnell maß sie Scullys Blutdruck und verließ dann wieder das Krankenzimmer. Scullys Finger wanderten über ihre Brust aufwärts und berührten das kleine goldene Kreuz. So blieb sie eine Weile liegen, das Gesicht dem Fenster zugewandt, und sah in das helle Licht.

**ENDE**

# Die großen Akte X-Romane

Charles Grant
**Lebende Schatten**
Roman

Charles Grant
**Wirbelsturm**
Roman

Kevin J. Anderson
**Höllenfeuer**
Roman

Kevin J. Anderson
**Ruinen**
Roman

Kevin J. Anderson
**Antikörper**
Roman

vgs verlagsgesellschaft Köln

# Akte X-Novels

Band 1
Garth Nix
**Heilige Asche**
Roman

Band 2
Ellen Steiber
**Eve**
Roman

Band 3
Easton Royce
**Energie**
Roman

Band 4
Eric Elfman
**Unsere kleine Stadt**
Roman

Band 5
Ellen Steiber
**Parallele**
Roman

Band 6
Les Martin
**Frische Knochen**
Roman

Band 7
Everett Owens
**Mein Wille sei Dein Wille**
Roman

Band 8
Les Martin
**Der Parasit**
Roman

vgs verlagsgesellschaft Köln

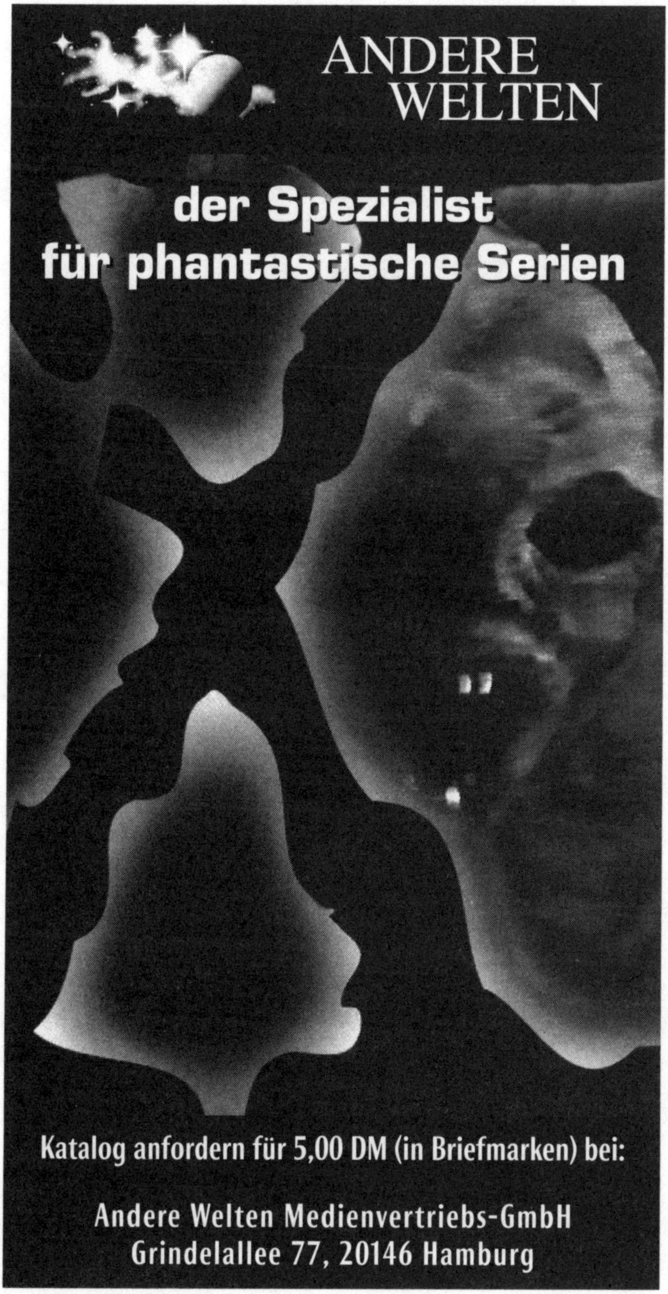
ANDERE
WELTEN
der Spezialist
für phantastische Serien
Katalog anfordern für 5,00 DM (in Briefmarken) bei:
Andere Welten Medienvertriebs-GmbH
Grindelallee 77, 20146 Hamburg

The X-Files TM & © 1997 20th Century Fox Film Corporation.
AKTE X TM
JETZT NEU: BAND 4
DER FILMADAPTIONEN!
SIGNALE
Akte X
Band 4: Signale
Carter/Thomas/u.a.
14,80/öS 108,-
ISBN 3-89343-649-9
Eine neue nicht gesendete Geschichte finden Sie in:
In der AKTE X Reihe liegen bereits vor:
DIE WARNUNG
Band 2: Die Warnung
ISBN 3-89343-647-2
GEZEICHNET
Band 1: Gezeichnet
ISBN 3-89343-646-4
DAS NEST
Band 3: Das Nest
ISBN 3-89343-648-0
AKTE X GRAPHIC NOVEL
Der Traum vom Fliegen
Akte X Graphic Novel
Band 1: Der Traum vom Fliegen
Petrucha/Thompson
19,80/öS 145,-
ISBN 3-89343-655-3
FeestComics
Egal was Sie sammeln, hier werden Sie fündig,
http://www.ehapa.de/akte-x
ÜBERALL WO ES BÜCHER GIBT!

AB 29. APRIL IM
ZEITSCHRIFTENHANDEL
FALLS VERGRIFFEN, UNTER
TEL. 07623 / 964 155 BESTELLEN!
TM, ® & © 1998 Paramount Pictures. All Rights reserved.
STAR TREK®
DAS OFFIZIELLE MAGAZIN